新シャーロック・ホームズの冒険

顔のない男たち

ティム・メジャー

駒月雅子＝訳

角川文庫
23700

目次

ブライアンとナオミに

第一章

友人のシャーロック・ホームズとはかれこれ十五年来のつきあいで、私以上に彼を深く理解する者はこの世に誰一人いないだろう。にもかかわらず、この際正直に認めるが、ホームズの私生活に関しては私にとっても大部分が未知の領域である――言うなれば、彼は秘密が服を着て歩いているような男なのだ。したがって、たとえばベイカー街二二一Bの来訪者に彼が親しみをこめて挨拶《あいさつ》するといった、私的な交友関係の一端をのぞかせる場面は無きに等しかった（唯一の例外は、忘れもしない、〝ホルトミア・フェッチ事件〟での一コマだ。私はその物語の導入部にホームズが幼年時代の友人と思いがけなく再会した際の模様を記したが、内容にきわめて繊細な事情が含まれるため公表する考えはない）。

要するに、この書き出しで前置きとして申し述べたいのは、もしもシャーロック・ホームズが訪問客を嬉々《きき》として熱烈に迎えたならば、私はことさら注意深く見守るつもりだということである。彼の伝記に書き加えるべき、とっておきの情報を得られるのではと期待して。

一八九六年三月十六日の午前、ホームズと私は各自の机に向かっていた。私はホームズが過去に扱った事件のひとつを文章にまとめているところで、ホームズのほうはどんな内容かはわからないが、メモ帳の上で猛然とペンを走らせていた。玄関で鳴った呼び鈴の音に邪魔されなかったら、二人とも昼近くになるまで一言も口をきかなかったかもしれない。

階段をのぼってくる複数の足音が聞こえたあと、下宿のおかみが私たちの居間のドアを開けた。

「お客様ですよ、ホームズさん」ハドスン夫人は言った。「こちらは――」

案内されてきた白髪の男が、取り次ぎを待たずにハドスン夫人を押しのける勢いで入ってきた。我らが家主は不満げに腕組みをして、強引な客の背中をにらみつけたが、続いて二人目の客も横を勝手に通り抜けていったので、もう一度身をすくめた。あとから入ってきたほうの男は、どっしりとした蓋《ふた》つきの大きな木箱を抱え、部屋の片隅に立った。

「ありがとう、ハドスンさん」私は急いで礼を言った。

ないがしろにされた彼女の鬱憤《うっぷん》は、のちほど別のところで発散されるにちがいない。そうそう、昼食にステーキ・パイを焼くと言っていたから、生地のこね方はいつもより数段激しくなりそうだ。

ハドスン夫人は訪問者たちを再びきっとにらんだあと、ドアを必要以上に強く閉めて出ていった。

私が椅子に座ったまま振り返ると、白髪の男は大股《おおまた》で部屋の中央へ進み、室内をしげしげと見まわした。部屋の主であるホームズと私よりも、家具調度や壁にかかっている絵画のほうが気になると見える。彼をじっくり観察したところ、ぱっと見た印象ほど年寄りではなさそうだ。髪はぼさぼさに乱れ、頭と同様に白い顎《あご》ひげはネクタイが隠れるくらい伸びているが、皮膚にはさほどしわは刻まれていないし、知性をたたえた目は油断なく鋭い。仕立ての良いスーツとチョッキを身につけ、大きな革の書類鞄《かばん》を脇に抱えている。

彼の視線は私を通り過ぎ、ホームズにひたと据えられた。

「あんたの助けを借りに来た」

今日初めて発したかのような濁った声だ。発音や言葉遣いからはどこの出身なのか判然としない。

ホームズは相手の顔を数秒間見つめたあと椅子からぱっと立ち、客に握手を求めた。

「これは奇遇！」と友人が声を張りあげる。「ちょうどあなたが必要だったんですよ！」

私はすぐさま客の反応を見守った。彼は明らかに困惑の表情だったが、礼儀は一応わきまえているらしく、ていねいに会釈してそっけなく訊《き》いた。

「ほう、なぜかな？」

ホームズは机の上のメモ帳を指し示した。

「僕はいま、コロジオン溶液の用途に関する論文を書いていましてね。用途といっても、従来の方法だけでなく、レンズの洗浄液から、舞台化粧における定着剤や皮膚のしわの固定剤、膠質《こうしつ》ダイナマイト、さらにはイボ治療薬にいたるまで、さまざまな応用が含まれます。コロジオンは掛け値なしにすばらしい物質ですよ。僕の論文を精緻《せいち》なものに仕上げるうえで、あなたほどふさわしい助言者はいません。とりわけ、このテーマの歴史的背景のひとつ、湿板《しっぱん》と乾板《かんぱん》のちがいの重要性に精通しておられるわけですから」

ホームズとその客が知り合いだったことからして不思議だが、いま友人が滔々《とうとう》と述べた内容も私にはちんぷんかんぷんだった。二人目の客のほうをうかがうと、彼は黙ったまま私の机の横に立ち、さっき床に置いた木箱の番をしていた。歳の頃は三十代後半だろうか。丸眼鏡をかけている。

白髪の男はぎこちなくうなずいた。

「わたしの知っていることは喜んでお教えしよう。いずれ然《しか》るべきときに」

客の言葉を受け、ホームズは潔くその話題を打ち切った。

「そうですね、あなたは別の用件で来訪されたのですから。おかけになって、詳しく聞かせてください」

客が暖炉の正面の椅子に腰を下ろすと、ホームズと私も机の前を離れ、暖炉の両脇にある愛用の肘掛《ひじかけ》椅子にめいめい移動した。

白髪の男は焦る様子などみじんもなく泰然とかまえ、話を切りだす代わりにまたもや室内を見まわし、続いてホームズをじっと見て軽く顔をしかめた。そのあと勢いよく立ちあがったかと思うと、ホームズの肘掛椅子の後ろからストラディヴァリウスを取りあげた。友人が大切にしているヴァイオリンなので、私は思わず息をのんだが、客はすぐにそれを床に下ろした。ただし、もとあった場所から数インチ右へずらして。椅子に戻る途中でも、ダイニング・テーブルの上のランプの位置を直した。再び腰を下ろして室内を見まわしたときの表情は、さっきとはちがって満足そうだった。

ホームズは客の奇妙なふるまいを穏やかなまなざしで見守っていた。

「ちょっと訊きたいんだが」私は口を開いた。「二人は以前からの知り合いだと理解してかまわないのかな？」

「いいや」客が答えた。「互いに顔は知っていたようだがな。ホームズさん、新聞に載っているあんたの風刺画も、わたしのと同様にひどいもんだ」

私がとまどいつつホームズのほうをうかがうと、彼は首を振って言った。

「僕は皮肉な論評には取り合わないことにしていますし、風刺画から得られる情報はすべて使い古しです。つまり、顔を知っていたからあなたが誰だかわかったのではありません。別の顕著な特徴をもとに判断しました」

「優れた観察眼の持ち主という評判に嘘はないようだ」客は納得顔でうなずいた。「その顕著な特徴とやらを説明していただこう」

ホームズは指先で唇をとんとん叩《たた》いた。

「では、目に留まった順に挙げていきましょう。あなたの職業といいますか、普段なさっていることを最も如実に示しているのは、右眼です。右眼の上の額は左眼のほうよりはるかにしわが多い。長時間にわたって、なにかのレンズを片目でのぞきこんでいる証拠です。同じ特徴は習慣的に望遠鏡や六分儀《ろくぶんぎ》を使う船乗りにもあてはまりますが、あなたの物腰に船乗りらしいところは一片もありません。

次に目に留まったのは、あなたが絶えず部屋の方々を眺め、唇をぴくぴくひきつらせることです。どこが気に入って、どこが気に食わないか、品定めでもしているかのように。また、話し方からするとイギリス人でしょう——もともとは。〝来た《have come》〟の〝o〟の発音はこの国の南部で生まれ育ったしるしです。ただし、そこにアメリカのアクセントが重なっている。そう判断できる特徴は複数あります。たとえば、〝助け《assistance》〟の〝a〟を強く発音するのは東海岸のニューヨーク及びその周辺で、〝t〟を弱く発音するのは西海岸で暮らした経験の名残りです」

ホームズのこういう芸当と長年つきあってきた私でも、たったひとつから多くを引きだす魔法のような手並みには何度見ても圧倒される。だが、客はうなずいただけで話の続きを待った。

「あなたの持ち物も手がかりになりました」ホームズは客の椅子の横に立てかけてある革の書類鞄を指した。「大きさも目を引きますが、真っ先に気になったのは、上部の隅に貼ってあるシールです」

白髪の男は怪訝《けげん》そうな顔で、見るからに重そうな書類鞄を膝《ひざ》に持ちあげた。私も彼と同様、ホームズが指摘したシールに目を凝らした。表面はすっかりこすれ、文字にしろ絵にしろ、ほとんど消えかかり、わずかな線が薄く残っているだけだった。

「それがもともと円形だったのは明らかです」とホームズ。「円形の内側に塔のような図。どこかの団体の紋章と思われますが、果たしてどこの団体か？　左上部分に唯一判読できる文字があり、〝SITAS　PEN〟と読める。ここからひとつの結論を導きだせます」

「お見事」客がうなる。

私は咳払《せきばら》いした。「すまないが……その団体名を教えてもらえないか？」

そう訊かれるのを予想していたのだろう、ホームズは私が言い終わらないうちに答えた。

「〝ペンシルベニア大学《Universitas Pennsylvaniensis》〟だよ。もとは丸いシールの縁に沿ってそう書かれていた。この風変わりな塔は〝本の塔〟で、言うまでもなくペンシルベニア大学の校章だ。しかし、なにより興味深いのは、擦り疵《きず》と色落ち具合から少なくとも十五年は使いこまれている鞄だろうに、校章のこの特別なデザインは……確か、採用されてからまだ八年しか経っていない点だ。しかも、シールはごく最近になって乱暴に破り取られた形跡がある」

ホームズは天井を仰ぎ、ため息まじりに続けた。

「潔く白状します。さっき挙げた一連の観察による手がかりから、あなたの正しい素性を割りだすまでの過程では、自分が初めから持っていた著名人に関する知識に手助けしてもらいました」一般常識をそなえていると告白したら、不正行為を認めることになるとでもいうように、面目なさそうにつけ加えた。「といっても、その直後、机からこの椅子に移動する相棒と僕をあなたがじっと目で追っていたことに気づきましたが。我ながらお手柄ですよ。重大な要素ですから。たとえあなたの経歴を知らなかったとしても、それが決め手となって正解にたどり着いたでしょう」

客はやにわに椅子から立つと、ホームズのそばへ行って握手を求めた。

「物事の外観をこれほど尊重する人間にお目にかかれるとは、光栄の至りだ」

ホームズの満足げな表情がさっと消えた。

「僕が重視しているのは単なる見た目ではなく、物事の本質です」

「むろんそうだろうとも。わたしも同じだよ、わたしも」客は椅子に戻って腰を下ろした。横顔が勉強熱心な生徒を思わせる。

一方、私は座ったまま落ち着かなく身じろぎした。ホームズがこういう手品めいた技を披露すると、見物人がしびれを切らす時が決まって訪れる。

白髪の男は私を振り向いて言った。

「ホームズさんの見立ては正しい。わたしはイギリスからアメリカへ渡って、東海岸と西海岸それぞれで長く暮らした。さらに、彼はわたしが科学と芸術双方に取り組む学徒であることも見抜いた。構図上、背景になにをどう配置すべきかを、主役となる生物の正確かつ測定可能な動きと同様に探究している。本業となって評価されたのは生物の動きのほうだがね」

私に握手の手を差しだし、彼はこう続けた。

「シャーロック・ホームズの伝記作家、ワトスン博士とお見受けした。わたしの名は――

――」

「マイブリッジ！」私はそう叫び、彼の手を握るのではなく凝視した。

客は軽く頭を下げ、手を引っこめた。

「さよう、エドワード・マイブリッジがわたしの名だ」

「あなたが撮影した動いている人体の写真は、これまで何枚も拝見しました」私は言った。「医療従事者にとって大変ありがたい資料です。肉眼ではとらえられない、しかも静止時にはわからない筋肉構造のはたらきを明示してくれますので。あなたの写真にはきっと……その……おっしゃるとおり、芸術家も感銘を受けるでしょう」

以前見た日常的な作業をする女性の写真が思い浮かんだせいで、自分でも赤面したのがわかるくらい頬がほてった。一糸まとわぬ姿の婦人をモデルに、その動作を連続的にとらえた作品だった。いま思い出したが、あの写真は医師仲間たちと一緒にいるときではなく、仕事を離れた社交場である紳士クラブで鑑賞したのだった。

「芸術はわたしにとって、欠くべからざるものでね」マイブリッジがしみじみと言う。

「しかし世間からはこれまでずっと、わたしの専門は科学だと思われ、まわりからは教授と呼ばれてきた。まあ、それもあながち間違いではないが」

ここでホームズが口をはさむ。

「もうひとつ追加するならば、あなたのような写真技術に造詣《ぞうけい》の深い方の専門知識は、僕のコロジオン研究にも計り知れない恩恵をもたらしてくれるでしょう。とはいえ、マイブリッジさんは別の用事でいらしたはずですから、先にお悩みの件についてうかがいます」

マイブリッジは顔を曇らせた。部屋の隅で相変わらず無表情で黙っている連れの男のほうへ視線をすっと動かし、こう答えた。

「命を狙われているのだ」

「ほう」とホームズ。客のただならぬ発言にも友人は態度をほとんど変えなかったが、目にきらめきがともるのを私は見逃さなかった。

マイブリッジは椅子から腰を浮かせ、白い顎《あご》ひげをぐいと引っ張った。

「わたしの窮地など、取るに足らぬことだと言いたげだな！」

私は慌てて客をなだめた。「シャーロック・ホームズは、返答の前にまずは依頼人の事情をじっくり聞くことにしているのです」

身の危険を感じてここへ相談に来る者はべつに珍しくないとつけ加えたかったが、自重することにした。

マイブリッジが再び腰を下ろす。「すまん。近頃、怒りっぽくてな。誰も彼もがわたしに悪意を抱いている気がしてならんのだ」

私の作り笑いは彼の気持ちを和らげるのに多少役立ったらしい。「どうぞ続きをお聞かせください」

客はうなずいた。

「わたしは一八九四年にロンドンへ戻ってきた。その前年にシカゴで開かれたコロンブス万国博覧会では、ズープラクシスコープの上映で成功をおさめ……」急に言い淀《よど》み、ホームズの顔を見あげた。ホームズは黙って片方の眉《まゆ》を上げただけだった。

マイブリッジの口からため息が漏れる。

「ホームズさん、どうやら、あんたに嘘をつくのは愚策以外の何物でもないようだ。自分の活動について誤解を招く言い方をするのも、ご法度と心得た。正直に言おう。シカゴでの上映は不首尾に終わった。入場料収入だけでは、展示と講演のための会場費をまかないきれなかったのだ。観客はもっと享楽的な気晴らしを求めていた。盛況だったのは、蠟人形館《ろうにんぎょうかん》や、いかがわしい身なりの踊り子たちによるショーだったよ」

「では、イギリスへの帰国はある意味、撤退だったと？」私は尋ねた。

「計画的な路線変更だ」マイブリッジがはねつけるように答える。「大衆の目を引くのが目的の安っぽい娯楽をめぐる競争になんぞ、ひとかけらも興味はない。ワトスン博士、わたしは生粋の研究家なのだ。わたしの発明は知の発展に貢献するものであって、どぎつい悪趣味な見世物のためではない」

私はうなずき、ホームズと目と目を見交わした。マイブリッジと同年代で、自身の過去の栄光に執着する依頼人なら、いままで数えきれないほど見てきた。その種の独りよがりな自尊心が本人を破滅に追いやった例は、枚挙にいとまがない。

マイブリッジは続けた。

「帰国後は二つの活動に力を注いできた。ひとつ目は、動物の運動に関する研究を一般向けに紹介する著作の準備作業だ。刊行に向けて、掲載する写真を選定したり、解説を執筆したりしている」

「幅広い読者層、つまり大衆を対象になさるわけですね？」私はやんわりと尋ねた。

「広く伝えたいことがあるならば、できるだけ大勢の注目を集めたいと願うのは当然ではないか」客はいきり立って言い返してきた。「しかも、わたしの研究成果はまともな頭の持ち主なら誰もが興味を抱くものだ。その証拠に、刊行予定までまだ一年以上あるにもかかわらず、すでに予約注文が殺到している。なんだったら、お二人もぜひ――」

客は急に口をつぐんで、顔を上気させた。

「失敬、ここへ来たのは商品を売りこむためではない。話を戻すとしよう。わたしがいま取り組んでいる活動の二つ目は、同じ題目で数多くの講演をこなすことだ。国内各地をめぐり、地元の聴衆を前に演壇に立ってきた。以前のように人々が大挙して押しかけるほどではなくとも、皆真剣に耳を傾けてくれる。しかし昨年の十月以降、この二つ目の活動に時間をとられ過ぎるようになった。ちょうど今月、三月で講演を打ち切る予定なのはそれが理由だ」

「身の安全を脅かされているとの懸念は、その講演旅行に関係しているのではないですか?」とホームズが尋ねる。彼はそこで初めて、マイブリッジの助手とおぼしき物静かな男のほうを見やった。

「実はそうなのだ――講演旅行をやめた結果、わたしをつけ狙う追っ手が別の新たな手段に訴えるのではないかと、ますます不安になっている。これまでに起きたことは、さらに深刻な事態の前触れなのかもしれん」

ホームズがうなずく。「いま現在、〝追っ手〟からどんな攻撃を受けているのか、そろそろ説明していただきましょう」

マイブリッジは助手のほうを振り返り、短くうなずいた。とたんに助手はスイッチが入ったかのように仕事を開始した。木箱を床から持ちあげてダイニング・テーブルに置き、中身の木製と真鍮《しんちゅう》製の大きな部品をてきぱきと取りだしていく。最初に現われたのは長い脚付きの箱、次は片側に小さなホイール式のハンドル――後方にある大きなホイールと連動しているらしい――がついた装置、三つ目は高い台座の上に据えられた集束レンズ。各部品の位置の微調整に取りかかった彼を、私は興味津々で見守った。マイブリッジよりかなり若いはずだが、髪はだいぶ薄くなり、みすぼらしい黒のスーツの肩に細かいふけが散っている。

助手が作業を続けるなか、マイブリッジは膝《ひざ》の上の重そうな書類鞄《かばん》を持ちあげて、蓋《ふた》の留め金をはずした。それからたいそう慎重な手つきで、直径十五、六インチの大きな円形のガラス板を取りだした。丸い縁に沿って一続きの馬の画像が並んでいる。席を立ったマイブリッジはダイニング・テーブルの前へ行き、ガラスの円板を祭具よろしくおごそかに掲げ持った。

「わたしの代名詞ともいうべきズープラクシスコープのことは、お二人ともご存じかと思う」とマイブリッジ。声の調子が変わって、いっそう高圧的な響きを帯びた。講演会ではこういう話し方なのだろう。「ご覧のとおり、投影機と光源のランプを組み合わせた構造になっている」

その説明に合わせ、助手が脚付きの箱の横を開いて内部のランプを見せたあと、すばやく点灯した。マイブリッジが話を続ける。

「投影機もレンズも、ファンタスマゴリア、俗にいう魔術幻燈《げんとう》（幻燈機で幽霊や骸骨を映写する十八世紀末フランス発祥のショー）で使われる幻燈機のものとまったく同じだ。しかし、この主役となる箱の無比なる特徴は、ご覧のような丸いガラスのスライドをシャッター円板とともにはめこむと、それぞれが逆方向へ回転し、画像を一枚ずつ瞬時に投影する仕組みになっている点だ。これにより、被写体の連続した動きを表わすことができる」

マイブリッジはうやうやしい手つきで、丸い大きなガラスのスライドを、ハンドルがついた木箱の裏にある同じく円形の板に重ねて取りつけた。寡黙な助手がそのはまり具合を確認してから、小走りに窓辺へ行ってカーテンを閉めた。私はホームズの表情をうかがったが、自分の部屋で他人が勝手に動きまわろうと意に介さない様子だった。

「むろん、写真それ自体も立派な傑作なのだ」とマイブリッジ。「これらの写真は二十四台のカメラを横一列に並べて撮影した。前方を通過する動物の精密な動きを記録するため、端のカメラから順に一瞬の差でシャッターを押していったのだ。一枚一枚が申し分ない出来栄えだが、わたしのズープラクシスコープで投影すれば、被写体の動きを生きているかのように鮮やかに再現できる」

マイブリッジがうなずいたのを合図に、助手は身をかがめてハンドルを操作した。後方の円板も回転し始めた。充分な回転速度に達すると、助手は腕を伸ばして集束レンズの蓋を取りはずした。そのとたん、暗い部屋の壁にひとつの像が映しだされた。いや、実際にはひとつではなく、連続した複数の像なのだろうが、私にはそれぞれの見分けがつかなかった。壁に浮かんだ一頭の馬の影はその場にとどまったまま疾走している。四本の脚の動きは複雑に重なり合った歯車のようで、たてがみと尻尾《しっぽ》は液体のごとく波打っている。一方、馬にまたがっている騎手は柔軟性の面ではるかに劣り、馬の動きにじっと耐えている感じだ。

映写による動く写真のことは私も以前から聞いていたが、実物を目にしたのはこれが初めてだった。その摩訶不思議《まかふしぎ》な魅力にとらわれ、気がつけば息をするのも忘れて見入っていた。

「あなたが先頃発行なさった小冊子、『ディスクリプティヴ・ズープラクソグラフィー』(Descriptive Zoopraxography) を持っています」ホームズは嬉々《きき》として言った。「しかし、僕はずっと前からあなたがお撮りになった写真にぞっこんでしてね。競走馬のサリー・ガードナー号や、そのあとのオクシデント号の写真を大変興味深く拝見しました。ギャロップする馬の脚が瞬間的に四本とも地面から離れることの実証は、まさしく画期的な大発見ですよ。僕は折に触れて、それを自分の研究に活用しています。あなたは目視できない事象の証明に多大な貢献をなさった」

ギャロップ、つまり全速力で走る馬の不思議な映像を、私はあらためて眺めた。ホームズが言ったとおり、前脚と後ろ脚が目まぐるしく動いているなか、馬のシルエットが騎手ごと一瞬だけ地面から浮きあがる。

この驚異的な偉業に敬服しながらも、私はこう指摘せずにはいられなかった。

「しかし、これは絵であって写真ではありませんね」

マイブリッジは顔を真っ赤にして答えた。

「そこが目下の技術の限界で――しかたなく影絵を使っている。ガラス板に細かい部分まで焼きつけて、見た目に明らかな状態にするのは無理なのだ。ただし、絵はどれも写真を正確に複写したもので、現実をゆがめるどころか、現実の再現性をより高める修正がほどこされている」

マイブリッジが身振りで合図すると、助手はハンドルを回す手を止め、レンズにもとどおり蓋をはめた。回転が止まるのを待ってマイブリッジは装置からガラスの円板を取りはずし、そこに描かれている馬の絵のひとつを指した。

「このとおり、それぞれの絵は不自然に細長いが、これはひとえに投影にともなう像のひずみを計算に入れて、観客の目に正しい比率で映るようにするためだ」

「よくわかりました」私はかえって話をややこしくしてしまったことを内心後悔しながら、納得したふりをした。「子供の好きなゾエトロープ（回転のぞき絵。側面に縦長の細い穴が並んだ円筒を回転させ、その穴から内側に描かれた連続写真のような絵をのぞく）とは、だいぶちがうんですね」

とたんにマイブリッジが身体をこわばらせるのがわかった。私はまたしても彼の逆鱗《げきりん》に触れてしまったようだ。

「いいかね」マイブリッジは憤懣《ふんまん》やるかたない目つきで話し始めた。「呼吸している生きた動物がぬいぐるみとはまったく異なるように、わたしの発明もゾエトロープとは似ても似つかない。ゾエトロープはただのおもちゃだが、ズープラクシスコープは人間を取り巻く世界を科学的により深く理解するうえで、なくてはならない装置なのだ。もっと言えば――」

ホームズが話をさえぎった。

「われわれに見せるおつもりのスライドがほかにもあるのでは？」

マイブリッジは一瞬黙りこんだ。潮が引くように怒りはにわかにおさまったらしい。今回の依頼人はすぐにかっとなる性格のようだが、怒りが鎮まるのもあっという間だ。いったいどういう精神構造なんだろう。

さっきのガラス板を薄い紙のケースに入れ、ていねいに書類鞄にしまったあと、マイブリッジは別の一枚を取りだした。

「これはペンシルベニア大学の後援のもとにおこなった、人間の運動に関するわたしの研究成果のひとつだ」

その新しいガラスの円板には、左から右へ大股《おおまた》で歩いていく男の像が描かれていた。そう、写真ではなく絵だが、腕のいい画家なのか、モデルのふさふさの顎《あご》ひげや細身の体形がうまいこと表現されていた。両手両足の輪郭が薄くぼやけているのは、その人物が全裸だからだろう。

「わたし自身がモデルを務めた」マイブリッジは言った。

この男は私が思っていた以上に芸術家肌なのだろう。友人の科学者たちを思い浮かべてみても、研究のためとはいえ、自ら進んで素っ裸になる者はいそうにない。芸術家の世界では日常茶飯事なのかもしれないが。

「拝見しても?」ホームズは客の手からガラスの円板を受け取った。それを目の前でゆっくりと回して、連なる像のおおまかな動きを確認した。「ご心配の理由はここにつけられた複数の引っかき疵《きず》ですね?」

「さよう。それがおもな理由だ」マイブリッジは答えた。

私はその円板に目を凝らした。向かいにいる友人の顔が透明なガラス越しに見える。初めのうちはどこに疵があるのかわからなかったが、ホームズが円板を軽く傾けた拍子にカーテン越しの光が別の角度であたり、彼の言った引っかき疵が浮かびあがった。私は急いで友人の肘掛椅子《ひじかけ》の後ろへ行った。立つ位置を変えたおかげで、疵の線は一段とはっきり見えた。全部で十四個の影絵のうち、ひとつおきに七個の上に〝RIP〟（ご愁傷様）の文字。ガラスの表面にじかに刻みつけられ、隣の絵に移動するにつれ次第に大きくなっていく。最初の一番小さな文字は人物の頭上にぶら下がっている程度だが、四番目は頭髪に触れ、最後の七つ目にいたっては〝I〟が全身を真っ二つにしている。さらに気味が悪いのは、影絵の人物が自分は切断される運命だと察しているように見えることだ。それぞれの像、すなわちマイブリッジの横顔ひとつひとつの上部に、陰影をつける細かい網目模様で彫った不吉な雲がかかっている。

「この疵ですが」私はマイブリッジに訊《き》いた。「投写すれば、くっきりと見えるんでしょう？」

マイブリッジは無言でホームズの手からガラス板を取り、ズープラクシスコープの所定の位置にはめこんだ。助手がハンドルを回し始めると同時に、再びレンズの蓋《ふた》をはずした。

円板の疵をじかに確認したにもかかわらず、私は映像を目にしたとたん度肝を抜かれた。連続する十四個の絵はわずか三秒くらいで一周するため、混沌《こんとん》とした視界に脳の処理が追いつくまで、いびつな動きの像を繰り返し見るはめになった。〝RIP〟の文字は癌細胞のごとく急速に拡大していくうえ、ひとつおきに彫られているせいか激しくちらつき、最初のスライドで見たなめらかな映像とは雲泥の差だった。荒っぽく刻みこまれた無数の引っかき疵がマイブリッジの顔を徐々に蝕《むしば》んでいくので、それが気になって裸の彼が歩く姿になかなか神経を集中できない。

「ご想像がつくだろうが、これを見た講演会の参加者は恐怖と興奮で大騒ぎだった」マイブリッジが言う。

「あなた自身はどんな反応を？」ホームズはすぐに問い返した。

「わたしが感じたのは驚きといらだちだ」顔をしかめて答えるマイブリッジ。

「さきほどは不安とおっしゃいましたが」

「単なる言葉のあやだ。わたしは怖いもの知らずでね。ヨセミテの山々を歩き、気に入った被写体を見つければ断崖《だんがい》絶壁からぶら下がってでも撮影した。野生動物と格闘したこともある。それから、人を――」そこではたと口をつぐむ。

今度は私が顔をしかめる番だった。新聞記事でマイブリッジの過去の経歴と行状を少しばかり知っていたが、そのなかにしごく気になることがあったのだ。これについてはあとで機会を見つけ次第、ホームズと話し合おうと心に決めた。

ホームズはカーテンを開けに行った。マイブリッジの助手がハンドルを持つ手をゆるめる。やがて装置の回転が完全に停止すると、ホームズはマイブリッジが横ではらはらしていようがおかまいなしに、ガラスの円板を無造作に引き抜いた。そして問題の絵をしばらくためつすがめつしてから、こう結論を下した。

「犯人の仕事が手早いのは確かだが、慌てた形跡はない。一字ごとの後ろに小さなバッ印が入っているのは、ピリオドの点を彫るのが細かすぎて難しかったか、彫っても目立たないせいだろう。もっとも、ピリオドは単純に省いてもよかったわけだが。投写の際の効果はたいして変わらなかったはずだから。マイブリッジさん、この件について助手には話を聞いたんでしょうね？」

ズープラクシスコープの操作係は、顔も上げずに手際よくランプを消し、装置の片付けに取りかかっている。

マイブリッジはうなずいた。

「今回ご覧に入れたのは最初に被害に遭ったスライドだが、一度きりでは済まなかった。最初というのは、キングストン・アポン・テムズの自宅に近いクラブで非公式の講演会を開いたときのことで、わたしはスライドの損傷に気づくなり、その場にいた操作係の助手を首にした。ところが、次の講演会でも同様のことが起きたのだ。カリフォルニアのマリポサ・グローヴにある〝グラント将軍の木〟の下に座っているわたしの肖像に、首吊《つ》り縄がぞんざいに描きこまれておった。きわめて悪質な嫌がらせだ。その場で粉々に叩《たた》き割ったから、あいにく実物をお見せすることはできんがね」

そのときの光景が目に浮かぶようだ。この白髪頭の御仁が逆上して怒号を飛ばし、ガラスのスライドを床に力まかせに投げつける。飛び散った破片に最前列の聴衆はさだめし肝を冷やしたことだろう。

「誰のしわざか心当たりはありませんか？」とホームズが尋ねる。

「全然ない」マイブリッジは、うつむいて黙々と作業を続けている助手を身振りで示した。「そこにいるフェローズをお疑いかもしれんが、彼にはこのような蛮行に及ぶ理由がひとつもない。それに、さっき言ったとおり、フェローズが雇われたのは最初の事件のあとだ」

「脅しの動機にも心当たりはないのですか？」

マイブリッジはかぶりを振った。

「脅迫者からはなにも言ってこないのでね。誰のしわざにせよ、わたしの不幸を願っているのは明らかだが、具体的な要求があるわけではないらしい」

「仕事上の競争相手という可能性は？」私は助け舟を出すつもりで訊いた。

「ないとはいえん。以前は競争相手が大勢いたのでな。それでも、こんな卑怯《ひきょう》なまねをする者は一人もいないはずだが、きょうび失望させられることばかりで……」

マイブリッジはそう言って、ホームズが目の前に掲げ持っているガラス板を見つめた。シカゴの万国博覧会で味わった幻滅と落胆を思い起こしているのだろうか。

「近頃はなにをどう解釈すればいいやら、さっぱりわからん」客はぼやいた。

私はそこをもう少し突っこんで訊きたかったが、ホームズがすばやく言葉をはさんだ。

「お気持ちはよくわかります」

「それはともかく」マイブリッジは話題が変わってほっとしたようだった。「今回の悪質な行為はただの嫌がらせではない。わたしはすでに二度、じかに襲撃を受けている」

「そうでしたか」ホームズがガラスの円板をマイブリッジに返しながら言う。相手から休日の予定でも伝えられたかのようなあっさりした口調だった。

「今年に入って二度も、往来で馬車に轢《ひ》かれかけたのだ」マイブリッジが続ける。「都会ではよくあることだと言われる前に説明しよう。二度とも馬車は空っぽで、御者はスカーフで顔まで覆って帽子を目深にかぶり、人相がまるきりわからなかった。あれはわたしの命を奪おうとしたに決まっている。わたしが円板の疵を深刻にとらえている理由は、これでおわかりいただけたと思う」

「どこで轢かれかけたのですか？」私は訊いた。

「二度ともキングストン・アポン・テムズだ。最初は自宅付近、次は調べ物に通っている図書館のすぐ前で」

ホームズは両手をぎゅっと握り合わせた。「なるほど、深刻にとらえて当然ですね。これは放っておけません。お力添えできるよう精一杯努めます。講演旅行は終盤で、残り少ないとのことでしたが、次回の予定はいつですか？」

「三日後――三月十九日の晩で、場所はリバプール公会堂の会議室だ。当市のアマチュア写真協会の面々を前に話をすることになる」

「そこでもズープラクシスコープをお使いになりますか？」

私たち三人の視線は自然とフェローズのほうへ向いた。彼はすでにその装置を大きな箱にしまい終え、再び部屋の薄暗い片隅で待機していた。

「使うとも」マイブリッジは答えた。「もう時代遅れの技術かもしれんが、驚嘆と有用な知識を同時にまんべんなく伝えられる。実際の動物の動きを有名画家が描く動物の動きと比較するには、もってこいなのだ。むろん、ズープラクシスコープの使用をやめて、写真だけに頼ることもずいぶん検討したが……そのようなやり方は間違っていると思い知らされてね」

「誰に？」ホームズが訊く。

マイブリッジは口を開いたあと、一瞬ためらってから答えた。「大衆だ」

ホームズはうなずいた。「では、われわれもリバプールへ同行しましょう。もう何事も起こらないことを願っていますが」

マイブリッジは椅子から立って、ホームズを警戒した目つきで見た。

「まったくだ」と依頼人は答えた。「そう願おうじゃないか」

第二章

　三日後、長いが平穏な汽車の旅でリバプールに到着したホームズと私は、宿泊先に立ち寄って荷物を置いたあと、中心街へ徒歩で出かけ、セント・ジョージズ地区を公会堂目指して進んでいった。

　横目でさりげなく様子をうかがうと、友人の歩き方はいつにも増してきびきびしていた。

「今日の催しを心待ちにしているようだね」私はそう話しかけた。

「もちろんさ。映像を用いた楽しい視覚体験つきのためになる講演で、おまけに今回の興味深い事件の解明にも大いに参考になりそうだからね。なのにきみは、さっきからふさぎこんでいるようだが」

「それはひとえに、依頼人の人格をめぐる心の葛藤《かっとう》のせいだよ」

　ホームズはうなずいたが、こちらを見ようとはしなかった。「エドワード・マイブリッジの過去が心に引っかかっているんだろう？　汽車がコヴェントリーを通過するあたりから、きみが考え事にふけっていたのは知っているよ」

　私は思い返して言った。「そうなんだ。きっと、窓から見えた四頭立て馬車がマイブリッジが轢かれそうになったことを連想させ、同時に彼の過去のあれこれが頭に浮かんだんだろう。一度気になりだすと、止めようがなくてね」

「じゃあ、一緒に考えればいいさ、ワトスン。思い悩んでいることを口に出して言ってごらん」

「察しはついているだろう？　我らが依頼人のマイブリッジが、カリフォルニアに住んでいた頃に妻の愛人を射殺したことは、まぎれもない事実だ。本人もこれまで繰り返し認めていて、疑問の余地はない」

「裁判の結果、無罪放免となったのも事実だ。彼の行為は正当防衛と判断された」

「それはそうなんだが――」

私は顔に熱がのぼるのを感じた。「マイブリッジがベイカー街を訪ねてきてからというもの、ぼくはその裁判の細かい経緯をなぞらずにはいられない。弁護団は心神耗弱を主張した。それより十五年も前に起きた駅馬車の大事故で、被告が頭に大怪我したことを根拠に、精神障害が引き起こした奇行だと訴えて。ところが、当の本人はハリー・ラーキンス少佐を殺した晩の自分は完全に正常だったと主張し、結局のところ陪審は、名誉を守るための行動という被告が唱えた動機に納得した。だけどホームズ、自尊心を傷つけられようが、結婚生活を壊されようが、そんな冷血な殺人を〝正当〟と認めていいはずがないだろう？　陪審が全員、既婚男性だった点も気に入らないな」

ホームズは立ち止まって私を見た。

「我が国の司法制度もアメリカの司法制度も、陪審員の能力と良識への信頼のもとに成り立っている」

私は不承不承うなずいた。

「それは重々承知しているよ。マイブリッジのことは無実の人間として扱うべきなんだろう。だがそれでも、彼の行為にはどうしても懐疑的にならざるを得ないんだ」

ホームズは私の肩をぽんと叩いた。

「それでいいのさ。もっと言えば、すべての人間をそういうふうに疑ってかかるべきなんだ。懐疑主義は諮問探偵にとって初歩の初歩だよ。さあ、もうじき目的地だ。新たに入手した懐疑主義なる道具をさっそく観察に役立てたまえ。ただし、そんな顔つきじゃだめだ。もっと明るく。この講演は愉快な催しなんだからね」

角を曲がってキャッスル通りに入ると、公会堂の壮麗なファサードが目の前に現われた。その後ろから、コリント式の円柱を擁する背の高い円筒形の建造物と、それが頂く美しい丸屋根が顔をのぞかせている。ファサード中央に突きだした幅の広い立派な柱廊の下は、三つの柱間《ベイ》に区切られた正面玄関だ。入口の扉はその奥にあるらしいが、人々が群れをなしていてよく見えない。人だかりは街路にまではみ出していた。

「この講演会は地元の写真愛好家を対象に企画されたはずだが」私は首を傾げた。「こんなに大勢の聴衆が詰めかけるとは、予想だにしなかったよ」

「ああ、まったくだ」ホームズも同意する。「なにかあったらしい」

私たちは歩を速めた。キャッスル通りのはずれでデイル通りを横断し、公会堂の玄関へと向かった。すると、群衆の数人が私たちに気づいて、先を争うように駆け寄ってきた。

「お二方のどちらかがシャーロック・ホームズさん？」一人の男がメモ帳と鉛筆を振りかざしながら訊《き》いた。ほかの者たちも口々に同じ質問を繰り返し、ホームズと私を無遠慮に見比べている。「マイブリッジ氏が命を狙われている件について、なにか一言お願いします！」

ホームズは薄笑いを浮かべただけで返事をせず、人込みを押しのけて前へ進もうとした。

「講演を聴きに来ただけです」私は言った。「お願いですから、通してください」

「じゃあ、あなたがシャーロック・ホームズ？」別の男が私の肩を乱暴に突いて訊く。

「それとも、彼の助手のほう？」

「助手じゃない」私は反射的にそう言い返した。「彼の伝記作者であり、友人である」

私に質問した男はつまらなそうにぷいと背を向けた。「ホームズはもう一人のほうだ！　おい、彼はどこへ行った？」

新聞記者の一団は色めき立って周囲を見まわした。もっとも、すでにホームズの姿はどこにもなかったが。ほんの一瞬とはいえ、私が連中の注意を引きつけているあいだにこっそり立ち去ったのだ。

彼らの注意がそれたのをこれ幸いと、私は強引に入口へ向かおうとしたが、押し合いへし合いする人々に阻まれてなかなか進めなかった。こうなったら一芝居打つしかない。そう判断して建物から遠ざかり、首を伸ばして記者たちの頭越しに向こうの一点を凝視した。いかにも捜していたものを見つけたという風情で。連中の視線がこちらに集まるのを待ってから、今度は親指で右の方向を示した。あっちだぞ、の合図だ。

記者たちは私が眺めていたほうを一斉に振り向いて、私が指し示したあたりを見つめた。その隙に私は人波をかき分けて入口にたどり着き、ようやく玄関ロビーへ足を踏み入れた。

外の騒がしさとは打って変わって、ロビーは静けさに満ちていた。さながら、記者たちを彼らが立てる声や音ごと遮断する超自然の防壁が存在しているかのようだ。

「こっちだ、ワトスン。急がないと遅れる」

頭上からホームズの声がした。

見あげると、ホームズが広い中央階段を半分ほど上がったところに立っていた。低い位置にいる私の目には、階段に敷かれた血のように赤い絨毯《じゅうたん》を背景にホームズが悪魔めいた姿に映った。彼は階段の手すりに片手を置き、長い指でそこを小さく叩《たた》いている。

「あの人垣からどうやって脱出したんだい？」私はそう訊いたあと、彼が焦《じ》れているのに気づき、急いでつけ加えた。「いや、いいよ、忘れてくれ。だが講演会場はそっちじゃないよ、ホームズ。会議室は一階だろう？」

「申し込み殺到につき変更されたらしい。大広間もすでに満杯ではちきれそうだ。さあ、早く、ワトスン！」

階段をのぼっていくにつれ、遠いざわめきが大勢の騒がしい話し声に変わった。私は急いでホームズに追いつき、後ろの扉から大広間に入った。二百から三百くらいの椅子が隙間なくぎゅうぎゅうに並べられ、空席はひとつも見当たらない。聴衆はほとんどが男性だが、女性もちらほらまじっており、皆座ったまましきりと身動きして、さも興奮を抑えきれない様子だ。あとから来た者たちは最後部に立っている。

ホームズは非難がましい目つきで私を見た。リバプールに到着後、いったん宿で少し休憩しようと言いだしたのはきみだったね、と言いたげに。それから立ち見の人々をかき分けて前へ出ようとしたが、さっぱり進めなかった。結局あきらめたのだろう、彼は胸の前で腕組みをして、会場内の光景に注意を向けた。

前方の突きあたりの壁に大きな白い布のスクリーンがぴんと伸ばして張ってあり、その前に黒っぽい木製の大きな箱が置かれている。そう、マイブリッジの考案した映写機、ズープラクシスコープだ。スクリーンの前の一段高い演壇に台座をつけて設置されているため、着席している聴衆の頭よりも上に突きでている。おそらくマイブリッジはその演壇に立って解説するのだろう。彼が作成したガラスの円板が一枚、早くも装置に取りつけてあるのが見える。開演を待つ聴衆の多くもそれに気づいたらしく、円板のほうを指差しながら言葉を交わしている。

まわりががやがやしているので、私はホームズに身体を寄せて話しかけた。

「ベイカー街でのマイブリッジの話では、彼の装置はもはや世間から時代遅れと見なされている印象だったから、今日の講演会がこんなに注目されるとは思いもしなかったよ」

ホームズはチッチッと舌を鳴らした。

「前半部分は正しいよ、ワトスン。彼の講演を聴きたがる者はずいぶん前から減少する一方で、彼の業績は歴史上の布石に過ぎないというところまで評価が落ちていた。だけどきみ、さっき見た外の騒ぎを忘れてやしないか?」

「新聞記者の連中がきみを追いかけまわしたことかい?」

ホームズはうなずいた。

「僕の関与が知れ渡って、必然的にエドワード・マイブリッジの動向に注目が集まったとしか考えられない。地元の記者たちは特ダネを期待して押しかけてきたわけだ」

「じゃあ、ここにいる聴衆も全員――」

「そう、僕らの依頼人が新たな襲撃を受けるのを予想して、その瞬間を待ちわびている」ホームズは軽蔑《けいべつ》を含んだ口調で断言した。

まあ、それを言うなら、私たちもまったく同じ目的で来たわけだが、あえて指摘しないでおいた。

ちょうどそのとき、場内のガスランプの光が小さくなった。聴衆が居住まいを正すかすかな音が波紋さながらに広がっていく。間もなくエドワード・マイブリッジが堂々とした足取りで演壇に上がり、会場はしんと静まり返った。

「皆さん、本日はようこそお越しくださいました」

マイブリッジの声は年齢のわりには大きく、少し耳ざわりだった。

「芸術と科学の融合を追究する学徒にとって、奮励努力の結晶をこれほど多くの方々にお伝えできるとは光栄のきわみです」

私はふと考えた。彼は会場が満員になった本当の理由を知っているのだろうか、知っているとすれば腹立たしく感じているだろうか、と。いや、心情はどうであれ、聴衆が大勢集まった状況を好機と見なしているかもしれない——自身の功績を知らしめるうえでも、発売を予定している著書の購入予約を促進するうえでも。

マイブリッジが話を続ける。

「ご承知のとおり、本講演の題目は最近の拙著のテーマを踏まえ、〝現実と芸術それぞれにおける馬やその他の動物の動作〟としました。これには重要な課題が含まれています。皆さん、これから馬の動作の本質をお目にかけますので、とくとご覧ください。アメリカで、わたし自身の幅広い写真研究をもとに実証された結果です。そして、事実を理解したうえで過去の時代へさかのぼり、先人たちの知識——または知識の欠如——を評価していただきたい。

例を挙げましょう。レオナルド・ダ・ヴィンチの素描は、果たして馬の歩様を正確にとらえていたのか否か。馬の絵の達人と謳《うた》われたジョージ・スタッブスは真実を描いていたのか、それとも目の錯覚に惑わされていたのか。フランス人のエドガー・ドガの絵画とブロンズ像に関し、最近いくつかの研究が発表されているが――わたしの研究から着想を得た部分があるとのこと――それらは生物の動作の考察として優れ、芸術の手本として的確なのかどうか」

マイブリッジはそこで言葉を切り、場内を見渡した。おごそかな静寂が続いているにもかかわらず、聴衆の大半は身体をもぞもぞさせたり、前かがみになったりと、飽きてじれったそうにしている。前口上にじっと聞き入っているのはほんの一握りの者だけだろう。それでも、本題に入るのを皆真剣に待っているのは確かだ。

マイブリッジが両手をぎゅっと握り合わせ、再び話しだす。

「むろん、馬は気高くて賢い非常に有益な動物ですが、演題が示すとおり、馬以外の動物も取りあげます。たとえば、陸上生物のなかで頂点に君臨する種《しゅ》――」

突然、客席の中央あたりから息をのむ声が複数聞こえ、大広間の一角で数人の聴衆が同時に頭をひょいと引っこめるのが見えた。

続いて別の一角でも同じ現象が発生すると、話を続けようとしていたマイブリッジも口を開きかけたところで躊躇《ちゅうちょ》した。私の左側にいるホームズが爪先《つまさき》だって興味ありげに事態を見守っている。

「あれはなんだ？」誰かのはっきりとした声が、今度は前方の演壇に近い場所からあがった。

「皆さん」マイブリッジが呼びかける。「どうかご静粛に。講演を続けます。陸上生物のなかで頂点に君臨する種、すなわち――」

「鳥だ！」誰かが叫んだ。

「いや、ちがう。わたしが言わんとするのは――」口ごもるマイブリッジ。

「ここに鳥がいる！」

「誰か明かりを！」

公会堂の職員が手探りでガスランプをつけようとしたとき、翼をばたばた動かす音がはっきりと聞こえた。そのあと私の右側から口々に悪態をつく声が波のように伝わってきて、立見客の列にまで押し寄せた。数秒後、異様な空気――いや、空気よりも物理的なものが私の頬をかすめていった。

「なにをもたもたしてるんだ！」誰かが叫ぶ。「ランプなんかどうだっていい、早くカーテンを開けてくれ！」

一瞬騒然としたあとに、二箇所の分厚く重いカーテンが同時にさっと開かれた。ほぼ真っ暗だった部屋に真っ白な昼の光が急に射し、目がくらむほどまぶしかった。

全員が顔を上に向けた。いまや混乱の原因は誰の目にも明らかだった。灰色の翼に黒い筋模様の入ったありふれた鳩が一羽、聴衆のはるか頭上を飛んでいたのだ。ここにとどまって、居合わせた全員に姿を見せることだけが生きがいとばかりに、懸命に羽ばたいている。が、やがて気が変わったとみえ、鳩は中央付近の聴衆めがけて猛然と急降下した。それによって生じた効果は絶大で、衝突を避けようと人々が慌てて身体を横に傾けたため、客席は巨岩になぎ倒されたかのごとき状態と化した。鳩はぶつかる前に重たい身体をよいしょとばかりに引っ張りあげ、急角度で上昇したが、天井高くから再び急降下に転じ、別の客席部分へ突進していった。一方、最初に襲われかけた人々は気まずそうに詫《わ》びの言葉を口にしながら、近くの者同士で肩を叩《たた》き合っている。ホームズはというと、鳩にはなんの関心もないらしかった。私も彼にならって、演壇上の白髪頭の依頼人に注意を向けた。エドワード・マイブリッジは目を見開いて立ちすくみ、急降下する鳩を凝視していた。それから、悲鳴を抑えようとするかのように片手で口を覆った。

憤慨した抗議の声や押し問答の合唱の末に、四つの大きな柱間のうち二つに設けられたフランス窓が開け放たれた。大勢の聴衆が帽子や折り曲げたプログラムを激しく振りまわし、鳥を窓のほうへ追い払おうとする光景は、状況がちがえば滑稽《こっけい》に見えただろう。マイブリッジも彼らの動作を研究の参考になりそうだと感じたかもしれないな、と私は思った。その直後、彼が撮影する人間は裸だったことを思い起こし、慌ててその空想を頭から締めだした。

鳩はようやく、この部屋にいるより外へ出たほうが未来が開けるうえ、勝手が利くと悟ったらしい。酔っぱらったように右へ左へ揺れながら、半開きの窓に一度ぶつかったあと晴れて自由への脱出を果たした。

羽音が消えると、会場の音も完全に途絶えたかのようだったが、間もなく方々から一斉にため息が漏れた。さらに、ため息は笑い声とおしゃべりに変わった。演壇に立つマイブリッジは、よろめいてから前へぎこちなく一、二歩踏みだした。すると、それまで私には姿が見えなかった男がズープラクシスコープの脇から立ちあがり――そのとき初めて幻燈師《げんとうし》のフェローズだとわかった――自分が座っていた椅子をマイブリッジに差しだした。マイブリッジはそこにどっかと腰を下ろした。

ホームズが静かに言った。

「われわれの依頼人はちょっとした妨害にも気が動転する極端な完璧《かんぺき》主義者か、でなければ、あの鳥の出現が彼にとってなにか特別な意味を持っていたかのどちらかだな」

そのうちに聴衆の興奮がおさまってきた。窓もカーテンも再びぴったりと閉ざされ、職員が苦労して点灯したものの、カーテンが開いたので用なしになったランプも消された。場内に訪れた暗闇は、最初よりもいっそう深く感じられた。

マイブリッジが椅子からふらふらと立ちあがると、全員の視線がそちらへ注がれた。彼は助手の肩を叩いてから、演壇の中央のもといた位置に戻った。咳払《せきばら》いをひとつはさんで、もったいぶって話し始める。

「陸上生物の頂点に君臨する種とは、すなわち――」

客席から起こるべくして起こった、さざ波のような押し殺した笑いに、マイブリッジは短く間を置いた。

「われわれ自身です。人間の身体は意識的にも無意識的にも、最も多様な動作を有しています。よって、動く人体の研究は芸術家や――皆さんのような写真家のみならず、さまざまな分野で活動する人々にとって、大変ためになることがおわかりいただけるでしょう」

マイブリッジは目の前の聴衆をやっと冷静に見られるようになったらしい。おそらく内心では、事前に聞いていたのとはちがって、写真愛好家などごくわずかではないかと疑い始めているのことだろう。

「向こうに明かりがまだひとつ残っている。真っ暗にしてもらわんと困るんだが」彼は大広間の入口のほうを見やった。

誰かが急いでそれを消すのを待ってから、こう続けた。

「では、わたしが発明したズープラクシスコープを紹介します。装置の仕組みはきわめて複雑ですが、装置がもたらす効果のほうが何十倍も重要なので、さっそく実演を開始しましょう。ご覧ください、ギャロップする生きた馬の動きを忠実に再現したものです」

演壇の手前にオレンジ色の小さな光が浮かんだ。いまは暗くてわからないが、そこにはズープラクシスコープが置かれているはずだ。光のなかに、前かがみの姿勢でレンズの蓋《ふた》をはずしている幻燈師の影絵が見えた。

マイブリッジが横にずれたとたん、彼の背後のスクリーンが視界をさえぎられずにはっきりと見え、私はそこに投写された映像に目が釘付《くぎづ》けになった。大きなスクリーンで、遠くから眺める動く映像は、つい三日前にベイカー街で見たときよりも迫力があって本物らしかった。早い話が、常識では気のせいだとわかっていても、自分はいま走っている馬を生で見ているのだと信じこんだ。その馬は右を向いて走り続けているが、実際には前へ移動することなくその場にとどまっている。しかし、そのせいで嘘っぽく思えるどころか、自分も同じ速度で走っているような錯覚をおぼえるのだった。

「では、画像が描かれているスライドの回転を遅くしましょう」マイブリッジは言った。

「そうすれば、馬の脚が四本とも同時に地面を離れる瞬間はあるのか、という昔あった疑問の答えがはっきりしますので」

影絵のフェローズが再び装置のほうへ身をかがめた。スクリーン上の躍動的だった馬の動きが不自然なまでにのろくなると、結論は一目瞭然《りょうぜん》、脚が四本とも同時に地面から浮くのは歴然たる事実だった。聴衆は大いに納得したのだろう、めいめい感服の言葉を口にした。

私はホームズに耳打ちした。

「ああいう装置の派生型が広く応用される日が来たら、きみの出番は減ってしまうかもしれないね。結果からさかのぼって推理しなくても、出来事を低速で振り返って、解明したい重要な部分を忠実に再現すればいいんだから。この世には謎などひとつも存在しなくなりそうだ」

ホームズは謎めいた表情で私をじっと見たあと、なにも答えず顔をそむけた。

壇上ではマイブリッジが幻燈師に指示して次々にいろんなスライドを映しながら、動物の四肢の特徴的な動きを説明したり、特定の筋肉の機能に関する知識を披露したりしている。最初の馬の次に登場したのは速歩《はやあし》でゆったり進む別の馬で、さらに猟犬、羊と続き、そのあとにぴょこぴょこと誇らしげに歩く鶏が登場したときは、会場全体が楽しげでなごやかな空気に包まれた。スライドは目まぐるしく切り替わった。作業するフェローズのぼやけた姿を観察していると、彼はレンズの蓋を閉めて映像を消してから、円板の回転を止めていた。そうすれば聴衆には静止画像が見えない。マイブリッジ自慢の生き生きした動物の印象を維持するためだろう。回転が止まると、フェローズはすばやく次の円板をはめこみ、回転を再開するのと同時にレンズの蓋をはずす。一連の動作は淀《よど》みなく流れ、おかげでマイブリッジの場つなぎのための言葉もほんの一言、二言で済む。

私はスライドの映像にまったく興味が湧かなかったわけではないが、正直言って、十枚目くらいを過ぎると熱が冷めた。同様にマイブリッジの解説もいささか単調で精彩なく感じられ、彼の話に対する集中力がますます低下していった。黒い影法師の群れのような聴衆に視線をさまよわせると、こういう状態なのは私だけではないとわかった。頭や肩が左右にぐらぐら揺れている人は、飽きてじっとしていられなくなったのだろう。うつむいたままの人も見受けられる。マイブリッジの話が、偉大な画家たちの絵——それらも静止画像でスクリーンに映しだされた——に描かれている馬やその他の動物に関する研究にさしかかる頃には、多くの聴衆が肩を丸めてうなだれていた。じれったさがとうとう失望に変わったと見える。

　講演の終盤で、マイブリッジは人体の考察を取りあげた。人間のモデルが動いている映像に客席はにわかに活気づき、労働や遊びに勤《いそ》しむ裸の男女の静止画像では一段と興奮を帯びた。

「わたしは人間科学の研究者ですので、こういうものを作製したからといって、破廉恥だの不道徳だのと非難するのはお門違いです」マイブリッジがそう言ったときレンズが蓋で覆われ、室内は再び暗闇に沈んだ。いまの彼の言葉がきっかけで、私の脳裏にうっすらとある記憶がよみがえった。確か彼は以前、同じ画像でまさに公序良俗に反すると訴えられたのではなかったか。

　マイブリッジが続ける。

「人の裸体は筋肉や関節の動きについて、着衣時とは比べ物にならないほど多くの情報をもたらします。よって、ペンシルベニア大学に在籍していた頃のわたしは、知識の探究にいかに献身的であるかを表わすため、必要に応じてしばしば自ら写真のモデルを務めた次第です。実際にお目にかけましょう」

　そのとき、上方のどこかから突然まばゆい光が射し、私は反射的に目を閉じかけた。続いてズープラクシスコープのレンズから蓋がはずされると、まわりの皆と同様に私もあっと息をのんだ。

スクリーンに投写されたのは、引き締まった体格の全裸の男を横からとらえた連続画像で、重そうなつるはしを頭上まで振りあげては地面に打ちつけている。ただし、それ自体はさして驚くにはあたらない。聴衆をぎょっとさせた原因は、人物の頭部がどれも細かい網目模様でつぶされていたからだ。雑に引っかいたようなその疵《きず》は、一枚ごとに異なるため不吉さが増し、画像が動くたび、つるはしを振り下ろす男以上に現実味を帯びて感じられる。しかも、それではまだ足りないのか、マイブリッジ扮《ふん》する鉱山労働者の頭上で別の線がちらちらと揺れ、それが次第に変化し、最後は〝TO HELL〟(地獄行き)の文字が浮かびあがった。

数秒間、私たちの誰もがこの恐ろしい画像にただ見入っていた。が、そのあとダムが決壊したかのように場内は騒然となり、人々のわめき声や叫び声が充満した。

マイブリッジは顔面蒼白《そうはく》で無言のまま客席を見まわした。すると、さっき上方から射したまぶしい光が消え、あたりは急に暗くなったが、ズープラクシスコープはまだ延々と同じ画像を投写し続けている。私はそれで初めて、まぶしい光の出所がズープラクシスコープではなかったことに気づいた。マイブリッジは夢遊病者さながらの鈍い動作でゆっくりと振り返り、白いスクリーンを見あげた。たちまち身体を硬直させ、その場に立ちすくんだ。

彼が再び客席に向き直ると、あれだけやかましかった場内が突然しんとなった。私が思うに、今夜の講演会で何者かによって疵つけられた人物画像が出現することは、聴衆の誰もが予想、いやむしろ期待していたわけで、よって野次馬根性の人々がなにより興味をそそられたのは、この事態に対するマイブリッジの反応のようだ。当人の弁によれば、前回スライドを汚損させられたと知ったとき、彼はそれを怒りにまかせて粉々に割った。今度も彼がかっとなって同じ行動に出ようとした場合、私はこの人込みをかき分けて止めに駆けつけられるだろうか。

だが幸い、マイブリッジは気が抜けたようにこう言っただけだった。

「人体については以上です。そして、これが講演の総まとめとなります」

そこで初めて助手に目を向け、続いてなにやら待ち遠しそうな顔の聴衆を眺めた。

「現時点でのわたしの目標は、馬の歩様をテーマにした拙著と、動物の動作に関する広範な研究をまとめた拙著の発売を前に、皆さんの関心を高めることです。なにしろ、網点印刷《ハーフトーン》の写真を一千枚以上おさめた豪華本ですので、ぜひともお買い求めを……」咳《せき》払《ばら》いをひとつ、続いてもうひとつはさむ。「どうやら、いいかげん待ちくたびれたようですな。ご承知のとおり、このあとは主催者のご厚意による立食パーティーとなります。ご清聴ありがとうございました」

講演をそうしめくくったマイブリッジは、一番近い両開きのドアへのしのしと歩いていき、掛け金をはずすのに少し手間取りながらも無事退場を果たした。聴衆も一列になって二階の踊り場へと出ていった。

同じ方向へ行きかけた私を、ホームズが腕をつかんで引き止めた。

「彼なら放っておいても一人で宿まで帰り着けるさ。それより、僕らにはまだここでやることがごまんとある」

私はうなずいて、友人に促されるまま人の流れとは逆の方向へ進んだ。中央通路に出ると、幻燈師《げんとうし》のフェローズを見つけた。スライドの交換を指示されるのをまだ待っているかのように、ズープラクシスコープの隣に座っていた。

彼は近づいてくる私たちを敵意に満ちた目で見あげ、甲高い声で言った。

「おれに訊《き》きたいことがあるんだろ？」

ホームズはうなずいた。

「手錠をかける気か？」

「僕は警察じゃないし、手錠など持っていない。たとえ持っていたとしても使うつもりはないよ。きみの名はフェローズだ、フェローズだったね？」

「ジョージ・フェローズだ、旦那《だんな》」

「マイブリッジさんのもとで働き始めてどのくらいになる？」

「講演を手伝ったのは今夜を含めて二回だけ。準備のために二週間前から雇われてるけどね。マイブリッジさんの講演は前にくらべてうんと減ったらしいが、おれにとっちゃ絶好の機会だと思ったんだ。幻燈機の操作じゃ経験を積んでるから。名門の王立科学技術学院（ウェストミンスター大学の前身）で開かれたフィリドールのファンタスマゴリアの再上映にも出た。

あれはけっこう実入りのいい仕事だったよ。だけど近頃は、幻燈師なんか演芸場でもお呼びじゃない。こういう映写機を使った新しい興行のことは旦那もいろいろ聞いてると思うが……すごく閉鎖的な世界でね。だからマイブリッジさんと組めば、そのうち閉じてた扉が開いて、おれが動く写真を扱う名人だってことをまわりに知ってもらえるんじゃないかと期待したんだ。ところが、マイブリッジさんはそういう方面にさっぱり顔が利かない」

フェローズはため息まじりに続けた。

「どっちみち、おれはもうじきお払い箱だ。マイブリッジさんは近いうちに講演を完全におしまいにするそうだからね。でも一番心配なのは、今夜ここで起こったことが大っぴらになれば、おれはもうどこにも雇ってもらえなくなりそうだってことだ」

「明日の新聞記事には幻燈師の名前までは載らないと思うがね」ホームズは言った。

「現に旦那はおれにこうして事情を尋ねてるじゃないか」フェローズは不服そうにうめいた。「で、次はどうするんだい？」

「次などないよ。はっきり言っておくが、僕はきみだけではなく全員から話を聞くつもりだ」ホームズは慰めのこもった調子で言った。「僕にとってはこの会場にいた全員がきみと等しく、またはきみ以上に興味深いからね」

フェローズの顔がぱっと明るくなる。

「本当かい、旦那？　じゃあ、スライドの疵はおれのせいじゃないと思ってくれてるんだね？」

「きみだと決めつける明確な根拠はひとつもない。ただし、ほかの者にあの破壊行為に及ぶ機会があったかどうかを突き止めるため、きみは見聞きしたことを残らず正直に話さなくてはならない」

幻燈師の顔から笑みがかき消えた。

「おれはここにある円板を全部、昨日預かってからずっと大事に保管してた。何度か細かく点検もした」

私はズープラクシスコープにはまったままの動かない円形のスライドを眺めた。網目状に細かく交差した線と不吉な文字がガラスの表面にじかに刻みこまれている。円板に描かれたどの絵よりも目立つので、ぱっと見ただけで誰でも気づくだろう。

「調べさせてもらうよ。かまわないね？」ホームズが訊く。

フェローズはうなずいて、ホームズが円板をはずすのをじっと見守った。ホームズは円板を掲げ持つと、周縁部の絵や疵にはおざなりな一瞥《いちべつ》をくれただけで、おもに中心部を入念に調べ始めた。そこには四角い紙が貼りつけてあり、表面に〝4／14〟という数字がでかでかと書かれている。

その数字を指してホームズが尋ねた。

「これは講演で使う順番を示す通し番号で、第十四番のスライドの四番目を表わしているんだね？　それから、文字はきみの手書きだろう？」

フェローズはそうだと答えた。「普段の筆跡とはちがうけどね。暗がりでは大きくてはっきりした文字でないとわからない。実際にはこれだけ黒々と書いてあっても、見分けるのにひと苦労なんだ」

ホームズが爪を端にひっかけると、紙は簡単に剝《は》がれた。彼は円板を慎重に下に置いた。

「きみがこれらの円板を最後に点検したのはいつだい？」

「三時頃かな。準備のためにこの部屋へ一番乗りした直後だ。そのあとは最初の客が来た五時十五分前までずっとここに座ってた」

「きみが会場に入ってから講演が始まるまで、スライドのそばに誰もいなくなることはなかったのか？」

「まあ、おれが腰を伸ばしたくて何度か席を立ったのは事実だけど、毎回ほんの数分だったし、席を離れる前に必ずマイブリッジさんが室内にいるのを確認した」

「彼はなにをやっていた？」

フェローズは演壇の空っぽの椅子を指した。「あそこに座って、なにか読んだりメモを取ったりしてたな。ずっとそんな具合だった」

研究に没頭しているときのマイブリッジは、まわりの状況が目に入らなくなりそうだな、と私は思った。ホームズと同じく突出した集中力を持っているが、ホームズとはちがって視野が狭い気がする。

フェローズは私の考えを読んだかのようにつけ加えた。

「だけどさっきも言ったように、ほんの数分だったんだ。こっそりここへ忍びこんで、円板の絵一枚一枚に引っかき疵《きず》をつけて、しかも煙が消えるみたいにすっと出ていくなんて暇はあるわけない。そうだろ？」

ホームズはその質問には答えなかった。

「きみが任されていたのは円板の取り換え作業だけ？」

「ホームズさん、それ自体が骨の折れる作業で——」

「場内の光量を上げろと指示したのが、きみじゃないことを確かめたいだけだ。ほかに誰か専属の照明係がいるのか？」

「そんなのいないよ」フェローズはとまどいがちに答えた。

「最後のスライドが映写される前のまぶしい光のことを言っているのかい？」私はホームズに尋ねた。

ホームズはこちらをぱっと振り向いた。「きみも光を見たんだね？　詳しく説明してくれ」

私は肩をすくめた。「ただの光だよ。目がくらむほどまぶしくて、どこか高いところから突然降ってきた。一瞬びっくりしたが、すぐにスクリーン上のマイブリッジの画像に注意をそらされた」

ホームズは少しのあいだ黙りこんでいた。それから急にひらりと演壇に飛び乗って、大広間を端から端まで見渡した。その高い位置から今度は私を見下ろして言った。「ワトスン、今夜はきみに気さくで社交的な男になってもらう必要がある」

「普段からそうだけどね」私は言い返した。「で、目的はなんだい？」

「まだ建物に残っている係員や講演の参加者にさりげなく話しかけてもらいたい。たぶん帰った者はほとんどいないだろう。ダイニング・ルームに料理と飲み物が用意されているうえ、みんな噂話に興じたくてたまらないはずだからね」

「今回の件は彼らのなかの誰かがやったと疑っているのかい？」

ホームズは片方の眉《まゆ》を上げた。

「もちろんだとも。だが犯人捜しと並行して、損傷を受けたスライドに関する証言を集めてほしいんだ。さっき話に出たまぶしい光のことも尋ねてみてくれ。それからもうひとつ、全員の入場券を確認し、席番をすべて記録しておくこと」

私の隣でフェローズがたじろぐのがわかったが、こっちは落胆のあまり彼にかまっている余裕はなかった。

「おいおい、本気かい？」私は早くもうんざりして訊いた。「この会場には二百人以上がいたことをまさか忘れてはいないだろうね。聞き込みは一緒に手分けしてやらないか？」

ホームズは首を振った。「僕はここに陣取っていたほうがいい。さあ、急ぐんだ、ワトスン。大勢残っているうちに仕事に取りかかってくれ」

第三章

その晩、それ以降の時間は、自分でも予想していたとおり腹立たしさにさいなまれながら過ごすはめになった。厄介事の前兆か、私はまず大広間を出たとたん青白くてしまりのない顔の職員とぶつかった。しかも相手は詫《わ》びるどころか、気を取り直してジャケットから埃《ほこり》を払う私を、突っ立ったまま敵意むきだしの目でにらみつけたのである。こんなふうに出だしからつまずいたうえ、人でごった返すダイニング・ルームに足を踏み入れると、今度はたちまちくだくだしいおしゃべりでもみくちゃになった。あちこちに少人数のグループができていたが、どこも内容は似たり寄ったりで、マイブリッジを脅しているのは何者か、当人の画像につけられた引っかき疵にはどんな意味があるのか、という二点に話題が集中していた。

さらに辟易《へきえき》させられたことに、たいがい三人以上で固まっていて、争うように同時にしゃべるため、声は大きくなる一方だった。しかも夜が深まるにつれ、皆ますます大胆にあけっぴろげになる。そんな状況では、会話の舵《かじ》を取って、講演中の不思議な光について さりげなく話を引きだすのは至難の業だったし、入場券の半券を見せてくれと頼むと露骨に怪訝《けげん》な顔をされた。挙句の果てに、小賢《こざか》しいお節介屋が私を〝ホームズの助手〟だと言いだしたりすれば会話は再び脱線、ふりだしに戻ってしまうのだった。こうした苦労の絶えない聞き込みを続けているあいだ、立食式の食事が並んでいるテーブルには何度も近づいたが、食べ物にも飲み物にもまったくありつけなかった。料理を取ろうとするたび、まだ話を聞いていない参加者がドアへ向かうのが目に入って、相手が出ていく前に急いでつかまえに行かねばならなかったのだ。そんなこんなで孤軍奮闘の一時間半が経過した頃には、喉《のど》はひりひりと痛み、手帳は無意味な走り書きの文字で埋めつくされていた。

ちょうど午後九時をまわったとき、私はダイニング・ルームの中央に立って、まだ残っている人々をゆっくりと見まわした。少なからず安堵《あんど》したことに、すでに話を聞いた者たちばかりだった。そのなかには給仕係や、講演でガスランプの点灯と消灯を担当していた会場係の姿もある。ホームズが例の強烈な光のことを気にしていたので、この会場係が語った内容は、とりわけ多くのページを割いて手帳に書き留めておいた。

ようやく料理のテーブルへ行き着けたが、皿はすべて空っぽだった。唖然《あぜん》とする私の横で、二人の給仕係が意味ありげに目くばせし合い、残ったグラス入りワインをおのおの手に取って一口で飲み干した。私は嫌気がさしてダイニング・ルームをあとにし、廊下を通って大広間へ引き返した。

ジョージ・フェローズは演壇に腰かけ、下ろした両脚をぶらぶらさせながら憂鬱《ゆううつ》げに床を見つめていた。彼のまわりにはテーブルクロスが広げられ、その上にマイブリッジのガラス円板がずらりと並べてある。それらの横には奇妙な形をしたいくつもの木片。初めはなんだろうと不思議に思ったが、そのあとで分解したズープラクシスコープだと気づいた。

「なんてこった！」私はぎょっとして叫んだ。

「神に助けを乞《こ》わないといけないな」フェローズは落ちこんだ声で言った。「雇い主の耳に入ったらと思うと、生きた心地がしないよ。彼にとって大事な財産なのに」

私はあたりを見まわした。「まったく、ホームズめ。いったいどこへ行った？」

フェローズが親指を立てて上方を示したので、私は天井を見あげた。ホームズがそこからぶら下がっているか、マイブリッジの前口上を妨害した鳩のように空中で舞っているのを半ば想像したが、どちらでもなかった。壁の高いところからバルコニーが弓形に張りだしており、その奥の壁にくり貫《ぬ》かれた幅の広いアーチの前にしゃがんでいる人影が見えたのである。人影はマイブリッジのスライドの運動選手よろしく突然動きだしたかと思うと、立ちあがってこちらに手を振った。

「ここへ上がってきてくれ、ワトスン」とホームズが呼ぶ。「この真下のカーテンを開けると階段がある」

私は分厚い深紅のカーテンを通り抜け、明かりのついていない階段をおぼつかない足取りでのぼっていった。ホームズのそばまで行くと、バルコニーは思っていたよりも広いことがわかった。もっとも、大部分は壁の内側に引っこんでいるので、大広間に突きでている部分は小さかったが。アーチの後方には半球形の天井があり、その表面はバルコニーの高さ約二フィートの装飾的な手すりに合わせて、きらびやかな金色に彩られていた。

ホームズは華美なデザインに見とれている私に床の絨毯《じゅうたん》を指して訊《き》いた。「きみはこれをどう思う？」

「あいにくだが、これといって目を引くところはないと思うけどね。まさか、絨毯の色合いについて感想を求めているのかい？」

ホームズはチッチッと舌を鳴らした。「ワトスン、腹が減っているときに気の毒ではあるが、そういう投げやりな態度はよくないよ。僕が言っているのは絨毯の〝疵〟だ」

私はしゃがんで床をじっくりと眺めた。彼の言うとおり、大広間に突きだした部分の真ん中あたりが変色して黒ずんでいる。手を触れてみると、絨毯が軽く焦げているのに気づいた。

「じゃあ、ぼくが見た強力な光はここから発せられたんだな。こういう焦げ跡がつくということは、そのカンテラは床すれすれの位置にあったはずだが、ここの手すり……」

語尾が消え入った。私はぎこちない動作で体勢を変え、大広間の後方の、講演中にホームズと私が背にしていた壁のほうを向いた。それからカンテラが置かれていたとおぼしき高さまで視線を下げると、金色に塗られた手すりに大きな菱形《ひしがた》の隙間があって、そこから室内全体を見渡せた。

「きみも僕と同じ思考の過程をたどったようだね」ホームズがそう言って立ちあがる。

「まだ最初の関門を通過した程度だろうな。目的地はまだまだ遠い気がするよ」と私は言った。「空腹時のぼくの頭はのろのろとしか働いてくれないしね。ここでの調査はもう済んだのかい？」

ホームズは私の背中をぽんと叩《たた》いた。「ああ、済んだよ」

私はやれやれとほっとしながら、短い階段を下りて大広間へ戻った。

「さてと、それじゃ」そう言って出口のほうへ歩きだしたとき、ドアの向こうにさっき私にぶつかってきた男の姿を見かけた。青白くてしまりのない顔の職員だ。が、ほかにもっと喫緊の用事があるときに、謝罪の言葉を引きだすためにわざわざ呼び止める気は毛頭なかった。「夕食は宿に帰ってからでなくても、この近くにレストランがたくさんあるだろう」

ジョージ・フェローズが演壇からぱっと飛び降りた。「おれをこんな状態で置き去りにするつもりか？」

最初はなんのことかわからなかったが、ばらばらに分解されたズープラクシスコープを見て合点がいった。

ホームズが私にちらと視線を送る。精一杯のすまなそうな表情と解釈してよさそうだ。

「組み立て直すのに一時間もかからないだろう」とホームズ。「もし待ちきれなければ、一人で行ってくれてかまわないよ」

私は迷った末、あたりをはばからずぶつぶつ文句を言いながら、最前列の椅子にやけ気味に腰を下ろした。そして、これまたあたりをはばからずぐうぐう鳴る腹の虫を押さえるため、きつく腕組みをした。

ホームズと二人して宿に帰り着くと、エドワード・マイブリッジが一階の酒場でカウンターを前に一人で立っていた。その姿には当人の気持ちがはっきりと表われていた。背中を丸めているせいで、白い顎《あご》ひげが胸まで垂れている。手にしたグラスをただ機械的に口へ持っていき、唇は中身の液体の表面をほんの少しかすめるだけ。

私たちが近づいていくと、彼は振り向いた。

「いったいどこへ行ってたんだ?」開口一番、吠《ほ》えかかるように訊く。「わたしの身の安全を守るという約束だろう」

「だとしたら、われわれは誤解のもとに約束を交わしてしまったようですね」ホームズはにこやかに答えた。「当方はあなたの用心棒ではなく、ズープラクシスコープのスライドにつけられた疵《きず》の謎を解くことが、自らの果たすべき務めと理解していましたので。現にその件については大きな進展がありました」

「外にいた記者たちが、あなたのあとにぞろぞろついて来たのでは?」私はマイブリッジに尋ねた。

「〝追いかけまわした〟という表現のほうが的確だよ。まるで猟犬だった」マイブリッジが苦々しく言う。「だが、わたしほど巧みに逃げおおせた狐は一匹もいないだろうよ。頻繁に方向を変えて、うまいこと追っ手どもをまいた」

「記者連中は参加者たちから講演の模様を聞いて、よけいしつこくなったんでしょう」ホームズは言った。「むろん、あれだけの人数ならば、聴衆のなかに記者がまじっていてもおかしくない」

同意を求めるようにホームズがこちらを見たので、私はこくりとうなずいた。

マイブリッジは酒のグラスを見つめた。「演壇に上がったとき、ほんの一瞬だが、彼らは純粋に講演のテーマに対する関心から聴きに来てくれたのだと信じたよ」

「本当ですか？」とホームズ。

私は怪訝な思いで友人をまじまじと見た。そういう揚げ足を取るような言い方はホームズらしくない。だが、彼はその問いへの返事をどうしても聞きたいらしく、相手が答えるのを待っている。

「明日の新聞では、講演中に起きた騒動の件が大々的に報じられるだろうな」マイブリッジはぼやくように言った。

「当然ですよ」とホームズ。「あなたがこれまでにも脅されていたことはまだ地元の新聞しか取りあげていませんが、翌日か翌々日にはロンドンも含めて全国各地へ拡散され、どこへ行ってもあなたの噂でもちきりになるでしょう。あなたはいわゆる〝時の人〟というわけです」

私はまたしても腑《ふ》に落ちず、友人を横目で見た。そういう手垢《てあか》のついた感じの表現もホームズらしくない。彼は依頼人からどんな返答を引きだそうとしているんだ？

マイブリッジはゆっくりとうなずいた。「それだけでは済まんだろうよ。新聞は再びわたしの半生を拡大鏡で映すがごとく大げさに書き立てるにちがいない。きっと昔のあの件をほじくりだして……」そこで言葉を切り、グラスの酒をぐいっとあおった。

私は依頼人の表情をじっと観察し、彼が言おうとしたのは妻の愛人を殺したことだろうと結論付けた。本人がそれに触れるのを初めて聞いて、私は驚きを禁じ得なかった。そのような忌まわしい事件を語ることに対し、彼はもっと抵抗感を抱いているはずだと思いこんでいたせいだろう。そういえば、裁判を報じる新聞記事には次のように書いてあった。法廷で無実を言い渡されたとき、マイブリッジは激しく震えて号泣し、退廷する力すら湧かなかったため、いまは涙をこらえるよう弁護士が辛抱強く諭さなければならなかったと。

「ああ、カリフォルニア州知事のスタンフォード氏と論争になった件ですね？」ホームズが言った。

マイブリッジは眉《まゆ》をひそめた。「なに？」

「競走馬のオクシデント号を撮ったあなたの有名な写真と、連続動作をとらえるために考案された、カメラを一列に並べて撮影する手段をめぐって、彼と所有権を争ったでしょう？」

私は友人の方法には慣れっこなので、あえて口をはさまなかった。ホームズがいま指摘したことは多分に的外れだが、目的があってわざとそう言ったにちがいない。

マイブリッジは手を鋭く一振りした。「すべて過去のことだ」

「では、その写真の所有権については解決済みなのですか？」

「まあ、完全にではないが、現在は弁護士たちに委《ゆだ》ねてあるのでな。それに――」

マイブリッジは急に口をつぐみ、しかめ面がはっとした顔に変わった。といっても、やけに大げさな、舞台上の役者を思わせる表情だったが。

「その件が、わたしに対するこれまでの一連の脅しと関係があるかもしれんぞ」

「さあ、どうでしょうね」とホームズは答えた。その冷淡な口調に驚いて、私はつい友人の顔を見た。

「フェローズを脅迫者の手先とお考えですか？」ホームズが尋ねる。

マイブリッジは不意を突かれたようにためらった。「ああ、うむ、フェローズか。立派な推薦状を持っていたが、しかし……個人的にはどういう人物かよく知らんのだ」

「いまとなってはべつにかまわないでしょう、近いうちに解雇なさるなら。とはいえ、彼があなたに対して次の陰謀を企《たくら》んでいる場合にそなえて、身辺を探ったほうがよさそうですね」

酒はもう飲み干したにもかかわらず、マイブリッジはグラスを口へ持っていきかけた。しばらくグラスを見つめてから、カウンターに置いた。

「それは見当違いだと思うがね。今夜は講演旅行の最終回だった。もう講演会を開くつもりはない。今後は『アニマルズ・イン・モーション』(Animals in Motion)の出版に向けて、本格的に準備を進めることになる。わたしにとって長年の研究の集大成となる重要な著書だからな」

「大変けっこう」ホームズは穏やかに言って、酒場の主人を呼び、依頼人のために酒のおかわりを注文した。

第四章

その後しばらく、ホームズはマイブリッジの件をただの一言も口にしなかった。リバプールからベイカー街の下宿へ戻ってくると――帰途はマイブリッジとフェローズも一緒だったのだが、彼らはズープラクシスコープの入った箱を旅の道連れのように座席のかたわらに置いて、むっつりと黙りこんでいたので、たいそう気の滅《めい》入る汽車旅となった――ホームズは私が講演後のパーティーで聞き込みに用いた手帳をぱらぱらめくったが、それきりこの件を完全に忘れてしまったかに見えた。調査を次の段階に進めようと私が幾度となく話題に持ちだしても、ホームズは毎回なんやかやと言い訳するか、注意をそらそうとよそ見するかのどちらかだった。

マイブリッジの講演会の模様は、帰宅翌日の新聞各紙に掲載された。講演後に同晩の締め切りに間に合わせようと必死に原稿を書きあげた記者の熱意と奮闘の表われだろう。その日の朝、私はタイムズ紙の記事を読んで浮かない気分になった。テレグラフ紙とスタンダード紙にも類似の記事を見つけ、朝食のテーブルにその三紙が並んでいる意味にようやく思いあたった。三つの記事に共通する箇所を要約すると、先日来よりエドワード・マイブリッジ教授――いつから彼が教授に？――の命が脅かされており、その犯人

は リバプール公会堂にも現われた、というもので、そのあとに講演会の模様が事細かに綴《つづ》られていた。記者たちは犯罪と隣り合わせの体験に並々ならぬ興奮をおぼえたようだ。また、各紙とも、マイブリッジの身辺に起きた一連の由々しき事態は彼のカリフォルニア時代の経歴と関係しているのではないか、と思わせぶりにほのめかしていた。スタンダード紙にいたっては、殺害されたハリー・ラーキンス少佐の写真の代わりに、当時マイブリッジの妻だった魅力的な女性の細密なスケッチ画をわざとらしく載せていた。

だが、その程度の内容は特段驚くには値しなかった。私が少なからず動揺し、広げた新聞越しにホームズの様子をこっそりうかがったのは、記事の別の箇所を目にしたせいだった。ホームズは肘掛《ひじかけ》椅子に静かに座って、顎《あご》の下で両手を組み合わせ、火のついていない暖炉の石炭を見つめていた。

私は慎重に話しかけた。「なあ、ホームズ、気にすることはないよ」

ホームズは小さく咳払《せきばら》いしたが、なにも言わなかった。

私はテレグラフ紙を手に取った。「たかが第七面の埋め草だ。読者にとってたいして重要ではないと見なしている証拠だよ」

スタンダード紙とタイムズ紙ではそれぞれ第四面と第二面で扱われていたのだが、この際あえて無視した。

友人は石炭を凝視したままだ。

「それに」と私はつけ加えた。だんだんやけになってきた。「記事の内容のほとんどは、きみのあずかり知らぬことじゃないか。マイブリッジの過去の犯罪行為にまで洞察力をはたらかせるのは、さすがのきみにも無理だよ。これは誰にだってわかる道理——」

ホームズがゆっくりとこちらを振り向いた。どうやら失言だったようだ。

「ちがうんだ、誤解しないでくれ」私は口ごもりながら言い訳を始めた。「きみがマイブリッジの依頼を引き受けたのはつい最近だ。そういう状況できみに今回の難問が解けると期待していた者など、国じゅうどこを探してもいやしない」

ホームズがわずかに目を細めた。

「いや、これは言葉のあやで、ぼくはただ……」

慌てて言い直そうとしたが、途中で言葉に詰まった。ホームズを慰める言葉が思い浮かばず、続かなかったのである。意気阻喪した私は、穴があったら入りたい気分で、膝《ひざ》の上に広げてある新聞に目を落とした。その紙面には次のように書かれていた。

偉大なる探偵、脅迫犯に屈する

不可解きわまる犯罪には、今世紀が生んだ天才的頭脳を持つ名探偵の活躍が求められる。しかしながら、エドワード・マイブリッジ教授はまたもや命を狙われ、シャーロック・ホームズ氏は名が売れているだけで実は失策を犯しやすいことが露呈した。なお、科学者であるマイブリッジ教授はギャロップする競走馬オクシデント号の画期的な写真を撮影した、その道の先駆者であることで知られる。

事の次第をお伝えすると、木曜日の夜、シャーロック・ホームズ氏は約二百五十名の聴衆とともに講演会場に居合わせながら、犯人にまんまとだしぬかれ、マイブリッジ教授を皆の面前で新たな脅威にさらさせる結果となったのである。すでに報じたとおり、教授は数週間前にも身の危険を……


日曜日、ホームズはようやく沈黙を破った。一緒に私のクラブで食事をし、そのテーブルで食後のブランデーと葉巻を楽しんでいたときのことだ。ホームズはバベルの塔の建設と、それが招いた言語の混乱（旧約聖書「創世記」に登場する伝説）に類似した神話や宗教的な逸話をいろいろと語り聞かせてくれた。だが、バベルの塔は古代メソポタミア神話に登場するマルドゥク神の巨大な階段状の神殿、エテメナンキ・ジグラットから着想を得た可能性が高い、とホームズが説明しているあたりで私のまぶたは徐々に重たくなった。そのうちに、彼の声がどこかうんと遠くから聞こえてくるように感じられた。

「むろん、過去の対立関係がマイブリッジへの脅しに関係している見込みは充分ある」

私はかぶりを振った。

「いまの意見に反対なのかい、ワトスン？」

「いや、頭をはっきりさせようとしただけで……ええと、バベルの塔の話をしていなかったかい？」

「ああ、そうだよ。十五分くらい前まではね」

私は目をこすって、指を火傷《やけど》しそうなほど短くなっていた葉巻を置いた。

「正直言うと、きみがいま頃マイブリッジの話を持ちだしたから驚いたんだ。てっきり、彼の件にはもう飽き飽きしているのかと思っていた」

「いいや、ちっとも。それより、彼を脅しそうな競争相手は誰だと思う？」

私はしばらく考えてから答えた。

「そうだな、きみは馬の写真について彼と話していたね。それに関係するカリフォルニアの州知事じゃないか？」

「ああ、リーランド・スタンフォードのことだね。彼はその写真の被写体になった競走馬オクシデント号の所有者で、伝えられるところによれば、全速力で走る馬を撮影した革新的な試みはスタンフォードの気まぐれな思いつきだったそうだ。それ以外についてはすべて、誰の発想だったかをめぐって両者間で争われている」

「マイブリッジの態度から受ける印象では、それで不和が生じたからといって、恨みつらみがいま頃になってこういう露骨な形で噴出するとはどうしても思えないんだが。法的な争いが始まったあと、ゆうに十五年も経つわけだから」

「同感だ。じゃあ、誰だろうね」

「元妻は？」私はためらいつつ言い足した。「でなければ……マイブリッジには認知を拒んだ息子が一人いたと思うが」

「フローラ・マイブリッジは一八七五年に亡くなった。離婚直後にね。息子はサクラメント近くの牧場で働いていて、自分を認知しなかった父親にはひとかけらも関心がないらしい。そもそも、エドワード・マイブリッジは友人や家族よりも、仕事によって存在感を示すタイプの男だ。職業上の敵に的をしぼって考えることをおすすめするよ」

「同じ分野でマイブリッジとしのぎを削っている相手がほかにいるんだろうか？」

　ホームズから即答が返った。

「クロノフォトグラフ（一続きの動きを時系列に沿って一枚に撮り収めた写真）の研究家と称する者たちは、写真撮影による動体の動きの研究に取り組んでいる。その代表格がパリ出身のエティエンヌ・ジュール・マレーだ」

「その人物はマイブリッジと反目し合っているのかい？」

「いや、そういう話は聞いたことがない。マイブリッジはこれまでマレーを何度も訪ねているし、公共の場でも二人は親しげに言葉を交わしている。友人関係にあると言っていいだろう。マイブリッジが友人を持てる性格ならばね」

　私は頬の内側を噛《か》んで思案した。

「なあホームズ、マイブリッジが初めて相談に来たとき、嫌がらせは彼をやっかむ仕事上の競争相手のしわざではないかとぼくが本人に訊《き》いたね。それに対して彼は、自身の仕事の調子が芳しくなくて、失望を味わわされていると遠回しに打ち明けた」

　友人がうなずく。「あれはトーマス・エジソンとの会見のことではないかと思っている」

「発明家として華々しく活躍している男だね。会見の目的はなんだったんだい？」

「八年前、ニューヨークの新聞が報じたところによると、マイブリッジは提携を申し入れるためニュージャージーにあるエジソンの研究所を訪ねた。エジソンの蓄音機を利用して、自分のズープラクシスコープで映写されたしゃべっている人物の顔に音声を重ねようと考え、『ハムレット』の翻案ものの共同制作を持ちかけたんだ」

「ところが……エジソンは動く写真の装置を独自に作ったんだろう？　ここロンドンのどこかに、その装置専用の店があると前に読んだよ。個人的には、たった数秒間の劇しか見られない覗《のぞ》き眼鏡式の箱なんか、ちっともおもしろくないと思うけどね」

「まったくだ。エジソンは間違いなくマイブリッジの発明に影響を受け、同年十月には自身でキネトスコープの原案の特許を仮出願した。ただし、これはガラス板ではなくセルロイド製の細長いフィルムを用いるので、マイブリッジが先に発明したズープラクシスコープとはまるきり異なる。問題は、エジソンがもともとはマイブリッジの構想だった映像と音声の組み合わせに乗りだしたことだ。蠟《ろう》管式蓄音機の音声をキネトスコープの映像に重ねようと苦心し続け、最近になって成功した」

「マイブリッジの失望が目に見えるようだよ。それできみは、トーマス・エジソンを一連の脅しの張本人と疑っているんだね？」

「いいや、疑っていないよ」

「じゃあ……もっと身近なところにいる、動く写真の新分野の同業者かい？　当節、そういう連中が演芸場でもてはやされているのは知っているよ」

ホームズは唇を引き結んだ。「そうだな、確かに彼らは調査する必要がありそうだ」

「そのあたりの事情をマイブリッジに尋ねてみないか？」

「あまりにぶしつけだよ。それより、じかに観察したほうが僕らにとって有益だ。きみも新聞で読んだと思うが、つい先月、パリの有名なリュミエール兄弟がリージェント街の王立科学技術学院でシネマトグラフを実演披露しただろう？」

私は肩をすくめた。「正直言って、ぼくは芸術がらみの報道にはあまり目が行かないんだ」

「かまわないさ。マイブリッジにリュミエール兄弟の発明品を見てもらうにはもう遅いが、別の恰好《かっこう》の候補がある。この競争で彼らに追いつけ追い越せの立ち位置にいるのが、目端の利くロバート・ポールという名のイギリス人でね。エジソンのキネトスコープの使い勝手のいい模倣品作りから出発して、現在はセルロイド画像の映写に目標を定めている。好都合なことに今度の水曜日、彼はレスター・スクエアにあるアルハンブラ劇場で自身のアニマトグラフなる装置をお披露目する予定なんだ」

「つまり、きみとぼくとでマイブリッジをそこへ案内しようというのかい？」

「正解だ、ワトスン。おめでとう」

私は顔をしかめて自分のブランデーを見つめ、悶々《もんもん》とした気分で内心こうつぶやいた。

正解なんかじゃない、ホームズに先導されるがまま、彼が会話の発端から意図していたとおりの結論に行き着いただけだ。

第五章

水曜日になって、私の疑念はますます強まった。私が自室でネクタイを結んでいると、部屋の戸口にホームズが顔を出し、事もなげにこう言ったのである。

「僕は今夜の催しに行かないことにしたよ、ワトスン。きみは心置きなく楽しんできてくれたまえ」

「どうして予定を変更したんだい？」私はびっくりして訊いた。

実を言えば、リバプールへ行ったときから、エドワード・マイブリッジに対するホームズの冷淡な態度がずっと気になっていた。というのも、これまでのホームズは相談者を初めのうちこそ邪険に扱うことがあっても、いったん依頼を引き受けたら途中で投げだしたりはせず、最後までやり抜くのが常だったからだ。

ホームズは居間のほうを指して言った。

「いま取り組んでいる新しい論文が、ちょうど正念場を迎えているんだ。中断しないで今夜のうちに一気に仕上げてしまいたい」

その場を取り繕うための、上っ面な言い訳に聞こえた。マイブリッジとの初対面のときは、まさにその論文のためにあれほど彼の助言を期待していたというのに。私は身支度を済ませると、こわばった顔でひとつうなずいてからホームズの横を通り過ぎ、まっすぐ玄関へ向かった。

レスター・スクエアの一角にそびえるアルハンブラ劇場は、二つの高い塔とムーア式の丸屋根をそなえた建物で、その前面にある広場中央のウィリアム・シェイクスピア像を見下ろしていた。これほど立派なたたずまいとはいえ、しょせんは演芸場だ。私は自分がまさか足を運ぶことになるとは思ってもみなかった。いまこうして夕暮れ時に訪れてみると、開いた扉の向こうに照明つきの細い通路が見え、そこを大勢の人々がぞろぞろと歩いている。いまにも氾濫《はんらん》しそうな川のようだ。

中央にあるアーチ型の入口の脇に、押し寄せる人の流れにもまれながら立つエドワード・マイブリッジを見つけた。彼の視線は通り過ぎる者たちの顔ではなく、向かいの壁に貼られたどぎつい黄色のポスターに吸い寄せられていた。そのポスターにはおなじみの演目一覧の横に、〝ロバート・W・ポールの生きた写真〟という文字が堂々と誇らしげに並んでいる。ふさふさの白い顎ひげの陰で、マイブリッジの口もとに軽蔑《けいべつ》のこもった冷笑が浮かんだ。

「座席が決まっているとはいえ、遅過ぎはしないかね？」挨拶《あいさつ》抜きでマイブリッジが言った。

私は懐中時計を確認した。「まだ十五分前ですが」

「ああ、そうとも。わたしはその貴重な時間を使って、開演前に楽屋へ行きたいのだ。ポール氏はわたしの名を知っているはずだから、快く迎えてくれるだろう。彼のアニマトグラフの映像を見るだけでは、なにもつかめん。まず装置自体を細かく調べる必要がある。わかったかね？」

一緒に歩きだしながら、私は初め曖昧《あいまい》な口調で詫《わ》びたが、マイブリッジが声荒く文句を言い続けるので何度も平身低頭で謝罪しなければならなかった。建物に入ると、客席の扉の前を通り過ぎ、出演者ごとに割りあてられた楽屋へ通じているであろう廊下を進んでいった。そういえば、マイブリッジはなぜホームズがいないのか訊かなかった。招待状を受け取ったときに、そういう場合もありうるとホームズから知らされていたのかもしれない。

「ちょっとお待ちを！」

いきなり大声で呼び止められた。振り向くと、劇場の案内係の制服を着た、まだ十代とおぼしき若い男が急いで追いかけてくる。

マイブリッジは無視して歩き続けたが、追いついた案内係に腕をつかまれた。その手を乱暴に振り払って、マイブリッジがぴしゃりと言う。

「失敬な！　邪魔するんじゃない。この先は立ち入り禁止だなどと注意される筋合いはないぞ。わたしはロバート・ポール氏に会いに行くのだ。きっと向こうはありがたがって歓迎するだろう」

案内係が狼狽《ろうばい》の表情に変わる。「邪魔だなんて、めっそうもない。大変失礼しました。どなた様か確認したかっただけでして。マイブリッジ教授でいらっしゃいますね？」

マイブリッジは姿勢を正し、これ見よがしに胸を張った。「いかにも。きみ、わたしの講演を聴いたか、著書を読んだかしたことがあるのかね？」

案内係は嬉《うれ》しそうに甲高い声を漏らした。「いいえ、どちらもありません。あの、教授……今夜は当方も警戒したほうがよろしいのでしょうか？」

「どういう意味だね？」

案内係はそわそわと廊下を見まわしたが、私たち三人以外には誰もいなかった。

「どこに潜んでいるかわからないですからね、例の悪党は」自分の言葉に身震いして続けた。「ぼくよりあなたのほうがよっぽど勇敢です。やつが野放しの状態にもかかわらず、こうして堂々と外出なさっている。まわりがどう噂しているかはご存じでしょう？」

マイブリッジが顔をこわばらせる。

「わたしは噂なんぞ聞きたくない。その〝まわり〟とやらが、道徳心に欠けた新聞記者の連中や世間一般を指すのならば、なおさらだ」

「八つ当たりされても困ります」案内係は鼻にしわを寄せたが、すぐにまた笑顔になると、初めて私の存在に気づいた。「もしや、こちらがあのシャーロック・ホームズ？」

私はあきれて目を丸くしそうになるのを我慢した。ホームズと間違えられるのは、彼の伝記作者という役目に伴うひとつの弊害で、彼の〝助手〟と呼ばれるのと同じくらい不愉快なことなのだ。彼の名声を私も陰ながら支えていることはあまり巷《ちまた》で知られていないだけに、ときどきやりきれない気持ちになる。

「いいや」私はそっけなく答えた。「シャーロック・ホームズではない」

「じゃあ、やっぱり彼はあきらめたんですね」案内係はしたり顔でうなずいた。「無理もありません。誰しもいずれは手強《てごわ》い敵と出遭います。教授、あなたもです。分別がありなら、くれぐれもご注意ください。油断大敵ですよ。いまはぼくがついていますので、ご安心を。鷹《たか》のごとく目を光らせて、悪党が襲いかかってくるなりこてんぱんにやっつけてみせます」

マイブリッジが冷ややかに訊《き》く。「なんのために？」

「もちろん記者に報告するためです。新聞社は体験談が喉《のど》から手が出るほど欲しいんですよ、教授。それを語るのは、ぼくをおいてほかにはいません。ぼくが現場に居合わせたと知ったら、きっとみんなうらやましがるだろうな」

有名になった自分を思い浮かべているのだろう、案内係はうっとりとした目つきになった。その隙にマイブリッジと私は足早にそそくさと立ち去り、あとには空想にふけっている案内係が一人残された。

やっと解放されたと思いきや、少し先の廊下の角を曲がったとたん、今度は前を通せんぼされた。花飾りをふんだんにあしらったドレスを着て、頭にも飾りをつけた友人同士らしき二人の女性が、横に並んで立ちふさがる壁のごとくこちらへ近づいて来たのだ。

マイブリッジを指差して、なにやらささやき合っている。

「まあ、本物かしら？」背の高いほうの女性が目を見開いて言う。

「本物に決まってるじゃないの！」もう一人が断言する。「ああいう大きな白い顎《あご》ひげを生やしているのは、彼とチャールズ・ダーウィンくらいなものだわ！　あのう、あなたはチャールズ・ダーウィンではないんでしょう？」

「むろんだ。わたしは故人のダーウィンではない」マイブリッジが皮肉たっぷりに答え、私はにやりとしそうになるのをこらえた。今夜は人違いが多い。「さて、そこを通していただけるかな、ご婦人方？」

小柄なほうの女性が眉《まゆ》をひそめた。「もうじき開演ですわよ」

「言われなくてもわかっておる。ロバート・ポール氏に会いに行くところだ」

彼女はかぶりを振った。頭の花飾りも一緒に揺れる。「お断りよ。ここを通しません。あなたのことはみんな知っていますわ。あなたがこれまでなさったことも」

マイブリッジの表情に深刻な苦悩の色が浮かぶのを私は初めて見た。「いや、わたしは、ただ――」

もう一人の女性は腕組みをして言った。「別の機会になさってはいかが？　ここを通したら、あなたはどんな悪さをするかわかりませんし、さっきも言ったとおり、もう開演ですわ。つまみ出されたくなかったら、ほかの人たちと同じようにおとなしく客席にお戻りなさいな」

私は懐中時計を見てマイブリッジに言った。「本当だ。もう時間がない」

マイブリッジは両手を白い頭髪に突っこんだ。「それは次から次へと馬鹿どもが邪魔するからだ！」

小柄なほうの女性はぷんぷんして言い返した。「まあ、なんて言いぐさでしょう！これ以上迷惑をかけると、その馬鹿どものわたしたちが係の人を呼んで、外へ放りだしてもらいますからね！」

マイブリッジは二人の手強い敵を代わる代わるにらんだあと、かなう相手ではないと観念したらしい。無言で踵《きびす》を返し、もと来たほうへ足を踏み鳴らしながら歩きだした。

私は花だらけのご婦人方にすまなそうな顔で笑いかけてから、急いで客席へ向かった。

第六章

私たちの席は前から七列目の中央で、舞台を見やすい位置にあった。狭い通路を縫って着席すると、マイブリッジはさっそく別の不満の種を見つけ、ぶつくさ言い始めた。ロバート・ポールの映写機は客席の後方に設置されているため、立見客や各自の席へ移動する人々に隠れて見えないらしい。私は連れのみっともない態度から気をそらしたくて、入場する際にチケットの提示と引きかえに受け取ったプログラムを開いた。私の目はレストランやウィスキー、整髪料、コルセットなどの雑多な広告に寄り道したあと、ようやく演《だ》し物の紹介にたどり着いたが、内容を見るなり気落ちした。

「これは本当ですか？」私はプログラムを指してマイブリッジに訊いた。

彼は口をつぐんでプログラムを見やり、驚いて目を見開いた。

「まあ、しかし、こういう場所だから、まともなものを期待するほうがおかしいんだろう」彼は言った。「これできみにも理解できたんじゃないかね？　わたしが自分の講演会場を安っぽい娯楽施設とは対照的な学びの場に限定してきた理由が」

私はプログラムに再び目を通した。ホームズの口ぶりからはまったく予想がつかなかったが、なんとR・W・ポールによるアニマトグラフの上映は今夜の唯一の催しではなかった。全部で十一もの演目が記載され、アニマトグラフは八番目だ。それ以外に長編劇が二つも上演予定で、俳優と配役に加え、歌手やダンサーの名前もずらりと並んでいる。果ては〝エミー一座のトイテリア・ショー〟とかいう動物サーカスまである。私は思わずうめき、胸の内でホームズに恨み言をぶつけた。

ほかの客たちもあらかた着席すると、マイブリッジは立ちあがって後ろを振り返り、観客の頭越しにアニマトグラフがあるはずの暗がりをのぞきこもうとした。根負けした私はやむをえず、ショーが終わり次第ポール氏の楽屋へ挨拶《あいさつ》に行って、彼の装置を特別に見せてもらいましょう、とマイブリッジに約束した。開演前からこの調子では先が思いやられる。終演が途方もなく遠い未来に感じられた。そんなわけで、あと数時間を何事もなく平穏に乗り切れるなら、どんな約束もいとわない気分だった。

舞台の手前には、女たちがずっと奥まで続く円柱に囲まれてくつろぐ、古代ギリシャ風の場面を描いた紗幕《しゃまく》が下りていたが、それが徐々に上がっていった。オーケストラによる序曲の演奏が始まり、開いた幕の向こうに舞台に立っている男性歌手が現われた。私はプログラムを確認して、安心しろ、この序曲も十一の演目に含まれている、と自らを励ました。

私の取り越し苦労だったのか、最初のいくつかの演目はあっという間に終わった。〝ミュージカル・コリーズ〟は文句なしに愉快。最初の〝ドニーブルック〟と題された劇にはすっかり引きこまれ、密偵と警察が出てくる話だからホームズもきっと気に入るだろうと思った。〝エミー一座のトイテリア・ショー〟も予想外におもしろかったので、横にいるマイブリッジを肘《ひじ》で軽く突《つつ》いて、きっと彼も楽しんでいるだろうと様子をうかがったところ——居眠りしていた。しかも、小突かれた拍子に首が後ろへがくんと倒れ、犬たちの吠《ほ》え声よりも大きい地鳴りめいたいびきをかき始めた。慌てて頭をそっと前へ戻してやると、深くうなだれた姿勢にはなったが、幸いにしていびきは止まった。

次は軽業師による鉄棒を使った曲芸で、そのあとはロシア人の踊り子たちのショー、続いてシェイクスピアの戯曲『ロミオとジュリエット』をもとにした寸劇がいくつか。この時点で私のまぶたもだんだん重くなってきた。だらしない恰好《かっこう》で眠りこけている男と、その隣で起きたふりをしているものの、本当はいまにも舟を漕《こ》ぎそうな男。想像しただけで、見苦しいことこのうえない。いよいよロバート・ポールの番が来て、彼とアニマトグラフを紹介する司会者の声が響き渡った瞬間、私ははっと我に返った。背筋を伸ばし、慌ててマイブリッジを揺り起こす。

もともと場内は薄暗かったが、白いスクリーンが下りてきて、舞台上の照明をさえぎると、数秒間あたりは完全な暗闇になった。やがて一筋のスポットライトが一人の男を浮かびあがらせた。ロバート・ポールだろう。彼は細い光の道を颯爽《さっそう》と歩いて舞台に上がり、自身の装置について説明を始めた。隣でマイブリッジがいちいち反応するので、私はそちらに気を取られ、ポールの話にあまり集中できなかった。それでも要点はなんとか聞き取った。

本人の談によれば、もともとはエジソンのキネトスコープに触発され、イギリスの観客向けに改良型の覗《のぞ》き眼鏡式装置を開発した（「そんなことができたのは間抜けなエジソンがイギリスでの特許を取り忘れたからだ」とマイブリッジが隣でつぶやく）。その後、独自の新しいフィルムを制作しようと決意（「そうするしかなかったんだよ、エジソンが自身の作品を保護する対策を講じたせいで」とマイブリッジはまたも皮肉をはさむ）。さらにバート・エイカーズ氏と提携を結んで（「ポールは写真の撮影技術に関してはずぶの素人だったからな」これもマイブリッジによるあてこすり）、近頃フィルムの正確なコマ送りが可能になる仕組み、〝マルタ十字システム〟を開発したそうだ。マイブリッジはこの最後の部分については嫌味を言わないどころか、うなずきながら熱心に聞いていたので、専門家として充分評価できる業績なのだろう。しまいには私のほうを向いて、ささやきよりかなり大きな声で言った。

「これほど素晴らしい装置は是が非でも間近で見たい！」

意気込むマイブリッジとは対照的に、まわりの観客はしびれを切らしている様子だった。ポールもそれを感じ取ったのだろう、ただちに前置きをしめくくった。

だいぶ弱まったものの、スポットライトはポールに当たったままで、さらに二つ目の光線が広い場内の後方から射した。きっとマイブリッジは振り返ってアニマトグラフを探すだろうと思ったが、予想に反して前方をじっと見つめていた。

スクリーン上に夜会服姿の男性が登場した。その映像はいくぶんちらつき、彼がなにか話しているのはわかるが、言葉は聞き取れない。だがなにより不思議なのは、彼の身体が巨人のように異様に大きいことで、ちょうどオーケストラ・ピットの上方に顔がぽうっと浮かんでいる。

「淑女ならびに紳士の皆様、ここに映っている人物を紹介しましょう」ちらつく映像の脇に移動したポールが、観客に向かって言った。「有名な即興絵師のトム・メリー氏（本名はウィリアム・ミーチャム、一八五三―一九〇二。イギリスの漫画家、芸人）です」

マイブリッジは額がもう少しで前の座席にぶつかりそうなほど身を乗りだした。私もスクリーンの映像に目が釘付《くぎづ》けになった。トム・メリーは背後にある大きな白い紙を貼った壁のほうを向き、ペンを構えた。私は頭のなかで、あの壁は映像内のものであって、いま自分がいる劇場には存在していない、と自らに言い聞かせなければならなかった。

メリーが作業を開始し、紙の上でペンを軽快に走らせる。間もなく横向きの顔の輪郭が現われ、続いて聡明《そうめい》そうな目と丸っこい大きな鼻、さらには詰襟の軍服、両端がぴんと上を向いた立派な口ひげまでもが、あっという間に描き加えられた。観客たちはほぼ同時に誰の顔か気づき、ため息を漏らした。間違いない、ドイツ皇帝ヴィルヘルム二世だ。芝居通の観客数人が立ちあがって拍手したが、映像が消えると再び着席した。誰もが内心でこう繰り返したことだろう。トム・メリーはここにはいない、彼はしばらく前にどこか別の場所でこの見事な腕前を披露したのだ、と。

「すごいじゃありませんか」私はマイブリッジに話しかけた。

彼は興奮もあらわにうなずいた。

「わたしの見積もりでは、少なくとも毎秒十六コマだ。実にすばらしい」

互いに異なる点に感心していたのがわかって、私はにやりとせずにはいられなかった。マイブリッジが専門家の立場から技術面を評価した一方、私はほかの大半の観客と同様、アニマトグラフで投写されているのを忘れて、スクリーン上の映像をとっさにいま現在の光景だと思いこみ、純粋にトム・メリーの芸を楽しんだ。

ポールが自作のフィルムに関する解説をほんの一分程度はさんだあと、スクリーンに再びトム・メリーが現われた。不思議なことに、彼が背にしている壁の大きな紙はまっさらな状態に戻っている。彼はやはりこちらに背を向け、その紙に新しい似顔絵を描き始めた。私はすぐにオットー・フォン・ビスマルクの顔だとわかった。それとなく周囲の様子をうかがったところ、目の表情から判断するに観客の反応はわりあい鈍い。さっきはあれほど驚嘆していたのに、早くも慣れてしまったんだろうか。皆とは対照的に、マイブリッジは完全に魅了された表情のままだが。

トム・メリーの素描が出来上がった。生出演ではないので、実際には相手は舞台にいないとわかっているせいか、今回の拍手はまばらだ。

「次はなんだ?」マイブリッジがつぶやく。どう見ても私の存在など忘れてしまっているようなので、質問ではなく独り言らしい。

ロバート・ポールはこほんと咳払《せきばら》いしてから言った。

「この素晴らしい劇場の支配人、アルフレッド・モール氏は、観客の好みを的確につかむ明晰《めいせき》な洞察力の持ち主だという評判です。皆さんが今夜これまでにご覧になった数々の楽しいショーがなによりの証拠でしょう。彼にアニマトグラフの上映を依頼された際、〝驚きに好奇心を添える〟ようにと助言されました。わたしはじきじきに授かったこの賢明な秘訣《ひけつ》を胸にしっかりと刻み、いまこの場に立っています。というわけで、今夜お集まりの淑女と紳士の皆さん、バート・エイカーズ氏がキネトスコープ用に初めて作ったフィルムをいまからお目にかけます。驚きと好奇心はもちろんのこと、ぞくぞくする興奮を味わっていただけるでしょう。タイトルは《掏摸《すり》の逮捕》です」

スクリーンは再び明るくなり、さっき見せられたのとはまったく異なる壁が映しだされた。今度は薄汚れたレンガ塀なので、おそらくどこかの路地だろう。あちこちに芝居のポスターが貼られている。数秒後、右手から一人の男が現われた。私は彼が目の前の舞台からスクリーンのなかへひょいと移動したような錯覚に陥った。男はあたりを見まわしながら、こそこそと歩いていたが、すぐあとから制服姿の警官が追いかけてきた。最初に登場した男は掏摸だったのだ。警官は掏摸の襟首をむんずとつかんで、そのままスクリーンの左へと消えた。が、私もまわりの観客たちも二人の動きを追って、反射的に頭を左に向けた。彼らがスクリーンからはみだして存在すると思いこむくらい臨場感あふれる映像だった。

少しして、彼らは取っ組み合いながら再びスクリーンに現われた。警官の制帽が吹っ飛んで、舞台の床と同じ高さの地面を滑っていき、客席全体からあっと息をのむ声が聞こえた。警官は掏摸に向かって突進するも、ジャケットを剝《は》ぎとっただけで、つかまえそこねた。その隙をついて逃げだそうとする掏摸。と、そこへ別の男が現われ、行く手に立ちふさがる。私たち観客は我を忘れて盛大に歓呼の声を送った。新たに登場した男と警官は力を合わせて掏摸を地面に投げ倒し、激しく抵抗する相手の手足を押さえ、ついに手錠をかけることに成功した。引きずりあげるように立たされた掏摸は、三人目の男に後ろから乱暴に押されながら右へ退場。残った警官も落ちている掏摸のジャケットを拾いあげ、二人のあとを急ぎ足で追っていった。

スクリーンの映像が消えると、場内は暗闇に包まれた。客席からはなんの反応もなく一瞬しんとなったが、直後、雷鳴のような音とともに皆が起立したかと思うと、割れんばかりの拍手が沸き起こった。私も皆にならって、てのひらがひりひりするまで拍手した。ふと隣を見たら、マイブリッジは座ったままだった。目に涙を浮かべているが、もちろん悲しみの涙ではない。何度もうなずいて、立っている前列の客たちに視界をさえぎられているにもかかわらず、スクリーンの方向をまっすぐ見つめていた。

私は陶然としながら沈みこむように腰を下ろし、マイブリッジに言った。

「非常に見ごたえがありましたね。あれは事実と芝居、どちらだと思いますか？」

マイブリッジには私の声が聞こえていないようだった。顔から血の気が引いて、大理石のように真っ白だ。

万雷の拍手はなおも続いていたが、静粛を求める合図か、それとも勝ち誇った気分のあらわれか、ロバート・ポールが両手を挙げたのでようやく止んだ。

「皆さん、わたしはそろそろ次のミスター・モリス・クローニン（アメリカ出身のジャグラー。その分野の草分け的存在で、複数の棍棒を使った曲芸が有名）に舞台を譲らなければなりません」観客が不満そうにどよめく。「しかしその前に、〝掏摸の逮捕〟をもう一度だけ上映したいと思いますが、いかがでしょう？」

場内全体からどっと歓声があがる。

ポールはお辞儀をした。

「心から感謝いたします。これからも〝驚きと好奇心〟を皆さんにお届けすることをお約束します。では再び、《掏摸の逮捕》をご覧ください。どうぞ！」

立っていた大勢の観客が一斉に着席すると、その振動で私の座席までもが地震の震源地の真上にいるかのように揺れた。今度はスクリーン上で起きる出来事があらかじめわかっているせいで、場内はやんややんやの大騒ぎだった。もしロバート・ポールの気が変わって、三回目の上映がおこなわれることになったら、観客の熱狂はますます高まるだろう。終了後は言うまでもなく拍手喝采《かっさい》がとどろき渡り、私は両耳を手でふさがなければならなかった。

ポールはしばらくのあいだ猛烈な祝福の嵐に身をまかせてから、深々と一礼して退場した。彼が暗闇に吸いこまれると、客席は拍手に代わって興奮した話し声であふれ返った。

「やれやれ、みんな大喜びでしたね」私は連れに言った。

マイブリッジからの返事はなかった。前をまっすぐ向いたまま、ぱちぱちとしきりにまばたきしている。そんな彼を見て、私はことのほか不思議な感覚をおぼえた。なんだか彼が自身のカメラ、あるいはロバート・ポールとバート・エイカーズのカメラそのものみたいだったからだ。小刻みなまばたきは、一コマずつ静止させて連続撮影するシャッターの図と重なった。

「ホームズが一緒に観ていたら、ぜひ感想を聞きたかった」私は声に出して言った。「さっきスクリーン上で繰り広げられたのとよく似た場面を実際に何度も経験してきたから、犯人逮捕の描写に不自然な点や不正確な点があれば、いくらでも見つけられただろうな」

マイブリッジはほかの観客の存在に初めて気づいたかのように、ぽかんとしてまわりを見まわした。

「彼はよくやった」マイブリッジがかすれた低い声で言う。

「ホームズのことですか？」

「ロバート・ポールだ。彼は人生の営みを映像にとらえてみせたのだ。おかげで、いまやそれはいつでも自在に呼び起こせるものとなった」

私ははっとして、今夜自分がここにいる理由を思い出した。

「彼の業績をどう評価されますか？」

「彼はよくやった」マイブリッジは同じ言葉を繰り返した。こちらを振り向いた彼の目に、涙が光っていた。「感嘆すべき驚異的な発明だ……ここにいる観客は、街の通りで毎日起きている警官と犯罪者による本物の格闘を実際に見たつもりになっていた。スクリーンが単なる窓であるかのように」

「なかなか詩趣に富む表現ですが、おっしゃる意味はだいたいわかります」私は言った。「それは好ましくない影響とお考えなんでしょう？」

マイブリッジは首を横に振った。

「わたしはずいぶん前から、自分の作品は研究の手助け、要は科学の道具と位置づけていた。だが、これはちがう……発明の才を活《い》かした唯一無二の偉業によって、ポールとエイカーズは至高の娯楽を創りだしたのだ。ギャロップする馬の脚が四本とも同時に地面から離れるかどうかなど、ここにいる観客はべつに知りたがっていない。さっきの映像にあてはめれば、警官の制帽は頭から離れたあと何秒間宙にとどまっていようが、この劇場内の者たちにはどうでもいいことだろう。彼らが求めているのはあっと驚く見世物、始めから終わりまで現実だと信じこませてくれる幻想なのだ」

「この種の新しい芸術は、研究と娯楽のどちらにも可能性が開けているはずです」

マイブリッジがため息をつく。

「たぶんそのとおりなんだろう。とにかく、わたしの時代は終わった。心の底では前々からわかっていたことだ。いいかげん潔く認めなければ」

いまさらながら気づいたのは、同業の別の旗手の功績に対する彼のこういう反応は、私が予想していたものとは全然ちがうということだった。舞台上でモリス・クローニンが何本もの棍棒《こんぼう》を投げたり取ったりしているあいだ、私はマイブリッジの態度と発言についてつらつらと考えていた。クローニンの退場後、ワシントン・アーヴィングの短編小説『リップ・ヴァン・ウィンクル』（主人公が眠っているあいだに二十年が過ぎていた、というアメリカ版〝浦島太郎〟と呼ばれている物語）を題材にした劇が始まると、主人公への強い共感ゆえか、私は睡魔に襲われていつしか寝入ってしまった。

第七章

海上の船室で騒がしい波音を聞いている夢を見た。そのあとで目が覚め、波音はまわりの観客たちの長い拍手だと気づいた。眠気が消えて、頭がはっきりすると、すでに舞台の幕は下り、目の前に見えたのは例のギリシャ風の列柱が並ぶ絵だった。客席もほぼ空っぽだ。マイブリッジは同じ列に残っている客たちが全員通路へ出るのをぶつぶつ言いながらいらいらだたしげに待っていた。

ようやくマイブリッジの番が来ると、私も席を立ってあとに続き、客席の後方へ向かった。やがて彼は立ち止まって両手を腰に当て、最後列をじっと見た。

「なくなっている」と彼は言った。「あの長ったらしい退屈な劇のあいだに片付けられたんだな」

「たぶんポール氏は楽屋に残っていますよ」自分の声がまだ少し寝ぼけているように聞こえた。

マイブリッジは鋭くうなずいた。それから、彼の年齢にしてはすばやい足取りでほかの客たちを押しのけながら逆方向に進み、舞台のほうへ向かった。

「楽屋はそちらではありませんよ」私はそう声をかけたあとで、マイブリッジなら別の経路を知っているのかもしれないと思った。私自身の頭には劇場の見取り図は入っていないが。

マイブリッジは前方をまっすぐ指差した。「舞台裏へ行く。装置を見るには一番の近道を行くのが最善手だからな。それに、後ろへ向かえばいけ好かない案内係どもに建物の外へ追っ払われるに決まっている。さて、ここは脚力の見せどころだな」

驚いたことに、彼はオーケストラ・ピットの左側の踏み段をのぼり始めた。

「あの、しかし、ミスター・ポールに挨拶《あいさつ》に行くんでしょう？」私はおろおろして言った。

「そうしたければご勝手に」

私がなすすべもなく見つめる前で、マイブリッジはしゃがんで舞台の幕をめくりあげ、狐顔負けのすばしこい動きでそこを通り抜けていった。私のほうは踏み段に足をかけたものの、学校の決まりを破ろうとする生徒のように躊躇《ちゅうちょ》して立ちすくんだ。

そんな状況だったため、後ろから誰かに名を呼ばれたときは助かったと思った。

「ワトスン先生！」同じ声が再び響く。

こんなところに来ている知人は誰だろうといぶかりながら、私は広い客席内を見まわした。すると、若い男――少年と呼んだほうがふさわしい年齢と見た――がこちらへ駆けてくる。

「ワトスン先生ですよね？」

「ああ、そうだが」意外や意外、よりによってこういう場所で顔を知られていたとは思いもしなかった。「なんの用だね？」

「父が倒れてしまって——意識を失ってるんです。診ていただけないでしょうか？」

マイブリッジが通り抜けた幕をちらっと見てから、私は少なからぬ安堵感《あんどかん》とともに答えた。「もちろんだとも。すぐに案内してくれ」

五十代とおぼしき父親は、退場する客が通らない右端の最前列の席の前にうつ伏せで横たわっていた。左腕を曲げて胸に押しあてているので、心臓が悪いのだろう。頭は横に向けている。そばに行って診察したところ、顔は土気色《つちけいろ》で、額は玉の汗だった。

ただちに介抱した。どうやら発作は軽いものだったらしく、患者はすぐに気がついて後遺症の心配もないようだった。身体を起こしてやると、彼はまさか助かるとは思わなかったとばかりに、不思議そうにあたりを見まわした。息子は私の手を握って感謝の言葉を繰り返した。もっとも、往診鞄《かばん》がないので実際には診察らしいことはなにもできなかったのだが。

そのとき、舞台のほうから悲鳴のような叫び声が聞こえた。

「大変だ、マイブリッジが！」私はさっと顔を上げた。連れと一緒だったことさえ失念していて、舞台の奥へ行ったマイブリッジの安全まで気が回らなかった。

紗幕《しゃまく》越しに、重い足音と低いつぶやきがくぐもって聞こえてくる。

心臓発作の男を最後にもう一度診て、問題なさそうだと確認すると、私は踏み段を駆けあがって大急ぎで幕の隙間を通り抜けた。

舞台裏は薄暗く、形がわかるのはぼうっとそびえる舞台背景の壁と、天井から蜘蛛《くも》の巣のように垂れ下がっている多数のロープだけだった。

マイブリッジの名を呼んだが、返事はなかった。そのとき右の前方からドアがばたんと閉まる音がした。

舞台の袖《そで》に小道具やゴミがごちゃごちゃと転がっているせいで、進もうとしてもすぐに足を取られた。うっかりケーブルにつまずき、どこかに引っかけたらしくカフスボタンがちぎれかけた。暗がりのなか、頭上からぶら下がっている物体をよけながら歩く苦労は、筆舌に尽くしがたいものがある。

そこへ、またもやドアの音。さっきと同じドアが開いて閉じた。この迷路をなんとか抜けようと私は再び奮闘した。

しばらくして、チョークであちこちいたずら書きされた暗いレンガ塀が目の前に立ちはだかった。黒ずんだ表面に小さなドアの輪郭が見える。そこを押し開けて身体をねじこむようにして通り抜けると、細い路地に出た。樽《たる》や木箱が点々と転がっていて、それらに交じって濡《ぬ》れた紙や布も散らばっている。劇団が演出のために持ちこんだもので、不要になったから放置したのだろう。

路地の向こう端近くに、その先で交差するいくぶん明るい街路へ向かう人影が見えた。マイブリッジかと思って大声で呼び止めようとしたとき、その人物が後ろに長いマントをなびかせているのが目に留まった。マイブリッジは質素な毛織のスーツを着ていたはずだ。しかも、このマントの男は手にステッキを持っている。私は舞台の幕の反対側から叫び声があがったのを思い起こし、薄気味悪い亡霊じみた人影を追って全速力で駆けだした。

誰だか知らないが、その人物は私よりも先に広い街路に出て、一瞬立ち止まったあと曲がり角を左へ折れた。私も数秒遅れで交差点に達したが、そのときには謎めいたマントの男の姿はすでになかった。エドワード・マイブリッジもどこにもいない。

いま頃気づいたが、ここはチャリング・クロス・ロードだ。私は内心で悪態をつきながら、左へ曲がって大通り沿いに歩き続けた。進めば進むほど混雑はひどくなり、クランボーン通りと交わる十字路を渡って、リトル・ニューポート通りやグレート・ニューポート通りと合流するそれぞれの丁字路を過ぎる頃には、獲物を追跡するおのれの能力にすっかり自信を失っていた。情けないことに、獲物が一人なのか二人なのかも定かでない。それで思い出したのだが、私はマイブリッジがアルハンブラ劇場から出るのを実際に見たわけではない。ひょっとしたら、まだ劇場内にいるのかもしれない。おそらく怪我を負って。これが無意味な追跡ではない確証もなしに、ロンドンじゅうの通りを駆けまわるのはごめんだ。私は浮かない気分で回れ右をして、劇場への道を戻り始めた。この追跡も結局は収穫なしに終わるんだろうな、と胸の内でつぶやきながら。

果たして懸念していたとおりになった。二時間後、劇場の舞台から楽屋、建物前の広場まで徹底的に調べ、近くの通りもしらみつぶしに捜したが、残念ながら無駄骨に終わった。しかたなく北東へ進路を取り、帰途についた。もっとも、追跡中にベイカー街への道のりのすでに半分くらいまで来ていたが。

依頼人を不可解な状況で見失ったと報告したらホームズになんと言われるかは、なるべく考えないようにした。代わりに、自分の行動について長ったらしい釈明をああでもないこうでもないと頭のなかでこねくりまわした。そもそも、マイブリッジが今夜危い目に遭う可能性があるとは聞いていなかったのだから、つい警戒を怠ったのも致し方ないではないか。そんなふうに考えてみたが、しょせん悪あがきで、非難をかわすのは無理だと最後はあきらめた。どれもこれも、自分ですら納得できないお粗末な言い訳ばかりだったからだ。マイブリッジの命が脅かされていることは、ホームズだけでなく私も知っていた。一瞬たりとも依頼人から目を離すべきではなかった。

パディントン通りへ曲がった瞬間、足が止まった。前方を見覚えのある人物が大股《おおまた》で歩いているではないか。長いマントだけではなんとも言えないが、ゆるぎない悠然とした足取りで、劇場裏の路地で見かけた男だと確信できた。さらに一、二秒眺めると、ステッキを持っているのも同じだった。ただし、両手で握っているのはいま初めて気づいた。歩く際の補助というより棍棒《こんぼう》代わりといった風情だ。その男はわき目も振らず歩道を突き進んでいく。

私は追跡を開始した。道沿いに並ぶ商店の戸口や日よけの陰に時折隠れながら、獲物とのあいだに別の歩行者を少なくとも三人はさんだ。男はグレート・ウッドストック通りを経由してノッティンガム通り、さらにはノーサンバーランド通りへ入った。途中には私が身を隠せる建物や曲がり角がふんだんにあった。救貧院の前を通りかかったときは尾行術の技量と工夫がそれなりに求められたが、マントの男が一度も振り返らないので、こちらもだんだん余裕が出てきた。彼がメリルボーン・ロードの左側を進んでいるあいだは、商店の戸口に隠れるという常套《じょうとう》手段を使った。

交差点にさしかかると、男は右に折れてベイカー・ストリートに入った。角を曲がるたび彼の後ろでマントがうねりながらひるがえる。私はそれまでよりも距離を詰めたので、一瞬だけ相手の横顔が見えた。最初に目についた特徴は、鷲《わし》のくちばしのように突きでた鼻だった。

私はぎくりとして、その晩の出来事を脳裏で再現した。それから、こっそり追うのをやめ、ベイカー街の通りを行くマントの男のあとに堂々とついていった。自分の直感を確信に変えるため、彼の動作をつぶさに観察しながら。

相手の大きな歩幅に合わせて私も早歩きしていたが、さらに歩調を速めて次第に距離を縮めていった。そのうちにとうとう追跡ごっこに耐えきれなくなり、小走りに彼に追いついた。全然振り返らないので顔は一度もはっきり確認できなかったが、それでも事実は明々白々だった。

「ホームズ！」私は大声で呼んだ。

「気持ちのいい晩じゃないか」彼はずっと横に並んで歩いてきたかのように平然と言った。「だから僕も馬車に乗るのはもったいない気がして、歩くことにしたんだ」

「しかし――」と私は言いかけたものの、ホームズを責める言葉はひとつも思い浮かばなかった。

「きみが追いつくのを待っていたんだよ。僕と同じようにてくてく歩くほうを選ぶとわかっていたからね」

私はあっけにとられた。「顔を見せてさえくれれば、物陰に隠れてこっそりあとをつけたりしないで、一緒に歩けたのに」

「ワトスン、隠れてこっそりあとをつけるのは少しも悪いことじゃないよ。もっと頻繁にその練習をしたほうがいいと助言したいくらいだ。今夜のきみは普通の人よりは優れた腕前だったが、まだまだ改善の余地はある」

私はあきれて立ち止まったが、ホームズが歩調をゆるめず歩き続けたので、しかたなく急ぎ足で追いついた。

「隠れてこっそりと言えば」私は憤慨して続けた。「今夜のきみの行動について物申したい。きみがマイブリッジのあとを尾《つ》けていたなら、ぼくがあんなに長い時間かけて彼を捜しまわる必要はなかったわけだね？」

ホームズはうなずいた。「いま頃彼はキングストン・アポン・テムズの自宅で寝床に入っているだろう」

「彼を自宅まで追っていったのか？」

「いいや。電報局まで」

「電報局？　理由を聞かせてもらえるんだろうね」

すでにベイカー街二二一Bにほど近い場所まで来ていた。ホームズはようやく歩く速度を落とし、私を振り向いた。

「今夜起こった出来事をきみはどれくらい思い出せるかな？　僕はトイテリアの芸が終わったあとなら憶《おぼ》えているよ。掏摸《すり》が出てくる映像や、きみのうたた寝もね」

私はぎくりとした。ほんのつかの間の居眠りだから、誰にも気づかれなかったと思っていたのに。「きみはずっと客席に？」

「もちろんさ」

「ぼくはうたた寝なんかしていない。アーヴィングの劇があまりぱっとしなかったから、飽きただけだ。それに、あのあとの……」私は言い淀《よど》んだ。プログラムの最後の演目をどうしても思い出せない。

「ムッシュー・フェリーニ」

「ああ、それだ」

ホームズに続きを促されているのはわかっていたが、ムッシュー・フェリーニが披露した芸を当てずっぽうで語る勇気はなかった。それに、もっと気になる出来事があったのを思い出した。

「そういえば、急病人に助けを求められたよ。あれは本物の発作ではなかったんだろう？」

ホームズはいきなり哄笑《こうしょう》した。

「彼は僕の友人の薬剤師だよ。以前、彼のために一肌脱いだことがあってね。借りを返すいい機会だからお安い御用だと言って、おとり役を二つ返事で引き受けてくれた。劇場の切符代は僕が負担させてもらったけどね。息子さんの分も含めて」

私は額をこすった。「ちょうどあのとき、幕の向こうからマイブリッジの叫び声が聞こえた。彼にいったいなにをしたんだい、ホームズ？」

下宿のドアの前まで来ると、ホームズは鍵《かぎ》を出そうとポケットを手探りした。

「彼が驚くようなことはなにも。ある映像を見てもらっただけさ」

第八章

部屋に入ったホームズは、たっぷり時間をかけてくつろぐつもりのようだった。まず、寝室で新しいシャツとドレッシング・ガウンに着替えてから、共用の居間に戻ってきて自分の机へ行った。散乱していた本をひとまとめにして、ぞんざいに積みあげるという、あまり代わり映えのしない片付け作業のために。それが終わると、今度はパイプと刻み煙草を手に取ったので、すぐに愛用の肘掛椅子《ひじかけいす》に落ち着くのかと思いきや、そこに積み重なっているクッションを一分近くかけて並べ直し、ようやく取り澄まして腰を下ろした。それからおもむろに私を見つめ、きみがいつになったら話を切りだすのか待ちかねていたよ、と言いたげな表情を浮かべた。

「もう気は済んだのかい？」とホームズに訊《き》いた。私はまだジャケットも脱がずにさっきからずっと向かいの椅子に座っていた。

「ああ」

「きみのそういう癖は、はっきり言っていただけないね。肝心なときに重要な情報を出し惜しみする」

「そんなに重要かい？」

「重要だとも。きみが言わなければ、ぼくにはわかりっこないだろう？」

ホームズは考え深げにパイプをくゆらせ、右手をひらりと振った。

「なんでも自由に質問してかまわないよ」

その言いぐさに私はかちんときたが、ここは彼の幼稚さを大目に見る以外に方法はなさそうだ。

「舞台裏で、マイブリッジはきみにどんな映像を見せられて悲鳴をあげたんだ？」

ホームズは穏やかな口調で答えた。「その質問は間違っている」

私はさも腹立たしげに立ちあがった。「これ以上悪ふざけにつきあうつもりはない」

あっそう、とばかりにそっけなくうなずくホームズ。

私の見せかけの態度は、ホームズとはちがってもっともらしさに欠けるのだと即座に気づかされた。しかたないのでまた椅子に腰かけたが、その前にジャケットだけは脱いだ。どうせ手玉に取られるなら、少しでも楽な恰好《かっこう》のほうがいい。

「僕からひとつ提案しよう」ホームズは言った。「事の成り行きを最初から順に追ったほうが有益だと思うよ」

「アニマトグラフのところから？」

「それよりも前からだ」

「じゃあ……トイテリアのショー？」

頬がかっと熱くなる。その小犬たちの芸に自分が大笑いしながら見入ったことを思い出したせいだ。実はホームズもあのとき客席にいたのだと知って、心底楽しんだことが恥ずかしい弱点のように思えた。

「ちがう、そうじゃないな。ホームズ、きみが言っているのはもっと前、リバプールでの出来事からだろう？　じゃあ、マイブリッジの件をほったらかしていたわけではなかったんだね。とはいえ、はた目にはそうとしか見えなかったよ。リバプールへの遠出から戻ってきて以来、マイブリッジの名をほとんど口にしなかったから。初対面のときは彼に対してあんなに愛想よくふるまっていたのに、なぜてのひらを返したみたいに急に冷淡になったのか、不思議でならなかったんだ」

「仕事上の人間関係に愛想など必要ない。彼は僕らの依頼人だ」

「それはそうだが、そこまで厳密に区別しなくてもいいと思うんだが」

「これにはいろいろとわけがある」

「なるほど。ぼくが上手に正しい質問をしなければ、そのわけとやらは話してもらえないんだろう？」

ホームズは返事代わりに再びパイプをふかした。

「よくわかったよ」私はそう言って、リバプール公会堂で開かれた講演の記憶を呼び起こした。

謎の根源はもちろんガラスのスライドにつけられた疵《きず》だが、それ以外にもまだ理解しきれていない事柄がいくつかある。私は指の爪を嚙《か》みながら、あの晩の出来事をひとつずつ脳裏によみがえらせていった。そのうちにようやく引っかかっていた点を探りあて、思わず快哉《かいさい》を叫んだ。

「そうだ、あのまぶしい光！」

ホームズは興味深げに私を見守っている。

「よし、質問しよう」私は俄然《がぜん》意気込んだ。「疵のついたスライドが映写されるのと同時に突然明るい光が見えたが、あれはなんだったんだい？」

「いまのはけっこういい線を行っているよ。正しい質問にまあまあ近い。僕が手直ししてあげよう。きみはこう訊くべきなんだ。〝あの明るい光を見たのは誰か？〟と」

私は顔をしかめた。

「いや、それはもう知っているよ。まず、ぼく自身が見た。ほかは手帳のなかだ。講演後に参加者全員から光を見たかどうか確認するよう、きみに頼まれただろう？　その聞き取り調査の結果を漏らさず手帳に書き留めてある」

「データをただ所有しているのと、データの意味を理解しているのとは別だ。さらに言えば、いまのきみはデータを所有してさえいない」

「まあ、そうだな……手帳はきみに渡したから」

「それについては礼を言うよ。いいことを教えてあげよう。きみの集めたデータは僕が有効に活用している」

私はうんざりして椅子の肘置きを叩《たた》いた。

「もうたくさんだ、ホームズ。早く答えを言ってくれ」

ホームズはくわえていたパイプを離し、口角を心持ち引きあげた。それが彼に期待しうる最大限の詫《わ》びのしるしだろう。

「その特異な判じ物を解く鍵は、マイブリッジ本人が握っている。彼が数十年来研究してきた〝動く写真〟と同様、肝心なのは一連の出来事なんだ。ひとつひとつの出来事そのものより、それらがどう続いているかに着目しなくてはいけない。

ワトスン、これからきみに自分が見たことを順を追って説明しよう。期待に胸をふくらませた聴衆は、最終的に期待どおりの出来事を体験した。地元紙でその晩の主要な呼び物として暗に宣伝されていたことをね。それはとりもなおさず、スクリーンに映しだされる疵の入ったマイブリッジの顔だ。マイブリッジもあのとき顕著な反応を示した。ただし、聴衆とマイブリッジとのあいだには決定的かつ重大なちがいがある。彼が驚愕《きょうがく》の表情に変わったのは、背後のスクリーンを振り返って、聴衆の心胆を寒からしめた映像を見る前だったという点だ」

あの瞬間の凍りついた光景は私の脳裏にくっきりと焼きついていたので、友人の言うとおりだとすんなり納得した。会場の全員が一様に唖然《あぜん》とするなか、マイブリッジはスクリーンの前に立って客席のほうを向いていた。投写された映像が視界に入ったはずがない。

「じゃあ、彼はなにを見て動転したんだい？」私は遠慮がちに尋ねた。

「やっとそこにたどり着いたか。あのときは、きみと僕を含めて十二人が最後部の壁際に立っていた。きみはスクリーンに問題のスライドが映しだされている最中、まぶしい光に文句を言ったね。きみの左側に立っていた者たち数人も同じものを見たのは容易に判断できた。僕自身はというと、光に気づきはしたが、まぶしいとまでは感じなかった。あまり敏感でない者だったら、きっと見過ごしただろう。現に僕の右側で明るい光を見たと認めたのは、たった一人だった。あのあと、きみは僕の指示に従って、立食パーティーの参加者を対象に広範囲な聞き取り調査にあたったね。その結果、講演後すぐに帰った者も多少はいたようだが、僕らが求めている絵を描くのに充分な人数が残っていたとわかった」

「絵を描く？　きみにしては情緒的な表現だね」

ホームズはにっこり笑った。椅子から立って自分の机へ行き、抽斗《ひきだし》から折りたたんだ一枚の紙を取りだした。次に本棚から分厚い本を一冊引き抜く。再び椅子に座ると、彼は膝《ひざ》の上に本をのせて、その上に紙を折りたたんだまま置き、本の表紙も紙の内容も私から隠した。

「憶えているだろうが、僕は壁の上方にあるオーケストラ用バルコニーを念入りに調べた。そうしたら、床の絨毯《じゅうたん》にカンテラによる焼け焦げの跡が残っているのを発見しただろう？　光の出所はもう疑いようがない。残るは、その光が映しだした像を突き止めるだけだ。それこそが、マイブリッジがあの晩見たものだ。手始めに僕は、根拠のないある仮説を立てた。きみもどんな映像だったか思い切って推測してみる気はないか？」

私はじっくり考えてみた。

「馬かな。マイブリッジが有名になるきっかけとなった、走っている馬」

「出発点としては妥当だね。講演後に僕があの依頼人と交わした会話を思い出してごらん。話題はまさにその〝動く写真〟の所有権をめぐる、マイブリッジとスタンフォード知事との小競り合いだった。両者のあいだにはいまも少なからぬ遺恨は存在するだろうが、僕の質問に対するマイブリッジの返答から判断すれば、それがあの晩彼の頭に真っ先に浮かんだ事柄とは思えない。そこであらためてきみに訊《き》くが、バルコニーのカンテラで投影された像に対して、彼はどんな反応を示した？」

私は目を閉じ、そのときの光景を細部まで思い起こそうとしたが、残念ながら力及ばなかった。「ショックを受けていた」

「思いこみに引きずられていないか？　きみ自身がショックを受け、それでほかの者たちの表情もそう見えたんだろう」

「じゃあ、きみは彼の反応をどうとらえた？」

ホームズは片手をひらりとさせた。「僕なら、あれは強烈な憤りと解釈するね。マイブリッジが予期せぬ出来事にかっかしたのは、あの晩二度目だった」

「鳩のことを言っているのかい？」

「そのとおり。ロンドンへ戻ってくる途中、僕はやっと思いあたったんだ。なぜあの出来事が彼をあそこまで激しく動揺させたのか」

ホームズは折りたたんだ紙を横にずらし、本の表紙を私に見せた。タイトルは『アニマル・ロコモーション（原題『Animal Locomotion』。一八八七年出版の大型写真集）』、エドワード・マイブリッジの著作だ。

ホームズはしおりをはさんであったページを開いた。左側は解説文だが、右側は二組の連続写真で、ほぼ全裸の若い体操選手を演技中に撮影したものだった。一組目は十二コマすべてにおいて人物は横向き。ヘッドスプリングという、三点倒立の姿勢から屈伸の反動で跳ね起きる運動をしているが、最後の二コマで動作が不完全なまま唐突に中断させられている。宙返りの途中で身体が不自然に固まり、両腕を上に投げだしたうえ、さも驚いたように口を大きく開けているのだ。

一組目の下には、それぞれ幅が半分の、同じく十二コマからなる連続写真が添えられている。同じ体操選手の動作を別の角度のカメラで真正面から撮影したものだ。この二組目が、異常な姿勢の原因を説明してくれた。横から撮った場合では見えない部分が写っているからだ。初めの五コマでは左下に一羽の鳩が歩いていて、近づいてくる選手の前を横切ろうとしている。六コマ目で、たぶん人間の奇妙な動きに気づいて驚いたのだろう、鳩が羽を広げている。九コマ目で鳩は飛び立ち、十コマ目で選手がようやく鳩に気づく。十一コマ目と十二コマ目は最初の連続写真と同様、体勢を崩した選手の乱れた手足とこわばった表情が写っているが、真正面からの角度で初めて、鳩が羽を広げているばかりか、とがったくちばしを選手の顔に向けているのがわかる。

「きみはリバプールの会場に閉じこめられた鳩が、マイブリッジにこの出来事を思い起こさせたと考えているんだね？」私は訊いた。

「彼が昔の不運をずっと憶えている性質だという充分な根拠がある」とホームズ。

「ならば、あの鳩は偶然じゃなかったのかもしれない。ガラスのスライドを疵《きず》つけたのと同じ人間が故意に放った可能性があるぞ」

ホームズは同意のしるしにうなずいた。

私はますます興奮した。「ということは、バルコニーからカンテラで投写されたのは鳩の影絵だったのか！」

ホームズは会心の笑みを浮かべた。「僕はそうは思わない」

「どうして？」

「どんな影絵だったのか知っているからだ」

「それをぼくに教えてくれるつもりはあるのかい？」

「きみに見せてあげるつもりだよ、きみ自身が集めた情報を使ってね」

ホームズは折りたたんだ紙を手に取って続けた。

「あの鳩は確かに故意の妨害だが、妨害自体がそれで伝えようとしたことなんだ。〝軟《なん》膏《こう》に入った蠅〟という表現があるだろう？　邪魔者のせいで台無しということさ。マイブリッジの正面の客席に投影された絵は、さらに明確な意味を象徴していた」

私はホームズが紙を広げるのを、はちきれんばかりの期待感で見守った。初めは自分が見ているものがなんなのか認識できなかったが、やがて鳥瞰図《ちょうかんず》ここで私は例の舞い飛ぶ鳩を再び連想せずにはいられなかった——で表わされた長方形の会場だとわかった。扉や、壁の上に突きだしたバルコニー席の位置もわかる。線で描きこまれたたくさんの小さな正方形の集まりは、講演会の夕べの客席にちがいない。さらに、そのうちのいくつかにはバツ印が入っている。

ホームズは会場の後方の一点を指した。

「きみはここに立っていて、僕はきみのすぐ隣にいたが、例の強力なカンテラの光は僕にはじかにあたらなかった。それは僕がきみとはちがってまぶしさを感じなかった事実から推察できる。誰だか知らない幻燈師《げんとう》が、洗練されたズープラクシスコープよりも原始的なファンタスマゴリアの幻燈機に近い、影を作るだけの粗雑な方法を用いたんだ。特定の部分を分厚いカードで覆えば、光は覆われていない部分だけを浮かびあがらせ、影絵ができあがるという寸法さ。きみの地道な調査によって、バツ印のついた席の人々から、目に光が直接あたってまぶしかったという証言を得られた。データの所有だけでなく、その解析も肝要だと教えてくれる説得力のある実例だろう?」

「ああ、そうだね」私はおざなりな口調で言った。「影になった席がなにを示しているのかわかれば、もっと納得できるんだが」

「バツ印の部分は不完全な形だから、想像力で多少補う必要があるのは認めるよ」ホームズはゆっくりと息を吐き、いらだちを表わした。「座席同士が近いせいで誤差はかなりあるだろうし、ささいな出来事と考える者たちの証言では、非常に心もとない。しかしそれでも、僕はこう断言できる。二つの文字がはっきり見えるとね」

「文字?」私はおうむ返しに訊いた。もう一度目をすがめ、空白部分は無視してさっきの図を凝視した。二つの模様が隣り合っている。そのあと、それらの模様がゆっくりと合体した。「おお、見えた! アルファベットの〝I〟と〝F〟だ。輪郭は粗《あら》いが」

「完全なデータと、もっと目ざとい証言者がそろっていたら、形は明確だったろう」

「しかし、このままでは断定できない」

「いや、できる」

私は眉《まゆ》をひそめた。「なにか確証を持っているのかい? そういう状況証拠じみたものに頼るなんて、きみらしくないよ」

気乗りしない様子でホームズは答えた。「実は、たまたまだが、確証を手に入れた。この新しい成果を携えて幻燈師のジョージ・フェローズを訪ねたんだ。リバプールの講演会で客席に投影された文字について僕の知りうることを彼に明かし、それらが〝I〟と〝F〟であることも話した。すると彼は観念して、自分もあの晩同じ文字を見たと認めた」

私はうなずいた。うかつにもこれまで気づかなかったが、フェローズはあの会場で客席のほうを向いていたマイブリッジ以外の唯一の人間で、マイブリッジと同じくらい見やすい位置にいたのだった。

「彼がほかの会場での出来事にも関与したと疑っているのかい？」

「いいや。フェローズはその情報を担保として自分の胸にしまっていただけだ。彼はもうじきお払い箱になるのを恐れていた。持っている経験や技能が限られているだけに、よけい不安だった。だから直感的に、その情報があとで役立つかもしれないから大事にとっておこうと決めたんだ。僕に問い詰められたときの率直な態度と、それに続く必死の嘆願からすると、それ以上の魂胆はなかったと思われる」

いまの話をじっくり考えながら、私は自分の思考を喫緊の問題に向けた。

「しかし、〝I〟と〝F〟が今回の件とどう関係するんだろう。〝IF〟――〝もしも〟、か。なんらかの仮定を示しているのかな。たとえば、鳩がこの写真の体操選手をびっくりさせたような出来事を。きみはさっき〝明確な意味〟と言ったね。マイブリッジにとってどんな意味なんだい？」

「さあ、知らないね」ホームズは朗らかに言った。

私は彼をじっと見た。「じゃあ、どうしてそんなに晴れ晴れした顔なんだい？　このメッセージは依頼人に約一週間前に送られ、それ以後きみはこの事件にあまり関心を示してこなかった」

「それらの文字はエドワード・マイブリッジにとって明らかになんらかの意味を持っているし、きみが再三強調しているように、彼は依頼人だ。僕らに事件の調査を頼みに来た。にもかかわらず、彼は自分が見たことを僕らに話さなかった。残念ながら、講演会直後にリバプール公会堂から出ていく彼を止めなかったせいで、こっちは彼がとっさにどんな行動を取ったかいまだにつかめない」

「恐怖心から打ち明けられないだけかもしれないだろう？」

「あのあと宿の酒場で会った彼の心理状態を、恐怖心と表現するつもりかい？」

少し考えてから私は答えた。「いいや」

ホームズはうなずいた。「あの晩、僕らに黙っていたという事実から、彼は〝ＩＦ〟のメッセージについて訊《き》かれるのを避けようとした節がある」

「だからきみは、マイブリッジがアルハンブラ劇場で舞台裏へ飛びこむよう仕組んだのか。そして、そこで映像を——」

「問題のメッセージをもう一度彼に披露したんだ。予想どおり、あの直前までマイブリッジは終演後にロバート・ポールの映写機を見学するつもりだった。僕はあらかじめポール氏に接触し、用が済み次第、映写機を片付けてもらったんだ。軽く交渉して手伝いを申し出たら、すぐに快諾してくれたよ。その結果、僕らの依頼人は捜し物のために舞台裏へ行かざるを得なくなった。一方、僕の友人の薬剤師、エミール・グレイスが一芝居打ってくれたおかげで、きみがうっかり邪魔者の鳩を演じるのを防止し、同時に僕の実験遂行を可能にした」

私は上体をそらした。「間抜けな鳥にたとえられて気分を害したよ」

ホームズはちらと私の目を見たが、謝らなかった。

私は思考をあの晩の前半へ移した。「ぼくが聞いたマイブリッジの苦悩の叫び声は、きみの実験に対する反応と受け取っていいんだね？」

「彼が叫んだのは事実だが、あれが苦悩からのものだったかどうか、現時点で知っているのは当人だけだよ」

「そして彼は裏口から立ち去った」

「幻燈機はどこだと少しのあいだあたりをさまよったあとにね。もっとも、僕はメッセージを一瞬しか見せなかったし、使ったカンテラは目につかない場所に隠してあった。彼は舞台裏のまるで見当ちがいの場所を手探りしていたよ」

「続きはぼくにもわかる。きみはマントの裾《すそ》をひるがえしてマイブリッジを追跡し、チャリング・クロス・ロードを進んだ」私は頬がほてるのを感じた。「が、そのあとぼくはきみを見失った。マイブリッジはどこまで行ったんだい？」

「電報局だよ」

「へえ！　電報を打ったんだね」

「そう考えるのが一番妥当だ」

「誰宛てに？　そして、送った内容は？」

「知らない」

私は友人の落ち着き払った表情をとくと眺めた。

「ホームズ、きみの性分からして、なにが起こったのか知らないままで済ませるわけがない。なのに、さっきから二回も知らないと答えた。事実を把握できていないのに、どうして自信満々なんだい？」

「理解したくない事実を知らないことと、事実を知らずに理解したがることとはちがう」

私は笑いだした。「わかった、わかった。きみはいずれどんな事柄だろうと知るべきことはすべて知るだろう。だが、それはいつなんだい、ホームズ？」

「明朝だ」

私はうなずいたが、相変わらず煙に巻かれた気分だった。「どんな手段で？　もう〝知らない〟という返事はなしで頼むよ」

ホームズは満面の笑みになった。「いいとも。じゃあ、こう答えよう。僕は知っている――ただし、きみには伝えないでおく。おやすみ、ワトスン」

第九章

私は妙に生々しい夢を見て、はっと目が覚めた。自分が劇場の舞台で掏摸《すり》やらテリア犬やらジャグラーやらをよけようと、大慌てで右往左往している夢だ。観客はたった一人、シャーロック・ホームズだけ。私がおどけてみせても彼の硬い表情はぴくりとも動かなかったが、私がつまずいて転んだとたん、場内に彼が大笑いする声が響き渡った。ベッドを出た私はドレッシング・ガウンをはおって、ぼんやりしたままふらつく足で居間へ行った。

ホームズはいつもの椅子に座り、穏やかな顔で煙草をふかしながら火の入っていない暖炉を見つめていた。

私は時計を確認した。普段の起床時間よりだいぶ遅い。

「満足そうな顔だね」私はしゃくにさわって言った。「未知の事柄を知りたいという望みがかなったのかい？」

ホームズはハドスン夫人が朝食を並べてくれたテーブルをそっけない身振りで示した。

「きみ宛ての電報が来ている。先に読ませてもらったよ。もう返信も済ませた」

いまさら彼の無作法をたしなめたところで、あまり効き目はないだろう。私は黙ってその電報を手に取り、内容に目を通した。

ワトスン先生

昨日は気分がすぐれず突然先に帰ってしまい、失礼しました。

貴殿が楽しい夕べを過ごされたのなら幸いです。

E・マイブリッジ

私はホームズに向かって電報をひらひらさせた。「実に礼儀正しいが、ひどく味気ないね。さすがのきみも、この文面からなにか読み取るのは無理だろう？」

「あの依頼人の態度は普段から礼儀正しかったかい？」

私は眉《まゆ》をひそめた。「ああ、そうか。この言い訳も怪しいが、きみの仕掛けた実験に対する彼の反応も腑《ふ》に落ちないんだね？」

「少なくとも、マイブリッジが自身の置かれた状況を完全に把握していることは確かだろう。リバプールでの彼の反応は、不安や恐怖というよりも不満や失望に近かった。アルハンブラ劇場の舞台裏で〝ＩＦ〟の文字を見せられたときの悲鳴にも、怒りの響きがこもっていた。彼がきみに電報を送ってよこしたのは、誰に嫌がらせをされているのか本人が気づいた証拠だよ」

「きみは返信になんて書いたんだい？」

ホームズは手をさっと振った。「犯人を突き止めるために、もう一度講演会を開いてはどうかと提案しただけさ。断られるのは承知のうえでね。僕らがこの事件に引き続き真剣に取り組んでいるふりをしたかったんだ。でないと、きみが指摘してくれたように、彼の苦境に無頓着《むとんちゃく》だと受け取られかねないからね」

そのとき呼び鈴が鳴り、ホームズも私も窓のほうを見やった。

「よし」ホームズは座ったまま言った。「これは間違いなく僕が待っていた進展の報告だ」

私は窓辺へ行ったが、呼び鈴を鳴らした者はすでに玄関へ通され、姿は見えなかった。間もなく私たちの居間のドアにノックの音がして、返事を待たずに入ってきたハドスン夫人が十二歳くらいの少年を連れてきた。彼はぼろを着ているわけではないが、ジャケットもズボンも大きすぎて身体にてんで合っていないし、埃《ほこり》まみれでよれよれだ。少年は室内を珍しそうに見まわしてから、椅子に座っているホームズのほうをまっすぐ向いた。

「うまくいったよ、だんな」少年は言った。「おいらがそのおじさんの後ろからのぞいて、目に焼き付けといて、あとで別の仲間が紙に書いたんだ。この紙をどっちがだんなに届けるかで、そいつと喧嘩《けんか》になっちまったけど」

それを立派な行為とたたえるかのような顔でホームズがうなずく。「じゃ、これは約束の褒美だ」そう言うと、一シリング硬貨をのせたてのひらを少年に差しだした。

少年はひったくるように硬貨をつかみ、代わりに垢《あか》で汚れた一枚の紙切れを渡した。一瞬の早業だった。「あ、そうだ、その人は電報を受け取ったあと、自分でも電報を打ってたよ」

「それはもうわかっているよ。届いた先はこの家だ」とホームズ。

二人のやりとりを興味深く眺めていた私は、友人に訊いた。「その人物はエドワード・マイブリッジなんだろう？　この少年に電報局でマイブリッジの行動を見張らせたんだね？」

「そうとも。彼の自宅に近い電報局でね」ホームズはそう答えたあと紙切れを見た。私も彼の椅子の後ろからのぞきこんだ。

NO　FULL　ON　SUN　IF

「なんだい、これは？」私は思わず声をあげた。例の謎めいた〝IF〟の文字が含まれているのは気づいたが、意味はさっぱりわからない。私は少年に言った。「きっと見間違えたんだろう」

少年は腕組みをして言い返した。「ちがうよ、おいらが伝えたとおりだよ。おいらはちゃんと字が読めるんだ。うまく書けないだけで」それからホームズのほうを見た。「ほかに用がなけりゃ、おいらはこれで」

ホームズはちょっと待ったと片手を挙げた。「きみの記憶力を信じるが、一応確認しておこう。電報のメッセージに句読点はなかったかい？」

「え？　く、と……？」

「たとえば、ピリオドだ」私が助け舟を出す。

「ああ、それならあったよ。二つ」

「どこに？」私はじりじりしながら訊《き》いた。

少年はかがんで紙切れをのぞきこみ、「そこと、そこ」と人差し指で文面の二箇所を指した。

ホームズは鉛筆を出してピリオドを二つ、メッセージに書き入れた。

NO. FULL ON SUN. IF

「ありがとう」ホームズが口にしたその短い一言には、私がこれまでに聞いた彼のどんな言葉よりも深い温かみがこもっていた。「これで用は済んだ。帰っていいよ」

少年は即座に身をひるがえしてドアへ向かった。階段に地鳴りのような足音が響いたのに続き、玄関のドアが家全体の壁が振動するほどの勢いで閉まった。

私は椅子をまわりこんでホームズの正面に立った。

「それで？　きみは納得しているようだが、ぼくにはちんぷんかんぷんだ。〝IF〟がなにを表わすのか、きみにはもうわかったのかい？」

「ああ、予想どおりだった。これではっきりしたよ。〝IF〟は単語ではなく、名前の頭文字なんだ。この電報では発信者の署名ということになる」

紙片に書き写されたメッセージを私はあらためて見た。

「じゃあ、この電報をよこした者は、講演会で妨害行為をおこなったり、スライドに細工したりした者と同一人物に相違ない！」そこで息を止めた。「待てよ。メッセージは〝NO〟という否定の答えで始まっているから、先にマイブリッジが送った電報への返事と考えられる。きっと、昨夜劇場を大急ぎで出たあとに打ったんだろう……となると、マイブリッジはやはり脅迫者の正体を知っていたわけか！」

「きみの演繹《えんえき》的推理の過程が手に取るようにわかって、ためになるよ」とホームズ。彼の目に誇らしげな光が宿ったように見えたが、次の発言で私の気のせいだったとはっきりした。「といっても、進行があまりに遅いので、それぞれの論理的段階をスローモーションで見ている気分だった。マイブリッジのギャロップする馬の映像を思い出したよ」

「憎まれ口はそれくらいにしてくれ、ホームズ」私は言い返した。「さてと、メッセージの真ん中部分だが、ぼくのスローモーションの推理を聞くのがそれほど苦痛なら、きみが自分で答えればいい。〝FULL ON SUN〟はどういう意味なんだ？ 太陽《SUN》とあるから、天文学上の用語かなにかかい？ たとえば日食が近づいているとか」

「そんなややこしい話じゃないさ。僕の見立てでは、この〝SUN〟は単純に日曜日《SUNDAY》の略だろう。僕らにとっては正体不明の発信者、IFなる人物は、この内容で相手に意味が通じるとわかっていた。期日についてはすでに合意に達していたか、あるいは強制的に指定されていたんだろう」

私は額に手を押しあてて考えた。「ということは、〝FULL〟は支払い関係、つまり〝全額〟の意味かもしれないな――強請《ゆすり》か！」

「僕も同意見だ」

「一足飛びに進展したぞ！」私は声を張りあげた。「それじゃ、さっそく犯人をつかまえよう――」急に言葉をのみこんだ。「だがホームズ、電報の送り手が誰なのか、ぼくらには名前の頭文字しかわかっていない」

「リバプールへの遠出以降、僕が本当にこの事件を放りっぱなしだったと思っているのかい？　いったん引き受けた仕事は最後まで責任をもってやり通す人間だときみに信じてもらいたかったよ」

「じゃあ、あれ以来ずっと調査を続けていたんだね？」

「そうとも。バルコニー席の強力な光で浮かびあがった文字を突き止めて以来ずっと、と言うべきだが。〝IF〟の意味をめぐっては、もっともらしい説明がいくつも考えられたが、署名という解釈に勝るものはない」

「それにしても、いったい何者だろう」

「今回のことで、マイブリッジが知っている人物だという確証が得られたから、頭文字の一致するイズレイル・フェイと断定していいだろう。フェイはかつてマイブリッジが一般的な写真家だった時代に助手を務めたことがあり、二人で広大なカリフォルニアの各地を旅してまわった。また、マイブリッジがフィラデルフィアで人体の動きの研究に取り組んでいた頃にも、助手に復帰して仕事を手伝っている。現在の居住地はバッキンガムシャーだ。しかも、僕が調査した結果、彼はこのところ改良型シネマトグラフを開発中の企業数社に多額の投資をおこなっている」

「結局、この事件の根っこには仕事上の対立関係があったわけか！」

ホームズは椅子から立ちあがった。

「きみの朝食が済んだら、冒険に繰りだそう。急ぎたまえ」

第十章

私はホームズのあとから急ぎ足でラウドウォーター駅の出口へ向かった。そこは信号手の詰め所とたいして変わらない小さな駅舎で、待合室と、切符売り場や改札のあるホールに分かれていた。といっても、こぢんまりした建物だから実際にはホールと呼ぶほど立派なものではない。

「もっとゆっくり歩いてくれ、ホームズ」駅舎内にはほかに誰もいないにもかかわらず、私は声を抑えて言った。「まさかイズレイル・フェイの家に直接乗りこんでいって、犯人はおまえだなと詰め寄る気じゃないだろうね。そんなのは正気の沙汰《さた》じゃないぞ」

ホームズは立ち止まって私を振り返った。「どうしてだい？」

「裏付けとなる証拠がまだまだ乏しいからだよ」私はなだめ口調に変えて言い添えた。「バルコニー席のカンテラによるメッセージを解読した手並みは確かに鮮やかだった。しかし、それと同じ頭文字の人間がマイブリッジの昔の知り合いにいて、そう遠くない場所に住んでいるというだけでは……ええと、つまりだな、その男が事件に関与していると断定するのは早計じゃないか？」

「きみの言うとおりだ。僕は自分が見つけだした関連性を有力な手がかりだと信じているが、それだけでは当人の自宅へ乗りこむ根拠として不充分だ」

私は目をぱちくりさせた。「相手に白状しろと迫るのは？」

「むろん、それも無理だ」

私は人けのない駅を見まわした。「じゃあ、どうしてここへ来たんだ？」

ホームズは私の腕を取って、村に通ずる駅前通りへ促した。

「ワトスン、僕はときどき、新しい事件ごとに一からやり直している気分になるよ」

「初心忘るべからず、と言いたいんだね？」私は確信をこめて訊いた。

ホームズは首を横に振った。「きみは探偵術についてこれまで教わったことを全部忘れてしまっているようだと言いたかったのさ」

しょげる私にはおかまいなしに、ホームズは続けた。「手がかりをたどった結果、イズレイル・フェイに行き着いた。じゃあ、現時点で打つべき手は？やみくもに突き進むのではなく、真相解明に向けて、より効果的な道筋を探すべきじゃないか？そのためなら短い汽車旅一回くらいなんでもないだろう？」

「二回だ」私はパディントン駅での乗り換えを思い起こし、とっさに言い返した。プラットホームからプラットホームへ慌ただしく走って移動しなければならなかったのだ。

ホームズは私の不服には取り合わずに、話を続けた。

「イズレイル・フェイのことをもっと知りたいが、いまのところ現住所以外にはなんの情報もない。ならば、このバッキンガムシャーに足を運ばないという選択は、彼について調査しないと決断しない限りありえないんだ」

　私はやりこめられて、ぐうの音も出なかった。それ以上はなにも言わず、お互い黙ったまましばらく歩き続けた。やがてホームズが、真正面のロンドン街道の奥を指差した。鬱蒼《うっそう》とした森を背景に、背の高い石塀をしたがえた錬鉄製の門が見えた。

「僕が間違っていなければ、フェイの家はあの門の向こうだ」ホームズはそう言ったあとに道を左へ折れた。「ただし、僕らの行き先はこっちだ」

　その方向へ進んでいくと、街道沿いのずんぐりした建物が目に留まった。パブを併設した宿屋で、〈イルカ亭〉と書いてあるらしい看板が出ている。〝書いてあるらしい〟というのは、文字ではなく、看板の下のほうに描かれたどぎつい色の絵から判断したからだ。もしもそれがイルカでないなら、正体不明の未知の生物と呼ぶほかない。駅舎と同様、その宿屋も都会のものにくらべて小ぶりな印象を受けた。一本きりの煙突は、ひとつきりの出入口である屋根付き玄関と大きさがさして変わらないのではないか。

　ホームズはドアを開けてなかへ入っていった。私もそれに続く。

　誰が手がけたのか知らないが、内装からは狭苦しさを目立たせまいとする努力は毛筋ほども感じられなかった。どこもかしこも、ごちゃごちゃしている。スツールはテーブルのないところにまで散らばり、壁はどうかといえば、煙で煤《すす》けてなにが描いてあるのかよくわからない絵画と絵画のあいだを、真鍮《しんちゅう》の馬具飾りがぎっしりと埋めている。床の絨毯《じゅうたん》もギリシャ神話に出てくる迷宮みたいな模様だ。そのうえ戸棚という戸棚におびただしい数の装飾品が隙間なく詰めこまれ、見ていると目の焦点が合わなくてめまいがしてくる。

こんな窮屈な場所に大勢の客が集まる光景など想像すらできない。現にたった二人しかいないのに、すでに満杯という感じだ。白い前掛けをした宿屋の主人がバーカウンターの向こうに立ち、もう一人の男は隅のテーブルに座っていた。

ホームズはビールを二杯とサンドイッチを二皿、主人に注文した。それから私たちは一人きりの客の隣のテーブルに腰を落ち着けた。六十代とおぼしきその客は赤ら顔で、鼻に毛細血管が浮きでていた。

私は皿だけを見つめて昼食のサンドイッチを食べ始めたが、ホームズのほうは椅子にそっくりかえって、間延びした口調で言った。

「やれやれ、まいったよ。次もまたああいう無礼な扱いを受けたら、〈スネイクリー・マンス館〉には二度と行くもんか」

私は狐につままれた気分で友人を見つめた。ホームズがそんなぞんざいなしゃべり方をするのは初めて聞いた。飼いならされた猫のように伸びをする彼も、これまで一度も見たことがない。

客にも主人にも背中を向けているホームズが、私に険しい顔で目くばせしてきた。

「ああ……そうだね」私はわけがわからないまま調子を合わせた。ホームズの肩越しに、年老いた客と主人が同時にこちらを振り向くのが見えた。

「だいたいにして、空いた時間をどうやって過ごせばいいんだ?」ホームズがまた口を開く。「一日中ここに座って、ぼうっと待ってろというのか? まったく、横暴にもほどがある。いいかげんにしてもらいたいね」

「ううむ、まあ、確かに……」ホームズの即興芝居で自分がどんな役柄を求められているのか見当がつかないため、私はわざと言い淀《よど》んで時間稼ぎをした。

「そうだ、そこにいる人に少しばかり知恵を拝借しよう」ホームズは客のほうへ顔を向けた。「ちょっと訊《き》きたいんだが、ラウドウォーターでどこか時間をつぶせる場所はありませんかね?」

客は黄ばんだ歯を見せてにやりと笑った。「あんた、もう見つけてるじゃないか。この〈イルカ亭〉なら、わざわざ足を動かさなくたって旅ができる」

その老人の後ろでカウンターの奥の主人が満足げに舌を鳴らした。「ハリー、そりゃあ名案だ」そのあとホームズに向かって尋ねた。「お客さん、〈スネイクリー・マンス館〉でなにか困ったことでも?」

主人が身振りで示した方向は数分前に私たちが通り過ぎた場所だったので、さっきの門に守られた建物がイズレイル・フェイの家に間違いないとわかった。それにしても、ホームズがその風変わりな館の名称を私に黙っていたのはなぜだろう。秘密にしておく理由などないと思うが。地元の住民からフェイや彼の家について聞きだすための、茶番ともいうべきこの作戦も然《しか》り。振りまわされる者の身にもなってほしい。

ホームズは腰掛けている椅子をずらし、主人のほうへ身体を向けた。

「僕はフレデリック・サザーランド。ギャリッジ法律事務所に務める事務弁護士なんだ。一緒にいるのは同僚のウェブスター」

「事務弁護士だって？」主人が驚く。「フェイさんのところで、なにか問題が起こったのかい？」

口調からすると、その質問は心配というより穿鑿《せんさく》めいた響きを帯び、探りを入れているのだとわかった。

「さあ、詳しいことはなにも。訪ねていったら、出直してこいと追い払われてしまったからね」とホームズは答えた。それから私のほうへ向き直って愚痴をこぼした。「書類を用意してはるばるやって来たのに、あんなふうに門前払いを食うとは……」

私の視線の先で主人がいっそう身をこわばらせ、警戒心を強めたのがわかった。

「フェイさん本人と話したのかい？」主人はさりげない態度をよそおっていたが、硬い表情で本音は見え見えだった。知りたくてたまらないのだ。

ホームズが顔を上げ、後ろを振り返った。一瞬だけ見えた彼の鋭いまなざしから想像するに、主人を注意深く観察しているにちがいない。

「いや、そうとは言えないかな」ホームズは悠長な口調で答えた。さらになにか言いたそうにしたが、急に考えが変わったかのように唇を引き結んだ。

隣のテーブルにいる老人がグラスを置いて、わざとらしく咳払《せきばら》いした。「じゃあ、フェイさんは書き置きで伝えたんだな？」

ホームズはさも驚いた顔で答えた。「実はそのとおりなんだ。よくわかったね、ええと、ミスター……」

「ただのハリーでいい。フェイさんは誰に対してもそういう対応だって話だよ」

「聞いたかい、ウェブスター？」ホームズが私のほうを見る。「僕が言ったとおり、フェイという人物はもともと不愛想な変わり者なんだよ。だから、こっちも個人攻撃と受け取るべきじゃないんだろう」

「用意してきたってのは、どんな書類だい？」主人がカウンター越しに私たちのテーブルをのぞきながら尋ねた。いま気づいたが、ホームズも私も鞄《かばん》のたぐいを一個も持っていない。

ホームズはジャケットの胸のあたりをぽんと叩《たた》いてみせた。

「あいにく弁護士には守秘義務があるんでね。フェイ氏が必ず自分の目で確認したいはずの書類だってことは確かだよ」

それから友人は汚れで曇った窓に近寄って、がらんとした道路を眺めた。

「考えてみれば、妙だな。忙しくて手が離せないとしても、どうして家のなかで待たせてくれなかったんだ？　見れば見るほど、立派なお屋敷じゃないか。こっちは台所だってべつに文句は言わないのに。そうだろう、ウェブスター？　料理人と意気投合して、うまい食事をごちそうになってたかもしれないんだから。ああ、いや、このサンドイッチがまずいと言ってるわけじゃないんだ。気を悪くしないでくれ」

ハリーはげらげら笑った。「サンドイッチにありつけただけましだよ。あの館《やかた》に入ったところで、料理人なんかいないからね」

ホームズがいぶかしげな表情に変わる。「あれほどの大邸宅に？」

「フェイさんは食事を全部外から運ばせてる。毎朝その日の三食分が裏口のドアの前に届けられるって寸法だ」

「で、館の主人は姿を現わさずメモだけを置いておくわけか」ホームズは苦々しげに言った。

ハリーはうなずいた。

「たいがいはあれこれと用事を言いつけるメモだ」主人が横からつけ加える。「食事を運んでいく係は、あの家で以前メイドをしてたサリーだが、それ以外の細々した用事は彼女の息子が引き受けてる。ちゃんと報酬が支払われてるとはいえ、なんとも妙ちくりんなやり方だよ」

「館にいる家政婦にやらせればいいだろうに」

「あんた、まだわかってないようだな」とハリー。「あの家には家政婦なんかいないよ。料理人も秘書も、御者も馬番もな。イズレイル・フェイの旦那《だんな》はすっかり落ちぶれちまって、サリーに駄賃を払い続けてるだけでも奇跡なんだ。もう二週間以上、誰もフェイさんに会ってない。窓のカーテンも全部閉めっぱなしだ。ああなるだいぶ前から、村では姿をあんまり見かけなかったがな。この店にもさっぱり顔を出さなくなった」

老人は唇の端を震わせながら、目をぎょろつかせて狭苦しい店内を見まわした。ここへ足しげく通わないようなやつは皆どうかしている、とでも言いたげに。

「落ちぶれた……か……」ホームズは不思議そうにハリーの言葉を繰り返した。もったいぶった意味ありげな口ぶりなので、宿屋の主人と客の老人はホームズの胸ポケットにはいったいどんな書類が入っているんだろうと想像をたくましくしたはずだ。

鋭い声に変わってホームズが言う。「なるほど、館の使用人たちは最近になって解雇されたんだね。気の毒に。そのなかの誰かに元雇い主のいないところで一度ぜひ話を聞きたいものだ」

主人とハリーが目くばせし合った。

「それなら、ジョーンと話すといい」主人は言った。「この時間はまだ仕事中だがね。本人いわく、給金はたいして多くなくても、自分をもっと重宝がってくれる新しい雇い主のところで働いてる。七時ちょっと過ぎにここへ来るはずだ」考えこんでから、こうつけ加えた。「おれから本人に話を通しておいてやろう」

「それにしても、驚いたよ」ホームズと二人でフェンネルズ・ウッドという森のなかの道をぶらぶら歩きながら、私は言った。「フェイが世捨て人みたいになっていることをよく知ってたね。魔法でも使ったような名推理だ」

「いや、まったく知らなかった」ホームズが答える。「だけど、あの酔いどれのハリーに言ってたじゃないか。ぼくらはメモのメッセージで追い払われたと」

ホームズは首を振った。「そんなことは言っていない。僕はハリーが自発的に情報を漏らすよう仕向けただけだ」

あの場面を思い返してみると、確かにそのとおりだ。ホームズが話の途中、絶妙のタイミングで言葉を切ったため、ハリーは無意識のまま進んで重要な事実を明かした。

「だとしても」私は言った。「きみはフェイの風変わりな暮らしぶりを充分心得ているような余裕綽々《しゃくしゃく》の態度だった。そのおかげか、〈スネイクリー・マンス館〉の事情を詳しく知りたがったら、すぐに話がまとまったけどね」

ホームズが思わせぶりな顔つきで私を黙って見る。

私はため息をついた。「なにを言いたいのかはわかっているよ。小さな村の大きな屋敷は、地元の住民に悪感情を持たれると相場が決まっているんだろう？　きみは実際にはなにも知らなかった」

「なにも知らないのは少しも恥ずかしいことじゃないさ。正しい質問ができる能力の持ち主ならね。さっきの状況にあてはめて言えば、黙りこむことで相手に問われていない問いに答えさせる能力だろう」

「それはたいしたものだ、ホームズ。だが、今回ばかりは特大級の幸運に恵まれたってことを認めないわけにはいかないぞ」

ホームズは逡巡《しゅんじゅん》のあとに言った。「ああ、認めるとも。ただし、耳寄りな噂がわずかでも転がっていないかと期待していたからこその幸運だ。きみの言うとおり、田舎では持てる者と持たざる者とのあいだにつねに不協和音が生じる。しかし、イズレイル・フェイが使用人全員を首にしたとなると、僕らは予想以上に興味深い謎に立ち向かうことになりそうだ」

「個人的な意見を言うなら、ぼくはなんの予想もしていなかった」私はふてくされた。「事前に計画をまったく聞かされていなかったんだから、予想のしようがない」

ホームズは私の苦情を涼しい顔で聞き流した。「さてと、フェイの元家政婦との待ち合わせまで、あと三時間半ある。この空き時間を有意義に使いたい」

私は森の中央を通る道を見つめた。「この道はハイ・ウィコムまで通じているんだろう？」

友人はうなずいた。「きみはそこへ行くのかい？」

「ホームズ、謎かけみたいな言い方はやめてくれ。この道の先にあるのがハイ・ウィコムなら、ぼくら二人ともそこへ向かっていることになるじゃないか」

「僕の見解だと、この道を進んでたどり着くのは、ここだ」ホームズは周囲の森を指し示した。

私は意味がわからず、密生した樹木や生い茂った藪《やぶ》を、さらには、ところどころぬかるんだ、落ち葉の降り積もったでこぼこの地面を見まわした。

「驚いたな。これから三時間半、森のなかで過ごすつもりなのか？」

ホームズは返事代わりにかがんで腕を地面に伸ばし、足下から翼に似た形の楓《かえで》の種子を拾いあげた。

「見たまえ。ひらひらと土の上に落ちたあと誰かに踏まれて、靴や人の重みではじけている。どうだい、けっこういろいろなことがわかるだろう？　こういう学習能力は積極的に磨いていかなければならない。探究心のある者にとって、怠けていられる時間など一秒だってないんだよ、ワトスン」

私はハンカチを取りだして額の汗を拭《ふ》いた。フェンネルズ・ウッドでさらに五分が経過する頃には、全身泥だらけになった気がした。

じめじめした道の端を慎重に歩いていくうちに、地面が盛りあがっている場所まで来ると、私はしゃがんでオークの木に寄りかかった。

「これといってなにも見つからないよ、ホームズ」うんざりした気分で言った。「自分はいつでも怠けられるってことだけはよくわかった」

第十一章

午後七時を少しまわった頃、ホームズと〈イルカ亭〉へ戻ると、五、六人の客のうちどれがフェイ氏の元家政婦なのかは難なくわかった。私たちが入口をくぐったのと同時に彼女はまずこちらを見て、そのあと主人に目顔で問いかけ、彼がうなずくのを確認した。ほかの二人の客からも視線を注がれたが、私たちの用向きが店内に知れ渡っているせいなのか、それとも単に村に現われた新顔が珍しいせいなのかは判断がつかなかった。

「あなたが〈スネイクリー・マンス館〉の元家政婦ですか？」ホームズはその女性に近づいていった。

「ミセス・ジョーン・ケンプラーです」彼女は椅子から立ちあがり、気取った態度でホームズに手を差しだした。

長身だが、さほど目を引く容貌《ようぼう》ではない。唇をきつく結んで、まぶたを半ば閉じ、私たちを値踏みするように見つめた。頭をやや後ろへそらしているのもあって、高慢な印象を受けた。髪は後ろできっちりとまとめ、山高帽のつばのようなまん丸い団子に結っている。髪の色は当人が着ている不恰好《ぶかっこう》な長いドレスのレースと同じくらい白い。

「ええ、わたしがあの館《やかた》の元家政婦よ」そう言って、彼女は自分のテーブルの空いた席を私たちに身振りで勧めた。

椅子に腰を下ろすと、まわりのざわざわした話し声がいくぶん弱まった気がしたが、それでも騒がしいことには変わりなく、彼女の言葉を正確に聞き取るにはテーブルに覆いかぶさって耳を近づけなければならなかった。

「ミスター・サザーランド」ケンプラー夫人はホームズに向かって話しかけた。「はっきり言っておきますけどね、あんなところで家政婦になるんじゃなかったと後悔したのは一度や二度じゃありませんよ」

ほう、とホームズが両眉《りょうまゆ》を上げる。「フェイ氏は隠遁《いんとん》者めいた人物だと聞いているが、ほかにも雇い主として厄介なところがあったということかな?」

ケンプラー夫人は鋭く一声発した。たぶんそれが彼女の笑い方なのだろう。

「たとえ隠遁者みたいでも、度が過ぎなければべつにかまいませんよ。ひとつの部屋にこもってくれたほうが、こっちは家事がはかどりますし、ある程度予定を立てられますから。ちなみに、いまの雇い主は日中ほとんど出かけていて、帰宅が夕食時になるか夜食時になるかも簡単に予想がつきます。とにかく、ミスター・フェイのなにが許せないって、突然解雇しておきながら謝罪の言葉がなかったこと。ただの一言もですよ! なんだったら、そのへんの事情をお話ししてもかまわないんですけれどね――」

「飲み物のお代わりはいかがですか? おごらせてもらいますよ」ホームズはにこやかに言うと、返事を待たずに主人のほうを振り向き、同じテーブルの三人を指した。

主人がずっとこちらの様子をうかがっていたのは明らかだ。カウンターの上に身を乗りだした姿勢から、さっと背中を起こし、慌ててうなずいた。ただちにビール三杯分の注文に取りかかった。

ケンプラー夫人はグラスの中身を飲み干すのと同時に、主人からお代わりを受け取った。

「なんでも、イズレイル・フェイ氏はしばらく前から家に引きこもっているそうですね」とホームズが訊《き》く。

ケンプラー夫人は新しいビールを一息に半分近く飲んでから、こくりとうなずいた。

「ええ、一カ月前から。もともと頻繁に出歩く人ではありませんでしたが、それでも以前は村をぶらぶらしてるのをわりと見かけましたし、事情があってロンドンにもたびたび行ってたんですよ」

「そういう習慣の変化はなにが原因でしょうね?」ホームズは相変わらずくだけた話し方で、事務弁護士のフレデリック・サザーランドを器用に演じている。

「原因は二つ。写真と本よ」

ホームズはうなずいて自分のビールに口をつけた。

彼の芝居の邪魔をしないよう私はそれまで黙っていたが、たまりかねて口をはさんだ。

「こう言ってはなんですが、どちらも一人前の男が長い時間を注ぎこむものじゃありませんな。整理する写真はそんなに多いんですか? 本はそんなに長いんですか?」

ケンプラー夫人は初めて私の存在に気づいたかのような顔で、こちらへきつい視線を向けた。

「ただ写真を眺めていたわけではありませんし、ただ本を読んでいたわけでもありません」彼女は軽蔑《けいべつ》もあらわに唇をゆがめた。

謎かけみたいな問答に、不甲斐《ふがい》なくも私は混乱のあまり彼女をぽかんと見つめた。すると、ありがたいことにホームズが横から言った。「フェイ氏は熱心な写真家で、その活動のかたわら本の執筆にも取り組んでいたんでしょう？」

「ええ、わたしが言ったのはまさにそういうことです」ケンプラー夫人はつんとして答えた。

「しかし、二ヵ月前から外出しなくなったという話でしたよね？」私の言葉に、ケンプラー夫人は再びこちらをにらんだ。よけいな口をはさむべきではなかったとすぐさま後悔しながらも、私は続けた。「だったら、いったいなにを被写体に写真を撮っているんですか？」

「当人にすれば、被写体はべつにどうでもいいみたいですから」

私はホームズのほうを黙って見つめ、助けを求めた。

「つまり、彼はカメラなどの撮影機材に興味があるということかな？」とホームズ。

「そのとおりです」

「さぞかしカメラをたくさん持っているんでしょうね」

「あの家のなかは、その種の機器でいっぱいでした。ミスター・フェイにとって仕事の記念品ってところでしょう。そう、わたしにわかる範囲で言うと、二ヵ月前まではどれも単なる思い出の品だったんです。はたから見れば、ただの邪魔っけながらくたの山ですよ。埃《ほこり》がつきやすくて掃除が大変なので、戸棚に飾ってあっただけましでしたけどね。昔の趣味が再燃したのか、ミスター・フェイが急にがらくたを出してきていじり始めたときは、恨めしくてなりませんでした。以前のようにしまっておいてくれたらよかったのにと。おまけに、本人が外から取り寄せる薬品の悪臭ときたら！　硫黄臭いったらないんですよ。もう鼻が曲がりそうで。包装された状態で配達されましたけど、わたしは一度も手を触れませんでした。動く写真とやらにはあんな不快なものが必要だと知ったら、きっとみんな見方が変わりますよ」

私はホームズと視線を交わしてから言った。「では、フェイ氏は一般的な写真ではなく、動く写真の制作に打ちこんでいたんですね？」

「ちょっと、あなたね」ケンプラー夫人は横柄に言った。「さっきから口をはさんでばかりだけど、いったいどういうつもり？　話を聞く気がないなら、これ以上わたしにしゃべらせても無駄じゃありませんこと？」

私は頭を下げて詫《わ》びた。

ホームズが口を開く。「実を言うと、僕はその新しい分野にあまり明るくなくてね。動く写真って言葉は聞いたことがあるし、巷《ちまた》で人気だってことも知ってるが、実際に見たことはないんですよ。お話によれば、フェイ氏には写真撮影に携わっていた経歴があるそうだが、シネマトグラフは最新技術を要する分野で、彼にとっては初めての挑戦でしょう？　一般的な写真――ええと、だからその、動かない静止した写真の経験しかないわけだから」

私ははっとして友人を見た。架空の人物になりきることに徹した結果とはいえ、言いたいことを正確に伝えようと苦心するホームズの姿は珍しい。

「ええ、アメリカではね」ケンプラー夫人はそこにアメリカ大陸が横たわっているかのように後ろを振り返った。「でも、いまは新しい分野に夢中のようです――おもに出資という形で。それが年齢相応というものでしょう。近頃はもっぱら、週に一回〈スネイクリー・マンス館〉に立ち寄る便利屋を通して投資してるみたいですよ。その若者も玄関の前までしか行けませんけどね。具体的な指示を書いた紙とお金が植木鉢の下に隠してあるんです。これはほかの人たちには内緒ですよ。でないと、誰かがお金を盗むかもしれないでしょう？」

彼女はパブの店内をこっそり見まわした。

「村には他人のものを平気で横取りしかねない人が大勢いるので、知れ渡ったら一大事。秘密はちゃんと守りませんとね。こう見えても、わたしは口が堅いのが取り柄なんですよ」

思わず言葉をはさみかけた私に、ホームズが黙っているようにと目顔で告げる。

「投資ですか。それは不思議だな」とホームズ。「フェイ氏は経済的な問題を抱えていると聞いたんだが」

「使用人の給金は払えなくても、無駄遣いするお金はたんまりあるんでしょう」そう答えたあと、ケンプラー夫人はホームズをじろじろ見た。「サザーランドさんはどういう用件でラウドウォーターへ？」

「フェイ氏の財産に関する件、とだけ言っておきましょう。ただし、投資とは無関係でしてね」

ホームズはゆっくりとジャケットの胸ポケットに手を入れ、一通の封筒を角だけのぞかせた。それから、まるまる見せるのはまずいと思い直した体《てい》で、周囲を警戒の目でうかがい、封筒をもとどおりしまった。

ケンプラー夫人は心得顔でうなずいた。

「ミスター・フェイは考えを改める気になったということでしょうか。なんていうか、その……たとえば、過去の誤った判断を償いたがってるとか」

「どうでしょうね。いずれにせよ、推測の域を出ません」ホームズが答える。

ケンプラー夫人は長々とため息をつき、グラスの残りを飲み干した。

「このラウドウォーターには彼に謝罪を求めている者が何人もいます。当然でしょう？あんなふうにわたしたちを一方的に解雇したんですから。事前の通告もなく突然首にされて、みんな途方に暮れましたよ。こういう小さな村では、なんの準備もなしにすぐに新しい雇い主を見つけるのは容易じゃありません」

「差しつかえなければ、解雇されたときの模様を詳しく話してもらえませんか？」ホームズが優しく尋ねる。

「ご想像のとおりですよ。全員が一緒に呼ばれて、彼の秘書から解雇を告げられました。それも土曜日の朝一番に。今月の七日のことです。わたしたちはその日のうちに屋敷から追い払われました」

「フェイ氏の秘書というのは誰です？」

「リチャード・ブラッドウェルさんです」

「いまもこの村に住んでいますか？」

「いいえ、まさか。彼もあの朝解雇されたので、かんかんに怒ってさっそくロンドンへ戻る準備をしてました。ラウドウォーターにこれ以上の長居は無用とばかりに。もともと、ひどく迷信深い人でしてね。先触れがどうの気配がどうのと、常日頃から口癖みたいに言ってたんです。その先触れとやらが、正当な理由なく解雇されて、急に荷物をまとめるはめになる前に、ちゃんと来てくれればよかったんですけどね。

　本人が繰り返しぼやいてましたよ。秘書の職に就くためにわざわざ片田舎のラウドウォーターへ移ってきたのに、雇用期間は結局わずか二ヵ月あまりだったって。気持ちはわかります。まだ若くて、野心も意欲も満々でしたから、いろんな世界を見ようと張り切ってたんでしょう。それだけに、ミスター・フェイの気まぐれのせいで、貴重な時間を無駄にさせられたと感じたはずです」

私はそこで口を開いた。「ということは、ブラッドウェルという秘書が雇い入れられた時期と、フェイ氏が家に閉じこもりがちになった時期が重なりますね」

またしてもケンプラー夫人にしかめ面でにらまれてしまった。

「そりゃ重なりますよ。ブラッドウェルさんはミスター・フェイの回想録の執筆を手伝うために雇われたんですから。ミスター・フェイは投資のかたわら、回想録の準備を進めてました。二人とも書斎で連日夜遅くまで作業して、ミスター・フェイはいつも午後遅い時刻にならないと起きてきませんでした。男性はどうして常識的な生活時間を守れないのか、不思議でなりませんよ。名案は日が暮れてから浮かぶものだと信じてるんでしょうね。ああ、でも、わたしたちが解雇される前の晩は例外でしたけど」

「その晩、二人は書斎にこもらなかったんですか？」ホームズが訊《き》く。

「いいえ、こもってました。わたしが言いたいのは〝名案〟のことです。あの晩は回想録の作業どころじゃなかったはずですから。たまたま、二人が言い争ってるのを耳にはさみましてね。それでわたし、翌朝ブラッドウェルさんがみんなを呼び集めたとき、悪い知らせにちがいないと覚悟したんです。言い争ってた声の調子から、彼はミスター・フェイの決断に猛反発したんだと思います。焼け石に水だったわけですけど」

ケンプラー夫人はため息をついてグラスを掲げ、あら不思議、空になってるわ、と言いたげに小首をかしげた。

「もう一杯ごちそうしましょう」ホームズが言う。「そうしたら、今度はフェイ氏とマイブリッジ氏の関係について話してもらえますね？」

ホームズが新たに大きな賭《か》けに出た。私は内心ぎくりとしたが、彼のほうを見ないよう我慢した。

当のケンプラー夫人は、しかつめらしくうなずいただけだった。「きっと、それがすべての始まりだったんでしょうね」まだ空のグラスを見つめていたが、急にはっと顔を上げた。「わたし、マイブリッジさんの名前を出しましたっけ？」

「ええ、まあね。彼らが友人同士だってことはとうに知ってますんで、お気になさらず」ホームズはジャケットの胸を軽く叩《たた》いて言った。

ケンプラー夫人は顎《あご》をつんと上げ、うさん臭そうにホームズをじろじろ見た。しばらくそうしてから、重い吐息を漏らした。

「わかりました。とにかく、ミスター・フェイが家に閉じこもるようになったのは――隠遁《いんとん》生活を選んだ、という言い方もできるんでしょうけど――交友関係にひびが入ったのが原因に決まってます」

私たちがこれまで知る由もなかった重大情報が飛びだしたわけだが、さすがはホームズ、それをおくびにも出さなかった。

「実は僕も、イズレイル・フェイ氏がうちの法律事務所に相談する気になった理由はそれだろうと思ってたんですよ」ホームズが平然と言う。たいした面の皮の厚さだ。拍手を送りたい。「マイブリッジ氏が〈スネイクリー・マンス館〉をじかに訪ねてきたことはありますか?」

ケンプラー夫人は首を振った。

「いいえ。でも、頻繁に連絡を取り合ってましたし、ロンドンでよく会ってたようです。ところが、しばらく前にそれがぱったり途絶えて、いまもそのままです。たぶん、焼けた写真のことがきっかけじゃないかと思いますけどね」

ホームズの目がきらきら輝いたが、態度はそれまでと変わらず落ち着き払っている。

「焼けた写真?」彼はそっけなく訊き返した。

ケンプラー夫人はだしぬけに席を立ち、カウンターへ行った。

「ベンジャミン、先々週の例の新聞記事を持ってきてもらえない? とってあったわよね。あ、それから、サザーランドさんがごちそうしてくれるそうなので、ビールをもう一杯」

主人のベンジャミンはうなずいて奥の部屋へ消え、戻ってきたときには新聞の切り抜きを手にしていた。ケンプラー夫人はそれを受け取り、ビールのお代わりが出てくるのを待ってテーブルへ引き返した。

席に戻った彼女は、テーブルが濡《ぬ》れていないのをてのひらで確かめたあと、ホームズと私のほうに向けて新聞の切り抜きを置き、折り目をていねいに伸ばした。

次のような記事だった。

領主館の火災で痛ましい死

昨夜遅く、ビショップス・ストートフォードにある〈チャロナー・ハウス館〉の別棟で火災が発生し、歴史的財産の焼失にとどまらず、滞在中だったグリフィン家の客、マーティン・クリサフィス氏が死亡するという悲惨な結末となった。失われた人命ほど重いものはないとはいえ、現場で消火に協力した地元の人々は、ある貴重な財産の一部焼損を目の当たりにして驚きを隠せなかったという。それは額装された銀板写真で（下図参照）、撮影者は動物の動作をとらえた作品で知られる高名な写真家、エドワード・マイブリッジ教授である。

文の下に、その写真を大まかに描き写した絵が添えられていた。かなり小さいので、一見しただけではなにを撮ったのかわからなかったが、じっくり眺めているうちに、上方と下方にある二つ連なった塊は威容を誇る山脈で、上下対称になっているのだとわかった。奥の山脈が、逆さまの松林とともに手前の静かな湖面に映っている風景だ。

「マイブリッジ氏とのつながりは明確ですね」私は言った。「しかし、この記事があなたの元雇い主とどう結びつくんでしょう」

ケンプラー夫人はまたもや短い笑い声を発した。

「ミスター・フェイの言葉を信じるなら、この写真を実際に撮ったのは彼です。ヨセミテ周辺を徒歩旅行したときは数人のグループで、マイブリッジ氏は写真を作品に仕上げるいわゆる芸術家にはちがいないとしても、毎回カメラを操作していたわけではないとのことでした」

「二人はその写真の著作権をめぐって、もめたんですか？」私は訊いた。

「いいえ。ミスター・フェイはそういうことには現実的でした。立場をわきまえて、カリフォルニアとフィラデルフィアの両方でマイブリッジ氏の助手を務めた経験を誇りに思ってました。先駆者として歴史に名を刻む運命の者もいれば、無名のまま縁の下の力持ちに徹して満足する者もいるんですよ。家政婦のわたしは後者のほうに同情します。わたしのような者たちは感謝されなくても一生懸命働きますけど、わたしらがいなかったら、なにひとつ立ち行かなくなるんです」

ホームズは新聞の切り抜きを身振りで示した。「あなたや、あそこにいる主人が、なぜこの記事に目を留めたのか大いに気になりますね。焼け焦げた写真にはなにか特別な意味があったはずだ」

ケンプラー夫人は両眉《りょうまゆ》を上げた。「おやまあ。サザーランドさんは弁護士ですから、事実を掘り起こすのが得意なのは当然ですけど、いっそのこと刑事に鞍替《くらが》えなさったらいかが？」そう言って耳ざわりな声で笑った。

ホームズは彼女のあてこすりにはこれっぽちも動じず、ほほえんで次の言葉を待った。

「いいわ、答えましょう」ケンプラー夫人は真顔に戻って続けた。「あの写真には、《ヨセミテ渓谷のミラー湖》という題がついていて、確か一八七二年に撮影されたものです。わたしがなぜ知っているのかというと、ミスター・フェイがしょっちゅう眺めていて、それがどういう経緯《いきさつ》で手元にあるのかを誰彼なしに話して聞かせていたからです」

「〈スネイクリー・マンス館〉に飾ってあったということですか？」ホームズが尋ねた。

「ええ、去年イライアス・グリフィンに贈るまで、何年ものあいだ」

ホームズは両手の指先をぎゅっと押しつけ合った。

「イライアス・グリフィンというのは、ビショップス・ストートフォードにある〈チャロナー・ハウス館〉の所有者ですね？」

「そのとおりです」

私はうっかり思ったままを口走った。「フェイ氏はそれほど自慢に思っていた写真をなぜ手放したんだろう」二人がこちらを見たので、急いでつけ加えた。「あ、そうか。それだけ経済的に苦しかったということだな」

「わたしも同じ結論に達しました」とケンプラー夫人。「でも、それ以上の詳しい事情は知りません。あの写真はわたしも気に入っていて、眺めるのが好きだったので、新聞でスケッチ画を見たときはびっくりしました。本物とは似ても似つかないですけど」

ごもっとも、とばかりにうなずくホームズ。それから彼は椅子の肘《ひじ》のせを二度叩いた。会話をしめくくる合図だろう。

「大変興味深いお話をありがとうございました」ホームズはケンプラー夫人に言った。

「僕ら弁護士は、依頼人の抱える事情を前もって多面的にとらえておきたいんですよ。これまでの経験で、馬の口からは真実はめったに聞けないとわかってますから（〝horse's mouth（馬の口）〟には〝本人〟の意がある）。だが、いよいよその本人に会いに行かなければ」

ホームズが立ちあがると、ケンプラー夫人が言った。

「彼が〝厩舎《きゅうしゃ》〟に入れてくれればの話ですけどね」

今度はホームズが笑う番だった――私が一度も聞いたことのないような、けたたましい笑い声をあげた。ケンプラー夫人も気の利いた言葉を返せたことに気を良くして、笑い声で応じた。

私は席を離れようとしたが、ホームズが急に立ち止まって言った。

「ケンプラーさん、また追い返されるといけないので、フェイ氏が大事な作業をしている時間帯は避けたいんですよ。ご存じでしたら、彼が暗室を使うのは一日のいつ頃か、教えてもらえませんか？　そのあいだは誰にも邪魔されたくないでしょうから」

ケンプラー夫人はホームズをじっと見あげた。

「暗室？　わたしはあそこで働いてたとき、家のなかをつねに明るく風通しのいい状態にしておくよう心がけてました。それに、ミスター・フェイがいつも作業に使う書斎は三方に窓があって、一番明るい部屋です。昼間はカーテンを閉めていても陽が入ってくるくらいに」

ホームズはお辞儀をした。

「では、これから訪ねていってもだいじょうぶですね。あらためて、ご協力ありがとうございました」

私も礼の言葉を述べようとしたが、ホームズはカウンターにすばやく紙幣を置くと、主人が近づいてくる前に私を急《せ》き立てて出口へ向かった。

第十二章

「で、これからどうするんだい？」外へ出て、宿屋兼パブから遠ざかると、私はさっそくホームズに尋ねた。

ホームズは〈スネイクリー・マンス館〉の方向へ歩きだした。

「もちろん、約束を守るのさ」

私は急いであとを追った。

「だけどホームズ、本物の約束なんかしていな……かっただろう？　まいったな、長ったらしい芝居のせいで頭が混乱しているらしい。とにかく、きみはもうギャリッジ法律事務所のフレデリック・サザーランド弁護士ではないし、ぼくも――誰だっけ、きみの言った名前はもう忘れた。そもそも、イズレイル・フェイはまだぼくらのことを全然知らないんだから、訪ねていったところで歓待は期待できないぞ。ラウドウォーターに到着してすぐ、いきなり訪問するのとどこがちがうんだい？」

「約束を守る、というのはただの比喩《ひゆ》だよ」とホームズ。「僕らはイズレイル・フェイについて、情報をたっぷり仕入れることができた。あとはロンドンへ戻る前にもうひと仕事して、残りの断片を拾い集めようと思っている」

「じゃあ、焼けた写真にまつわる話とマイブリッジへの脅迫とのあいだに、確かなつながりを見つけたんだね？　それがイズレイル・フェイを犯人とする推理の裏付けになるんだろう？」

「どちらの事件もそれぞれ興味深いし、両方とも僕にとって熟考に値する。だが、イズレイル・フェイに関する情報はこの土地でしか得られない」

「くだんの秘書の行方を突き止められなければね」私は言った。

「さっきの元家政婦の話で明らかなように、秘書はもうこの村にはいない。彼の現在の居場所を知っている者がいるとすれば、それは元雇用主だろう。ところが、僕らは〈スネイクリー・マンス館〉を訪問するわけにはいかない。こっちの手の内を明かしてしまう恐れがあるからだ」

私はついうなずいたが、すぐに首を振って反論した。

「いやいや、ホームズ、きみの依頼人はエドワード・マイブリッジだぞ。いつまでもラウドウォーターでぐずぐずしている場合じゃないのに、いったいどうしたんだい？　不当解雇、不満たらたらな元家政婦に迷信深い秘書――まあ、確かに興味を引かれないこともないが、ぼくらは首を突っこむべきじゃない。イズレイル・フェイはマイブリッジのスライドに疵《きず》をつけたのか、つけていないのか、そこをまず判定すべきだ」

ホームズは黙然として私を見つめた。彼の胸中を推し量るのは難しい。私にあきれているのだろうか。それとも、依頼された仕事をおろそかにしている自覚から、やましさをおぼえているのだろうか。

長年感じてきたことだが、ホームズにとって諮問探偵という看板は、世間の人々に魅力的な謎をベイカー街へ届けてもらうための手段に過ぎないのではないか。よって、ほかのもっと容易な経路でおもしろい謎がひとりでに続々と集まってくるなら、助けを求める依頼人たちの目の前であろうと、彼がなんの気のとがめもなくドアを閉ざす場合もありうるだろう。

やがて私たちは、〝スネイクリー・マンス《Snakeley Manse》〟の文字が刻まれた二本の門柱のあいだを通り抜け、頭《こうべ》を垂れた低木の藪《やぶ》が両側に並ぶ、傾斜のある私道を進んでいった。ホームズが歩調をゆるめたので、私もそれに合わせた。

藪の隙間から、横に広がった灰色の石造りの建物が現われた。外壁が湾曲しているので、ずんぐりした灯台のように見える。中央の玄関ポーチが頂く破風には大きな丸窓が切ってあり、ギリシャ神話の一つ目巨人族、キュクロプスを思わせた。円錐《えんすい》形の屋根の上にいくつも生えた煙突の通風管は、部屋数の多い大邸宅の証《あかし》だが、外壁は修繕や手入れが行き届いていないため目地の崩れが目立ち、蔓草《つるくさ》は下方にだけまばらに張りついているありさま。〈イルカ亭〉でハリー老人が言っていたとおり、まだ夕暮れが訪れたばかりなのに窓はすべてカーテンが閉まっている。

「異様な建物だね。家というより城みたいだ」私は言った。「名称も一風変わっている。実物と合っていない気がするよ」

「名称のどの部分が風変わりだと感じるんだい？」ホームズが尋ねた。

「頭から尻尾《しっぽ》まで全部だよ。〝スネイクリー〟はたぶん一族の姓から取ったんだろう。〝マンス〟のほうは……普通は聖職者の住居につける名称じゃなかったかな」

「そのとおり。代表的なところでは、長老派、メソジスト派、バプティスト派などの牧師館があてはまる。きみが違和感をおぼえた原因は、たぶん〝マンス〟の扱い方だよ。通常は単独で〝マンス館〟とするか、教会が手放したあと〝オールド・マンス館〟に変わるかのどちらかで、それ以外はきわめてまれだ」

「もうひとつ、家の外観が少しも牧師館らしくないのも引っかかった原因だろう。ぼくが思い描いていた長老派の禁欲的で質素なたたずまいとはかけ離れている」

「まったくそのとおり。不思議だね。好奇心をそそられる」

そんなやりとりをしながら玄関へと私道を歩いていると、突然ホームズに腕をつかまれた。私は立ち止まり、彼が身をかがめるのを見て同じ姿勢を取った。

「ここまでが限界だ」彼は言った。「これ以上近づくと、よけいな注意を引いてしまう。隠れようにも、玄関までのあいだに物陰はひとつもない」

「だが、こんな遠くからなにがわかるんだい？」

「人のいる気配だよ」

急速に暗さを増した藪のあいだからのぞくと、二階の左手にカーテンの端や隙間から光が漏れている窓があった。

ホームズが同じ窓を指して言った。

「あそこがフェイの書斎にちがいない。元家政婦の話によれば、書斎は家のなかで一番明るく、壁は三面が窓になっているとのことだった。建物の奥行き全体を占める広い部屋なんだろう」

「ああ。だが――」と私は言いかけて、家の東側へ目をやった。

そこは地面の広い範囲に小石が敷いてあるため、気づかれずにこっそり近づくのはまず不可能だろう。また、建物には木立が迫っている。密生した枝葉が二階部分を覆い隠して屋根に達しているうえ、建物の裏手まで続いているのが遠目からでもわかる。その木立の向こうには屋敷を取り囲む高い塀があり、おそらく私たちがさっき時間をつぶした森との境界線となって、正面玄関の塀と合流するのだろう。

ホームズが見込んだとおり、明かりのついている部屋は二階で唯一の、日中さえぎるものなく陽が射しこむ部屋だ。

「いや、そうだね。きみの言うとおりだと思うよ、ホームズ」

二人ともしばらく黙って家を眺めた。まわりの藪はますます闇に包まれていく。

「ぼくにはなにも見えないんだが、きみの鋭い視覚ならとらえられるものがあるのかい、ホームズ？」

友人は首を振った。

「じゃあ、どう考える？」私は訊《き》いた。「ひょっとして、フェイは留守なんじゃないか？　家に誰かいると言っているのは村人たちだけで、証拠といえば、注文した品物や食事が届けられることくらいだ。それだって、じかに受け渡しをおこなっているわけじゃない。配達人がドアの外の指定の場所に置き、そこから代金や指示書を持ち帰る方式だ」

「上出来だよ」ホームズが満足げに言った。「部屋の明かりがついているだけでは人がいる証拠にはならない、という指摘はまったくもって正しい。当然ながら、いないことを証明するのは、いることを証明するより難しいから、僕らにできるのは彼が在宅である確証をつかむまで待つことだけだ」

「この時間帯の確証となると、消灯か。あの窓が暗くなるかどうかだね」

「どちらの窓でもかまわない」

ホームズはそう言って、建物の中央を指差した。玄関ポーチの上部にある大きな丸窓が、ほのかに明るい。外から見た感じでは、家の奥にともっている照明か、でなければ書斎の開いたドアから漏れてくる明かりだろう。この正面にある目玉じみた丸窓は堂々たる存在感を放っているが、廊下か階段にもうけられた単なる採光窓と思われる。

私はあたりを見まわした。薄闇を背景に木々が黒い亡霊のごとく立ち並び、それらのあいだからわずかにのぞく空は紫色を帯びている。

「どれくらい待つことになるかは見当もつかないだろう？」私は尋ねた。

「そのとおりだ」ホームズは静かに答えた。

突然、彼が頭を引っこめた。同時に彼の低い声。「隠れろ！」

差し迫った口調で言われ、私はとっさに私道の左側にある藪へもぐりこんだ。出っ張った幹がふくらはぎにあたり、枝や葉が顔を引っかいた。一方、ホームズは兎のごとく敏捷《びんしょう》な身のこなしで藪に飛びこみ、ぱっとしゃがんだ。

数秒後、二頭立てのクラレンス型馬車（四人乗りの四輪箱馬車）が門のほうから近づいてきた。狭い私道なので、御者は低く垂れた枝をよけるため頭をひょいひょい下げている。馬車の屋根にあたって折れた小枝があちこちの方向へ飛び散っていく。

馬車は玄関前の広い半円形の馬車回しに乗り入れ、騒々しい音とともに停まった。ホームズがいち早く気づいてくれて助かった。あのままだったら二人とも見つかっていたところだ。間もなく御者が高い座席から飛び降り、馬車のドアを開けた——こちらからは見えない側のドアを。

私はいったい誰が来たんだろうと見張りながら、藪に隠れているのをもどかしく感じた。ここではさっきよりもよけい家の様子がわかりにくい。ようやく御者が座席に戻り、歩きだした乗客の姿が馬車の陰から現われた。こちらに背中を向け、玄関のドアへ近づいていく。

かたわらで、ホームズが静かに息を吐くのが聞こえた。

「あれがフェイか？」私は小声で訊いたが、ホームズの返事はなかった。

馬車で到着した男はドアの鍵《かぎ》をあけて家に入るのかと思いきや、私の予想に反して呼び鈴を押した。あたりが薄暗いにもかかわらず、手袋をはめた右手の指が曲がったり伸びたりを繰り返すのがわかった。男はもう一度呼び鈴を鳴らした。

私はふと、明かりの見える窓へ視線を移した。屋内で人が動く気配はまったくない。

訪問者は片手を上げてドアを三度ノックしたあと、大声で叫んだ。

「フェイ！　フェイ！　おい、ドアを開けないか！　なかへ入れてくれ！」

聞き覚えのある声に、私はぎくりとした。

「ホームズ」うっかり声をひそめるのを忘れて友人に話しかけた。「あの男は――」

次の瞬間、私の質問は不要になった。訪問者が踵《かかと》をめぐらしてこちらを向き、顔がはっきりと見えたからである。もじゃもじゃの白髪頭と、外套《がいとう》の胸元まで届く先のとがった顎《あご》ひげは見まがいようがない。

私は彼の名をささやき声で口にした。「マイブリッジ」

マイブリッジは建物の左に向かってゆっくりと歩きだし、私たちがさっき見張っていたのと同じカーテンの閉まった二階の窓を見あげた。それから、玄関脇の一階のフランス窓に身体の前をぴったりとくっつけ、額に手をかざして穴をのぞきこむように家の内部をうかがったが、あきらめたのかすぐに後ろへ下がった。そのあと今度は家の西翼へ向かい、角をまわりこんで姿を消した。またもや彼の大声がくぐもって聞こえてきた。

「フェイ！　早くなかへ入れてくれ！」

およそ一分後、彼は困惑げにかぶりを振りながら再び姿を現わした。

ホームズが横でつぶやく。「彼には感謝しないといけないな。僕らが危険を冒して裏手から二階の窓を確認する手間を省いてくれた」

「ぼくに言わせれば、この状況自体がばかげているよ。エドワード・マイブリッジは依頼人なのに、なぜ藪《やぶ》から出て彼に話を聞きに行かないんだ？　そもそも、彼のおかげで家は無人だとわかったんだから、こんなふうに隠れている必要はないはずだ」

ホームズの態度は、私の意見に耳を傾ける気があるようにはとうてい見えなかった。おまけに片手を上げて――暗がりのせいで、ぼうっとした白い染みでしかないが――私に黙るよう合図した。

私たちが見守るなか、マイブリッジは馬車へ引き返していき、ドアの開閉音が小さく響いた。声は聞こえなかったが、客の指示があったのだろう、御者は握っていた手綱をひと振りした。動きだした馬車は方向転換して、樹木にふさがれそうな私道をもと来た方向へ走り始めた。馬蹄《ばてい》の音がロンドンへ通じる街道まで遠ざかったとき、ホームズがようやく身体の力を抜いた。

私も手足を伸ばし、こわばった関節をほぐしながら言った。

「やれやれ、終わった。これでおしまい。だが、きみに詫《わ》びなければならないな。小言を言って済まなかったよ。マイブリッジの事件はイズレイル・フェイとれっきとしたつながりがあったんだね。

ズープラクシスコープのスライドを疵《きず》つけたのはフェイにちがいない。そういう卑劣な方法で、マイブリッジに対して写真の所有権を主張したんだ。マイブリッジが立腹するのも無理はない。要求された金の支払いは断固拒否するだろう。二人は旧知の仲だというのに、フェイの元家政婦によれば、マイブリッジが〈スネイクリー・マンス館〉を訪ねてきたことはただの一度もなかった。それを聞いた時点で、ぼくらはおかしいと気づくべきだったんだ。マイブリッジが怒って乗りこんでくるのを目の当たりにする前にね」

「きみは勘違いしている」ホームズが異論を唱えた。

私は顔を上げた。

「じゃあ、意見が変わって、二人のつながりはなかったと言うのかい?」

「ちがうよ、ワトスン。今夜の冒険はまだ〝おしまい〟じゃないと言いたいだけだ。もう少し、ここで待たなければならない」

「なんの目的で?」

「僕らがここへ来たそもそもの目的さ。イズレイル・フェイに会うためだ」

私はわざと怒気のこもった強い口調で言った。

「なぞなぞはもうたくさんだ! ぼくはもうここを寝床にするぞ」

「ご自由に、ワトスン」

そう言われても実行する気にはなれなかったので、私はぶつぶつ文句を言いながら、腕をさすって温めた。そうすればホームズも少しは良心がとがめるだろうと期待したのだが、あいにく無駄な努力に終わった。彼の良心は複雑にできているうえ、たまにお留守になるようだ。月に照らされた亡霊のような〈スネイクリー・マンス館〉にひたと視線を据えたまま、彼は静かに待ち続けた。

私は懐中時計を見た。ちょうど十時を過ぎたところだった。

「終列車は三十分前に出てしまったよ」私は内心あせりながら言った。本当にこの藪を寝床にする可能性が出てきた。「なあ、どうする？」

「しっ！」とホームズ。

私は身体を思いきり伸ばした。「ホームズ、それはないだろう？　ここまで精一杯我慢して……」

ホームズの横顔のシルエットが一段と険しさを増したので、私ははっと言葉をのみ、家のほうを見た。なんと書斎の窓が暗くなっている。ランプを消したのだ。

急いで中央の大きな丸窓へ視線を転じると、そこはまだ明るかった。といっても、西翼から東翼へ通じる廊下を照らすのがせいぜいだろうが。フェイの書斎が家の表側から裏側まで、奥行きいっぱいに広がっているとすれば、彼の寝室は東翼にちがいない。

その見立てが正しいことはじきに立証された。丸窓の向こうを、人影が左から右へ移動するのが見えたのである。ほんの一瞬ではあったが、円形の窓枠に頭から足まで全身が浮かびあがり、その後、東翼へ姿を消した。私はなおも期待して待ち続けたが、こちらから見える二階の窓には、明かりはひとつもともらなかった。

「フェイの寝室は家の裏手なんだろう」私は言った。「残念だ」

「どうして？」ホームズが軽い調子で訊《き》く。

「どうしてって……もう彼の姿はちらとも拝めないんだろう？」

ホームズはなにも答えず立ちあがると、私が立つのに手を貸してくれた。

「ようやく退却かい？」と私は訊いた。

「もちろん」

「今夜の冒険には満足かな？」

「ああ、大満足だ」

「それで……寝床の確保はできそうなんだろうね？」

ホームズは笑って、街道の方向へ私道を颯爽《さっそう》と歩きだした。肩越しに私を振り返りながら言う。「〈イルカ亭〉の主人にあたってみよう」

第十三章

かくして私は、〈イルカ亭〉のうるさくきしむベッドで、ちっとも休まらない一夜を過ごすはめになった。〃ぎいぎい、ぎいぎい〃と恨めしげにうめく声を一晩中聞かされたのである。

翌日、ベイカー街へ戻るやいなや、ホームズは机へ行って自身の日記や新聞記事の切り抜き帳を調べ始めた。私はそれをしばらく眺めていたが、一言でも話しかけると、そのたびに面倒そうに手で振り払われるので、最後はあきらめて本を手に自分の肘掛《ひじかけ》椅子へ退却した。結局、その日のホームズは午後も夜もずっと調べ物に没頭していた。

翌朝になって私が寝室から居間へ出ていったときも、ホームズは前日と同じ姿勢のまま机に向かっていた。声をかけたところで、またうるさがられるだけだろうし、ただぼうっと待っていても埒《らち》が明かないので、私は一人で外出することにした。クラブへ行けば、喜んで話し相手になってくれる仲間が一人や二人はいるはずだ。

早めの昼食を済ませたあと、タイムズ紙を開いた私は、エドワード・マイブリッジの写真を目にして、驚くと同時に不吉な予感に見舞われた。最初は彼だと気づかなかったが、目を奪われるまま添えられている記事を読んで、ようやくなにが起こったのか理解できた。というのも、ぱっと見ただけでは、写真のなかに人物がいるのかどうか判然としなかったからである。全体のほとんどを占めるのは鬱蒼《うっそう》とした雑木林で、その背景いっぱいに空ではなく断崖《だんがい》絶壁の岩肌が広がっている。手前には静かな川に突きだした桟橋がひとつ見え、そこにステッキを持った男性が一人たたずんでいる。

彼はしわくちゃのスーツを着て、私にわかる範囲では、首にスカーフを巻いているようだが、それより上がどうなっているかはぼやけていてわからない。頭部はかき消され、本来それがあるべき箇所は、排水口に吸いこまれる泡立つ白い渦のようなものに覆われてしまっている。その白が黒っぽい木々とくっきり対照をなしていた。

しかし、私が真っ先に注意を引かれたのは、この首無し男ではなかった。彼の頭上にでかでかと大文字で書きこまれた、〝NO RETURN〟という白い文字に、一瞬で目が吸い寄せられたのである。

記事は次のような内容だった。

ズープラクシスコープ写真家、命を脅かされる

――シャーロック・ホームズはどこに？

本日、弊社に届いた奇妙な小包は、科学と芸術の両分野で名を馳《は》せるエドワード・マイブリッジ教授の身に、依然として危険が迫っていることを示す証左となっ

た。読者諸氏もご記憶のとおり、マイブリッジ教授は近頃さまざまな形で脅迫を受けていた。なかでも、路上で馬車に轢《ひ》かれかけた事件や、彼の有名な発明品、ズープラクシスコープのスライドに悪意ある言葉が刻みつけてあった事件は、とりわけ深刻な事態として大きく報じられてきた。

　問題の謎めいた小包から出てきたのは、まずひとつ目が、上にスケッチ画で示した一葉のプリント写真である。写っている人物はマイブリッジ教授だが、またしても顔の部分が、今回は引っかき疵《きず》ではなく上から塗りつぶす方法で消し去られている。

　写真に書き加えられた〝NO　RETURN〟というメッセージは、一見すると意味不明で不可解に感じられるかもしれないが、美術鑑定家と古典学者の知識を合わせれば、謎はおのずと解ける。この写真は、実は一組の立体写真の片割れで、一八六八年にヨセミテ渓谷で撮影された。そして最も重要なのは、《渡し守カロン》のタイトルがつけられている点だ。ご存じの向きもあろうが、カロンはギリシャ神話に登場する、新たな死者を小舟でステュクス川の対岸の冥界《めいかい》へと運ぶ老人である。写真のマイブリッジ教授をカロンになぞらえているとすれば、〝NO　RETURN〟が意味するものは明らかだ。小舟は渡し守ともども、冥界の神ハデスのもとへ行ったまま不運にも戻れない。言い換えれば、彼は不帰の客となるわけだ。これだけではまだメッセージが曖昧《あいまい》に感じられても、小包で送りつけられてきた二つ目の品物がとどめの一撃となる。

二つ目の品物とは、一ペニー硬貨一枚である。死者が渡し守に支払うオボロス貨もしくはダナケ貨の代わりだろう。手短に言えば、写真に硬貨を添えることで、渡し守は自身の渡し賃を支払って地獄へ行き、それきり帰らないという意味になる。

現時点ではマイブリッジ教授からのコメントはまだ得られていないが、この新たなゆゆしき事態に彼が果たしてどう対処するか、近日中にお伝えできるものと考える。それにしても、こうした身の毛がよだつ展開と判じ物めいたメッセージを前にしたいま、自然と浮上するのは別の疑問だ。

〝シャーロック・ホームズは、いったいどこにいるのか？〟

彼は依頼人との契約で、脅迫者の正体をあぶり出す任務を負っているはずだ。この手強《てごわ》い事件にはベイカー街の偉大な探偵もさすがにお手上げなのだろうか？

午後、ベイカー街二二一Bに帰り着いた私は、共用の居間へと階段をのぼっていき、ドアをそっと開けた。ホームズがまだ調べ物を続けているとしたら、邪魔したくなかったからだ。それに、記事に書かれていたマイブリッジに対する新たな脅迫や、ホームズの能力が衰えたと言いたげなあてこすりを友人に伝えなければならないと思うと、気が重かったからでもある。ところが、驚いたことにホームズはすぐ目の前に立っていた。しかも、旅行鞄《かばん》を手に提げて。

彼はその鞄を私に手渡すと、肩を叩《たた》いて言った。「もうじき馬車が来る」

私はうめいた。「勘弁してくれよ、ホームズ。ぼくはどうして年がら年中、慌てて荷造りばかりさせられているんだい？」

ホームズは私を不思議そうに見た。おそらく内心でこう思っているのだろう。ただでさえ依頼をいくつも抱えて大忙しの僕に、今回のちっぽけな謎まで解けと強引に頼みこんできたのはきみじゃないか、と。彼の視線がマントルピースの上の時計へさっと動いた。

「きみの言いたいことはわかったよ」私はあきらめ口調になった。「せめて、行き先と日数くらいは教えてくれるんだろうね？」

ホームズは旅支度のため寝室へ向かう私について来た。

「一泊だ。行き先は当然、ビショップス・ストートフォードさ」

「ということは、例の火災が起きた家の所有者、イライアス・グリフィンを訪ねるつもりかい？」

「いかにも」

「ホームズ、それだと事件の原点からますます遠ざかってしまわないか？ ぼくらはエドワード・マイブリッジのスライドを疵つけた脅迫者の正体を暴くために雇われた。その調査で糸口を求めてラウドウォーターへ行き、結果的にぼくがアフガニスタンで味わった以上に耐えがたい一夜を過ごすはめになった。

ところが、きみときたら今度は性懲りもなく、新聞記事で見かけたハートフォードシャーくんだりまで出かけていくと言いだした。それは依頼人をなおざりにしていることにはならないか？　本人が脅迫者の正体に気づいていようと、差し迫った状況には変わりないというのに。それに、たとえきみはマイブリッジがいますぐ危険な目に遭うことはないと考えていても、世間の見方はちがう。このまま放っておけば――」

「じゃあ、クラブでタイムズ紙を読んだんだね？」

私は大きくため息をついた。

「ああ、読んだ。きみも読んだとわかってほっとしたよ。この件をどう切りだそうか悩んでいたからね」

「不器用だな、いつもながら」ホームズはあきれた調子で言った。

そう返されてかちんときたが、ここでむきになってもしかたないと思い、聞き流すことにした。

「新聞社に送られてきた写真の意味については、きみも記事の見解に賛成かい？」とホームズに尋ねた。

「もちろんだ。カロンは神話の登場人物のなかでも、とりわけ異彩を放っている。まさしく霊魂を冥界へ導く賢者と呼べるだろう。おや、ワトスン、目をぱちぱちさせているところを見ると、僕が古典学にも造詣《ぞうけい》が深いのは意外だったんだね」

私は顔をしかめ、考えていることをすぐおもてに出すなと内心で自分のまぶたを叱った。

「想像力豊かな犯罪者が、ありきたりでない手段をあみだそうとする場合、神話のイメージを用いる可能性は大いにあるだろう？　だから古典学の知識も持っているに越したことはないんだ」ホームズは言った。

「想像力豊かな犯罪者というのは、フェイのことかい？　フェイは奇をてらってこんなことを？」

「いや、奇をてらうよりも悪質だ。マイブリッジは敵が誰なのか気づいていた。そのうえ相手から金を要求され、その支払期日をすでに通告されていたこともわかっている。だったら、犯人にとってこれ以上やるべきことがあるかい？」

「念押しのつもりなんだろう。もし金を払わなかったらどういうことになるか、よく考えるがいいと伝えるためだ」

ホームズの指がドア枠の上で複雑なリズムを刻む。

「筋の通った解釈だね。しかし、新聞という大勢が注目する派手な舞台で、しかもああいう奇抜な方法で脅迫を実行すれば、単にマイブリッジが無視できないという話にとどまらず、国じゅうの人々が放っておかないだろう」

「きみは今度の件をずいぶん冷静にとらえているね。だけどホームズ、これは他人事《ひとごと》じゃないぞ。ぼくはマイブリッジの運命だけでなく、きみの評判も心配でならないんだ。べつに無私無欲の精神で言っているんじゃない。ぼくらは一蓮托生《いちれんたくしょう》だってことを忘れないでくれ。少なくとも、ぼくはきみの幸運が頼みなんだ」

と言いながらも私は、いつかホームズが世間のつまはじきに遭い、のけ者にされることがあったら、そういう彼を主役にこれまでとは全然ちがう物語を書く自分を空想した。彼が〝偉大な名探偵〟と巷《ちまた》でもてはやされなくなっても、私は彼を支えていけるだろうか？　彼の伝記作者を続けるだろうか？　どちらの疑問も答えはすぐに出た。もちろん、〝イエス〟だ。

「なんだか夢うつつな目つきだね、ワトスン」ホームズは静かに言った。「僕はまだ当分、自ら選んだ天職を手放す気はないよ。いまは先のことではなく、現在のことを考えよう。いいね？」

私は咳払《せきばら》いして頭を振り、もやもやした考えを振り払った。「問題はその現在だよ」

あえてぶっきらぼうに言った。「きみは自分の評判が傷ついているのに気にならないのかい？」

「全然気にならないよ」

「だが、もし世間の信頼を失ったら――」

「世間は移り気だ。それに、依頼人がこれ以上増えても困る。ワトスン、僕らには取り組むべき問題がすでにたくさんあるんだよ」

「それなのに、きみは旅ばかりしたがるね。ラウドウォーターの次はビショップス・ストートフォード。どちらの旅もエドワード・マイブリッジ脅迫事件という原点と本当に密接な関係があるのかい？」

「事件は次にどんな遠い場所まで連れて行ってくれるのか、楽しみだろう？」ホームズはのんきな調子で言った。私の非難めいた言い方などまるで意に介さない様子だ。「イライアス・グリフィンはパズルの完成に不可欠なピースだと僕は確信している。たとえマイブリッジと直接の結びつきはないとしても――言っておくが、マイブリッジ本人がラウドウォーターに現われて、強請《ゆすり》の加害者と被害者が知り合い同士だったことは決定的になった――グリフィンは僕らの重要な調査対象だ。ヨセミテで撮影された写真とのつながりは当然のこと、イズレイル・フェイの投資先企業はグリフィンの仕事と深く関わる製品を開発中なんだ」

「どういう仕事なんだい？」

「動く写真の映写に使用する新型セルロイド・フィルムを作ろうとしている」

「アルハンブラ劇場で観たポール氏のフィルムみたいなものかい？」

「ああ、そうだ。パリではリュミエール兄弟の弟、ルイ・リュミエールが、ガラス乾板《かんぱん》用の新しい写真乳剤を開発したが、これはセルロイドのロールフィルムにも応用されるだろう。ただし、今後もオルソクロマシアの問題は、動く写真の映写に取り組む者たち全員を悩ませ続ける」

「オルソ……？」私にとっては耳慣れない言葉だった。

「フィルムの表面と結合しても、染料の色が変化しないことだ。アニリン染料はその改良法のひとつだが、最近ではエリトロシンという増感剤の研究開発に投資がさかんにおこなわれている」

私がベッドの上の旅行鞄のほうを向いたのは、荷造りを進めるためだけでなく動揺を隠すためでもあった。

「なるほど」私はわかったふりをした。

「グリフィンはそれをテーマに数々の研究論文を発表してきた」ホームズが続ける。「ハートフォードシャーへの道中で読ませてあげるよ」

こちらが嫌味の利いた返事を思いつく前にホームズは言った。「馬車が来たようだ」

私は手を止めた。「なにも聞こえないが」

数秒後、蹄鉄《ていてつ》の音が響き、間もなく窓の下で馬車がゆっくりと停まった。

「僕が最初に気づいたのは、接近する馬車を通行人たちが慌ててよける足音だ。それで馬車が来たとわかったのさ」ホームズはそう言ってコートを手に取った。「さあ、急いでくれ、ワトスン。次の冒険からは僕がきみの荷造りをしよう」

第十四章

〈チャロナー・ハウス館〉はあらゆる面で〈スネイクリー・マンス館〉とは正反対だった。外観は前者のほうが後者より大きく、伝統的なデザインで、壁面は新しいペンキが塗られたばかりだ。また、蔓草《つるくさ》はまばらでもなければ勝手放題の伸びっぱなしでもなく、片側で整然とまとまって、レンガをみずみずしい深緑色で覆っている。一本のオークの大木を除いて、家の眺めをさえぎる樹木はない。そのオークの大木さえ、梢《こずえ》は三階の窓の下枠までしか届いていないので、建物がどれほど大きいかよくわかる。

屋敷の前で馬車が停まると、私は身をかがめて窓から外をのぞき、首をかしげた。

「速やかな復旧ぶりだ。火災の形跡がどこにも見当たらない」

そのとき、繁茂した蔓草に半分くらい隠れた横の通用口が開いて、黒っぽいドレスにエプロンをつけた女性が現われた。生真面目で人当たりのよさそうな顔立ちだ。髪《ふ》はゆるめに結っているが、だらしない感じはまったくない。彼女はエプロンで両手を拭きながら小走りに私たちの馬車へ近づいてきた。

ホームズは朗らかに挨拶《あいさつ》した。

「ミス・イーディス・グリフィンですね？」

女性はうなずいた。「じかにお目にかかれるなんて光栄ですわ、ミスター・ホームズ。あなたの物語はいつも拝読しています」

ホームズはにっこり笑って言った。「こちらはドクター・ワトスン。その物語の執筆者ですよ」

グリフィン嬢は私に向かって手を差しだしたが、おざなりな印象は否めなかった。

「お部屋へ案内しましょうか？　それとも、先にお茶を召し上がります？」

「ええ、それはありがた――」と私が言いかけたとき、ホームズが口を開いた。

「いえ、それには及びません。さっそく仕事に取りかかりたいので」

グリフィン嬢に冷たくあしらわれたせいか、それともクラブで昼食後に飲んだ二杯のブランデーが、馬車に揺られているあいだ――汽車旅だったので馬車に乗ったのは駅からの短い距離だったが、走り方がとてつもなく荒かったのだ――胃で暴れて虫の居所が悪かったのか、いずれにせよ私は意固地になって厚かましい態度に出た。

「ホームズ、お茶をいただこうじゃないか。ぼくはぜひともそうしたい」

「ええ、どうぞ」返事をしたのはグリフィン嬢だった。内心で私を情けない男だと思ったのだとしたら、本音を隠すのがうまい。「応接間にお茶とケーキを用意しますわ」

メイドは来客をあらかじめ知らされていたのだろう、私たちが応接間の椅子に腰を下ろすのとほぼ同時に、お茶のセットが運ばれてきた。大変満足のいくもてなしで、とりわけケーキは絶品だった。腹がくちくなると、私は顔を上げてグリフィン嬢を見た。彼女のほうも期待と反感らしきものが入りまじったまなざしを私に据えていた。

決心したように鋭く息を吸いこんでから、彼女はホームズに向かって言った。

「申し訳ありませんが、父とは今日はお会いいただけないのです」

「なぜです？」ホームズが不愛想に訊《き》く。

「先日の事故以来、神経過敏な状態が続いておりまして、仕事の話をいっさいしなくなりました。たとえ仕事をしたくても、できないのではないかと思います」

私はナプキンで口を拭き、ケーキの細かいかけらを落とした。

「その事故の件ですが、家の正面を見た限りでは火災の跡がまったくありませんね。本当につい二週間前のことなのですか？」

ホームズがこちらにさっと目を向けたので、私は慌てて口を閉じた。

「われわれは新聞に書いてあったことしか知らないのですが――」ホームズがグリフィン嬢に話しかけた。「お父上の作業場から出火したそうですね。その作業場がどこにあるか教えていただけますか？」

グリフィン嬢は曖昧《あいまい》な身振りをまじえて答えた。

「北西にある別棟です。正面の門からは見えない位置にあるので、お気づきにならなかったでしょうけれど。うちでは離れと呼んでいまして、母屋とは完全に独立した建物です。それをいまは心から感謝していますわ」

「では、火事で焼けたのはその別棟だけで、本館に被害はなかったのですね？」私は口をはさんだ。

ホームズもグリフィン嬢もすぐさま私を振り向いた。二人ともなにも答えないので、私の質問はひどく的外れだったようだ。胃の調子はもう落ち着いたので、もっと慎重にふるまおうと肝に銘じた。

「そこへ案内していただけると、ありがたいのですが」とホームズ。

「でも、ホームズさん」グリフィン嬢の声が初めていらだちを帯びた。「それはここへいらした本来の用件ではありませんし、ご理解いただけるでしょうけれど、わたしとしてはあそこへ行くのはあまり気が進まないのです。それより、お泊まりいただく二階の部屋へ案内しますわ」

彼女がそばで控えているメイドにうなずきかけると、メイドは応接間を出ていった。

私はグリフィン嬢の発言を不可解に感じた。ホームズと私が来訪した〝本来の用件〟は、この家に滞在中だったマーティン・クリサフィスなる人物が焼死した事件を調べることではない、と彼女はきっぱり否定したわけだ。じゃあ、なにが用件なんだ？　訊いて確かめたかったが、ホームズに目で制されたので黙っているほかなかった。

「いやいや」とホームズが言う。「現場でなにか手がかりになる遺留品でも見つかれば、われわれにとって大助かりなんですよ」

グリフィン嬢は迷った末にとうとう折れた。私たちを先導して応接間から暗い廊下へ出ると、頭が禿《は》げかかった使用人の男が銀器を確認している食器室を通り抜け、家の西側に位置する通用口をくぐり抜けた。外に出たとたん、私は午後遅い陽光のまぶしさに目をしばたたいた。立派なオークの大木が風に揺れ、木漏れ日がまだらにちかちかと反射している。

実物を見て、確かに〝離れ〟と呼ぶのがふさわしいと納得した。一戸建ての長方形の平屋で、母屋に勝るとも劣らない急勾配《きゅうこうばい》の屋根をのせている。母屋との距離はおよそ二十五フィートといったところか。昔は馬小屋か管理人の作業小屋だったのだろうが、年月を経て母屋の縮小版に造り替えられてきたようだ。窓もドアもデザインが母屋とそっくりである。

そんなわけで、離れは母屋の特徴をそなえているものの、現在は大規模な補修工事を要する状態だった。長いほうの壁では窓枠がどれも黒く煤《すす》け、一箇所は完全に焼失しており、粉々に割れた窓ガラスの破片が外の踏み荒らされた土の地面に散らばっている。建物の裏手に近い化粧漆喰《しっくい》の壁は汚れて黒ずみ、インクでつけた巨大な指紋のようだ。

三人とも無言のまま壁の角をまわりこんだ。建物の裏側が目に入ったとたん、私はあっと息をのんだ。ここも壁は真っ黒なうえ、屋根の三角形の部分が跡形なく焼け落ちている。表側の屋根が高いため、これほどひどいありさまだとは間近で見るまで気づかなかった。壁の中央に設置された裏口の扉は、ドア枠にかろうじてしがみついている、黒焦げになった一枚の細い板切れしか残っていない。それ以外の部分は灰になって、すぐ下の地面に積もっている。うつろな穴と化したドア枠越しに屋内をのぞいてみたが、明るい陽が射しこんでいるにもかかわらず、どんな様子なのか把握するのは難しかった。なにからなにまで真っ黒で、輪郭もぼやけて形状の見分けがつかず、つい数分前に鎮火したばかりかと思うほど表面がてらてら光っている。

「なかへお入りになりたいんでしょう?」グリフィン嬢は身震いして訊いた。

「そのほうが得られる収穫は多いはずです」ホームズは答えた。

グリフィン嬢はいっとき思案してから言った。「焼け残った場所ならかまいませんわ。ここでお待ちください。母屋から鍵《かぎ》を取ってまいります」

ところが、彼女がまだ立ち去らないうちにホームズは被害が比較的軽い表側へ戻り、半開きになった窓に近づいた。彼がそのすぐ脇にあるドアの取っ手に触れると、ドアはあっけないほど簡単に開いた。

グリフィン嬢はその場に立ちつくしてドアを見つめたが、ややあって肩をすくめ、ホームズと私に身振りで先にどうぞと促した。

部屋へ足を踏み入れた私は、緊張しつつ室内を見まわした。そこは寝室で、広さは建物全体の半分くらいだろうか。机と洗面台、その隣に幅の狭い乱れたベッド。窓際には背の高いコート掛けが一本。それらすべてに煤がまだら状に付着している。火は床の敷物にも燃え移ったのだろう、靴底からごわごわした感触が伝わってきて、一歩踏むたびに鈍い音とともに細かくひび割れた。

それでも、火事の深い爪痕《つめあと》が残っている範囲は、ベッドのヘッドボードと接する壁だけでおさまっていた。そばにあるいくつかの枕は部分的に焼けているものの、ベッドの裾《すそ》のほうは無傷で、ほとんど汚れていなかった。敷物と床板――ところどころ崩れて抜けそうになっている――にできた黒い筋模様は、隣室に通じる室内ドアのまわりが最もおびただしい。その開口部の向こうに、寝室と同様に黒く汚れた作業場が見えた。さっき裏口の外からのぞいたのと同じ部屋だ。これら二つの部屋をつなぐ扉は、ひん曲がった蝶番《ちょうつがい》になんとかぶら下がっているものの、骸骨《がいこつ》のようにほとんど枠しか残っておらず、鏡板にはまっていた大きなガラスは細かい破片となって床に落ちている。

しかし、真っ先に目を引かれたのは、ベッドの上の壁にかかっている額縁入りの写真だった。これが例の新聞記事で触れられていたマイブリッジの写真だろう。それにしても、記事の切り抜きで見たスケッチ画の不正確なこと。その最たる点は、静かな湖面に逆さに映った山々のずんぐりした断崖《だんがい》とひょろ長い松林が、その上部に鎮座する本来の姿よりもくっきりしていることだ。ただし、この実物は右端部分が焼けてしまっているため、はなはだ不運にも、精妙な均整美は修復不能な痛手を負ったことになる。火がベッドのヘッドボードから写真の右下の隅に燃え移ったのは明白だった。

ホームズは私の横で腕組みをして、美術館で作品を鑑賞しているかのような風情だった。が、その直後いきなりベッドに飛び乗ったかと思うと、腕を伸ばして壁のフックから額縁をはずした。それからベッドの飾り気のない木枠にもたれ、写真の燃えた部分に顔を近づけた。そこで私はようやく、彼がなにを見ているのかわかった。〝Mu〟という手書きの二文字だ。その続きは燃えてしまって残っていない。「撮影者のサインが入っているほうが、写真の評価額は高いんだろうか？」と私は訊いた。

グリフィン嬢とホームズが同時にそうだと答えた。

私はグリフィン嬢に話しかけた。「お父上はどうやってこの写真を入手されたのですか？」

「さあ、知りません。わたしにわかるのは、父はそれを一年前に手に入れて、とても大切にしているということだけです。ああ、いえ、いまとなっては、〝していた〟と言うべきでしょうね。でもホームズさん、この写真はあなたがお引き受けになった仕事とはなんの関係もありませんわ。連絡を頂戴《ちょうだい》したときにはっきりお伝えしたとおり、あの晩のことは思い出したくないんです。誰もが忘れてしまいたい悪夢のような事故でした。それでも、憐《あわ》れなマーティン・クリサフィスのことはいまも頭から離れません。だからこそ、この国にいらっしゃるかどうかすらわかりませんけれど、遺族の方々を最優先に考えなくては。父のもとにもわたしのもとにも、亡くなった彼のことを問い合わせてくる人は誰もいませんので、遺族はまだなにもご存じないのでしょう」

これでお茶のときから心に引っかかっていた疑問が解けた。ホームズは目的を偽って〈チャロナー・ハウス館〉を訪問したのだ。マーティン・クリサフィスの遺族を探してあげましょうとホームズが持ちかければ、イーディス・グリフィンは迷いながらも承諾するだろう。遺族に一刻も早く知らせたいという気持ちは、警戒心を上回るはずだ。

ホームズのほうはグリフィン嬢の話がまったく耳に入らないようだった。写真を枕の上に置くと、今度は壁に軽く指を這《は》わせた。額縁に覆われて煤で汚れていない部分の左側だ。おかげで、額縁の左下の角から下に向かって、長い疵《きず》が縦にまっすぐついているのが私にも見えた。ホームズはその疵をしばらくじっくり調べたあと、写真をもとの場所にかけ直し、どんな収穫があったのか一言も触れずにベッドからひらりと飛び降りた。次にどうしたかというと、燃えた室内ドアへ近づいて床に片膝《かたひざ》をつき、ドア中央の鏡板から落ちたガラスの破片を慎重により分け始めた。それから順にいくつか取りあげて、光にかざした。古い教会の窓にはまっているような、かなり分厚く、表面がでこぼこした曇りガラスだ。日光を乱反射して不思議な斑《まだら》模様をまとい、ただの小さなガラスのかけらなのにエメラルドかサファイアに見まがうほど美しい。

友人はドアの取っ手部分も念入りに調べた。両側とも取っ手同士がまだくっついている。彼はそれら二つのドアノブを順に何度か回し、なめらかに動くのを確かめた。片方だけ真鍮《しんちゅう》がすっかり色褪《いろあ》せているのは、高温の炎にさらされたせいだろう。

立ちあがり際、ホームズは戸口の脇に転がっていたクリーム色の水差しを拾いあげ、それを洗面台にのせた。洗面台には別にもう一個、小ぶりな水差しが置いてある。そのあと、彼は慎重な足取りで隣室へ移動した。私も躊躇《ちゅうちょ》しつつあとに続いた。足下の床板がきしんで、一瞬ぎくりとするほど大きな鋭い音を立てた。

隣室に一歩入った私は、強烈な煙臭さに慌てて口をハンカチで覆った。その部屋はただの作業場というより研究室と呼ぶほうが似つかわしく、煤をかぶった大量の器具であふれていた。オイルバーナー、いくつもの薬品をのせたトレイ、残らず割れてしまっているが、ガラス製のフラスコと思われる物など、化学の実験道具らしき物が目に留まった。天井はほぼ全体が焼け落ち、ずたずたになった細長いセルロイド片が、焼け残った数本の垂木にだらんと引っかかっている。この光景に私は思わず身震いした。食肉店にぶら下がった肉の塊を思い起こさせた。

一方、ホームズは拡大鏡を手に室内を歩きまわって、どれもこれもひとつずつ手に取っては等しく入念に調べていた。その合間にたびたび私を振り返っては、「物を壊さないよう気をつけてくれ」と注意したが、つるつる滑る床の上では慎重に動こうとしても難しかった。ところどころ、消火の際の小さな水たまりが残っている箇所もある。

やがて探検に飽きた私は、その部屋を通り抜け、裏口のドアから陽射しで明るい外へ出た。はっとするほどまぶしい光は、屋根に穴があいているにもかかわらず薄暗くて陰気な作業場からしぼりだされているかのようだった。

「ご友人の熱心な観察ぶりは賞賛に値しますわね」グリフィン嬢が言った。「でも、無駄ではないかと思います。マーティン・クリサフィスや彼の家族に関係するものは、あの作業場にはひとつもありませんので」

私は安心させるつもりで笑顔を作った。

「ホームズの活躍についてぼくが書いた話を、いくつか読んだとおっしゃいましたね。ならば、ご理解いただけると思いますが、彼は真相をつかむためなら、いかなる手段もおろそかにしません。この火災現場がマーティン・クリサフィスの人生にとって重要な運命の分かれ目になったことは、あなたも否定なさらないはずだ。信じて待つべきです」

グリフィン嬢はため息をつき、細い両腕で自分の身体を抱えた。一分近く黙りこんだあと、静かにこう言った。

「最初に引火したのはセルロイドにちがいありません――受け入れがたい事実ですけれど。父は前々からセルロイドが燃えやすいことを充分認識していましたので、その保管と扱いにはつねづね注意を払っていました」

ホームズが焼けた作業場から出てきて言った。

「室内ドアの脇にあるカウンターに、細い帯状のセルロイドが大量に置かれていた形跡があります。作業場からなにかなくなっていませんか?」

「いいえ。鎮火後は誰もここへ足を踏み入れていませんもの」グリフィン嬢は答えた。「父の性分はよく知っていますので、わたしも父の許可なく入ったりはしません。たとえ、いまの父が今後どうすべきかを考えられない状態であっても」

ホームズはうなずいた。

「消火活動の放水に加え、最近雨が降ったせいで、残念なことに火災時の状況を推測するのがよけい困難になった」

グリフィン嬢は腕組みをした。

「火を放置して燃え広がるままにしても、いまよりましな結果は生まれなかったと思いますけれど」

私ははらはらしながら割って入った。

「それに、ミス・グリフィンに天気を予測しろというのは無理な注文だよ、ホームズ」

ホームズはグリフィン嬢の怒りを買ったことなど全然気づいていない顔でうなずいた。

「当夜の滞在客について教えてください。彼が見つかったのは作業場の真ん中で、室内ドアに近い場所だったのでは？」

グリフィン嬢は客がまだそこに倒れているかのように、ホームズが身振りで示したほうを振り向いた。

「そのとおりですわ。わたしは見ていませんが、じかに確認した父から事細かに聞かされました。全身が黒焦げになっていたことも――聞かなければよかったと思いました。あれ以来ずっと、父がその記憶に悩まされているのも当然です」いったん言葉を切ってから続けた。「それにしても、正確な位置がよくおわかりになりましたわね」

「うっすら跡が残っていましたので」とホームズ。「床板の上に燃え方が軽微で煤《すす》もあまり落ちていない場所があれば、大きなものがそこをふさいでいたのだろうと推察できます」

私はホームズの言葉からその図を想像して、顔をしかめずにはいられなかった。だがグリフィン嬢のほうは気丈にも冷静な態度を保っていた。

「彼は煙を吸いこまないよう四《よ》つん這《ば》いになっていたと思われるが」私は考え考え言った。「わからないのは、なぜ火事の影響が小さい寝室を通り抜けて、わざわざ作業場へ入ったのかだ。作業場のほうはすでに火が燃え広がって、手がつけられない状態だとわかっていただろうに。もしかすると、作業場にあったなにか特別な物を取りに行こうとしたのかもしれない。ミス・グリフィン、彼はお父上の仕事に詳しかったのですか？どの程度まで手伝いをしていたんでしょう？」

グリフィン嬢は首を振った。

「父は誰とも一緒に仕事をしません。それと同じ信条が理由でしょう、いろいろな方面からの資金援助もすべて断ってきました。自分の業績は自分一人のものにする、成功した暁には利益も自分一人が受け取る権利を持つ、と決めているのです。

それより、あなたのお考えはそもそもの前提が間違っていますわ。離れの寝室を使っていたのは、マーティンではなく父です。それがいつもの習慣でした。仕事の時間が不規則なため、作業場に近いところで寝起きしたほうが楽ですし、就寝中に突然考えがひらめいて目を覚ますこともしばしばですから、離れにいれば隣室へ駆けこんですぐに作業に取りかかれます。そういうときは母屋で朝食をとる暇も惜しいようですわ。ここの寝室にある机は、父にとってダイニング・テーブル代わりなんです。わたしかメイドが食事を運んでくるのですが、一日三食とも離れで済ますことも珍しくありません」

「では、なぜ滞在客は離れにいたんだろう」私は内心の疑問をそのまま声に出した。「新聞記事によれば、火災は夜間に発生したとのことですが」

グリフィン嬢は母屋の上階を指差した。

「あそこの端にあるのがマーティンの泊まっていた部屋です。ご覧のとおり、燃え方の激しかった離れの作業場はマーティンの部屋から見えます。彼が夜中の三時に起きていた理由はよくわかりませんけれど、たぶん物音で目が覚めたのだと思います。炎が燃えあがる音はもちろん、大量のガラス容器が高熱で割れたでしょうから。火事に気づいた彼は、着の身着のまま外へ飛びだして行った――父の話では、発見されたとき遺体は紫色の寝間着しか着ていなかったそうです。離れの寝室は鍵《かぎ》がかかっていたはずですから、マーティンは裏口のドアを壊して外から作業場へ入り、父を助けようと……そんな必要はなかったのに。その時点で父はすでに火事に気づいて寝室を飛びだし、母屋へ消火の手伝いを呼びに来ていたのですから」

彼女の声が弱々しくなる。

「マーティンは気高い精神ゆえに尊い命を犠牲にしたのです。必要のない人命救助のせいで亡くなるなんて、これ以上不運なことがあるでしょうか」

「彼とは親しかったのですか？」ホームズも自分もまだお悔やみの言葉を述べていなかったことに気づき、私は後ろめたさをおぼえつつ尋ねた。

グリフィン嬢はさっと顔を上げた。

「いいえ。彼のことはほとんど知りません」

「えっ？　てっきり、家族ぐるみのつきあいかと思っていましたが」

「マーティンは何年も前に亡くなった父の幼なじみの息子さんです。それが、父がマーティンの死にこれほどまでに打ちひしがれている理由ですわ。父が抱いていた最愛の友人のかすかな思い出が、これで絶たれてしまったのです。今回の恐ろしい出来事のせいで、父は仕事を続けるのを断念することになるかもしれません。セルロイドは危険物で、それによって人命が失われるようなことはあってはなりませんもの。わたしがマーティンの家族となんとか連絡を取って、償いをしようと懸命になっているわけが、これでご理解いただけたと思います。不必要に大げさな言い方をしたくはありませんが、もうひとつの命がかかっているのです。父の命ですわ。このままでは、父はどんどん気力を失って、しまいには身体を壊してしまうでしょう」

「あなたから見て、お父上はご自身が扱っていた危険物に無頓着《むとんちゃく》ではありませんでしたか？」ホームズが訊《き》いた。

グリフィン嬢はきっぱりと首を振った。

「そういう非難めいたあてこすりは好きになれませんの、ホームズさん。さっきワトスン先生にも申しましたが、父は危険性を充分認識して、必要な予防措置をきちんと講じていました。ですから、なぜ火が急速に燃え広がったのか不思議でなりません。たとえば、父は離れから出るときも離れで寝ているときも、外からの出入口に両方ともしっかり施錠します。そのうえ、薬品の在庫はすべて離れからも母屋からも遠い場所に保管していました。でも、どうせ信じていただけませんわよね。あなたは父に責任を負わせたいんでしょうから。こちらへどうぞ、実際にお目にかけますわ」

　彼女が離れの向こうへ早足で歩きだすと、私はホームズを振り返った。

「ここへ来た用件を偽っているなら、ぼくにそう話してくれてもよかったのに」声をひそめて友人に言った。「ちょっと図に乗りすぎだよ、ホームズ。いいかい、きみが強硬な態度に出たところで、彼女は父親の過失に関する情報など絶対に教えてくれっこないぞ。この状況では、きみは彼女から調べてくれと頼まれた件を——滞在客の家族と連絡を取る方法を見つけることに専念すべきだ」

　ホームズは私の肩に手を置いた。

「ありがとう、軌道修正してくれて。僕は女性の感情を操るのは得意じゃない。とりわけ、興味をそそる難題が目の前にぶら下がっているときはね。今後も僕のふるまいをしっかり見張っててくれ。頼むよ」

　前方を歩くグリフィン嬢はレンガ造りの小さな建物へ近づいていった。普通の納屋ほどの大きさもないが、私がこれまで見たどれよりも堅牢《けんろう》そうだ。彼女はエプロンから鍵を取りだしてドアを開けた。内部が見え、人ひとり入るのがやっとの広さしかないとわかった。奥の壁にはいくつか棚が設けられ、それぞれにガラス瓶やブリキ缶などの容器が大量に並び、すべてに同じ筆跡の分類ラベルがきれいに貼ってあった。その横にはさまざまな園芸用具——たとえば如雨露、熊手、鋤《すき》などがある。それでグリフィン嬢はこの建物の鍵を持ち歩いていたのだろう。

ふと、別の新たな疑問が浮かんだ。鍵を持っている者はほかにもいるのだろうか？　あたりを見まわした私は、はっとした。西の庭園の隅にある木立の陰から、管理人の男がこちらを見ているのに気づいたのだ。彼は落ち葉を熊手でかき集める作業をしていたらしい。

満足げなため息とともに、ホームズはその狭い物置小屋に身体をねじこむように入れ、棚の上の容器をひとつずつ丹念に調べ始めた。さらにペンナイフを取りだして、いくつかの缶の蓋《ふた》を開け、鼻に近づけて中身の匂いを嗅《か》いだ。グリフィン嬢と私は数分間その作業を見守ったあと、ホームズに背中を向けた。そして横に並んで、庭園の塀の向こうに沈みゆく夕陽を眺めた。管理人は熊手を手に仕事を再開している。

「このたびは誠にご愁傷様でした」私はおずおずとグリフィン嬢に話しかけた。ホームズが彼女には少しも重要に思えないことばかり調べ続けているので、わたしはなんだか面目ない気分だった。彼女がさっきから失望をつのらせているのが伝わってくる。「故人と特別親しかったわけではなくても、ご自宅でこのようなことが起きて、さぞかしおつらいでしょう」

グリフィン嬢の笑みは純粋な感謝に見えた。

「ありがとうございます。彼は父に親切でしたし、自分の父親の話をたくさん聞かせてくれたんです。夕食の席で――もちろん父が仕事で作業場にこもっていて、マーティンとわたしの二人きりというときもありましたが――よく旅行の計画を話していました。あんなことにならなければ、楽しい将来が待ち受けていたでしょうに。彼とは親しい間柄ではありませんでしたが、本音を言えば、もっと……」

彼女は新たにこみあげた悲しみに声を詰まらせ、遠くの木々を見つめた。

そのとき、かたわらで聞こえていた物音が止んで、ホームズが物置小屋から出てきてドアを閉めた。

「クリサフィスはおたくにどのくらい滞在していたのですか？」ホームズは訊いた。

「今回は三日です。二カ月前、彼が初めて父に自己紹介したときは一晩。火事が起きなければ翌日ここを発《た》つ予定でしたのに、どれだけ運が悪いのでしょう」

彼女は深いため息をついてから、ゆっくりと息を吸いこんだ。頬をふくらませるのはレディらしからぬしぐさだったが、私はそれをとがめる気にはなれなかった。

「彼はどんな手段で旅行するつもりだったんですか？」ホームズが訊く。

「わかりません。本人も決めていなかったんじゃないでしょうか。計画を立てながら旅行するつもりだったようです。ここへは歩いて、小さな鞄《かばん》ひとつで来ました。元気旺盛《おうせい》で、そういう気軽な旅に慣れているふうでした。あ、でも……」語尾を濁した。

私はグリフィン嬢の腕に手を置いた。「どうぞ、続けてください」

「いま思い出しましたが、彼の最近の――最後の訪問のとき、わたしは出迎えるため家から出ていったんです。馬車が門を通り抜ける音が聞こえたとメイドに言われまして。ところが外へ行くと、マーティンは徒歩で私道をやって来るところでした」

ホームズのほうをちらっと見ると、考え事にふけっている様子だった。私は言った。

「それなら簡単に説明がつきますよ。クリサフィスは門のそばで運賃を支払って馬車を降り、そこから先は歩いたんでしょう。揺れる馬車に耐えながらではなく、のんびり訪問先を観察したい人もいますからね」

グリフィン嬢はためらいがちにうなずいた。

「もうじき夕食の時間ですわ。母屋へ一緒に戻っていただけます？　彼の所持品をまだご覧になっていませんし」

私たちは来た道を戻り始めた。焼けた離れの前を通りかかったとき、ホームズは歩調をゆるめて立ち止まった。寝室のある表側の角で彼がじっと見つめたのは、地面だった。駆けつけた地元の人々が消火作業を手伝ったのだろう、すっかり踏み荒らされていた。

私はむきだしの土にうがたれた足跡を見て、きっとホームズはこれに興味を引かれたんだろうと思った。が、少しして彼は顔を上げ、今度は砂地の小径を見つめた。その小径は建物の外側をまわりこんで、作業場の外の入口へ続いている。

「先に行ってくれ」ホームズはうわの空で言った。「あとから追う……」

彼はしゃがんで、さっそく調査にとりかかった。ほかの二人の存在も、自分がなにか言いかけてやめたのも、忘れてしまったかのように。

第十五章

　夕食のあいだ、私の視線はダイニング・テーブルの上座の空っぽの席をついついさまよった。私が気もそぞろなのを察したイーディス・グリフィンは、ナプキンで口もとを軽く拭《ふ》いてから言った。

「父が同席できなくて申し訳ありません。あの出来事が起きて以来、父は仕事も手につかないほどふさぎこんでいますが、まさかこんなふうに顔を合わせることすらままならなくなるとは思ってもみませんでした」

「では、自室で食事をとっておられるのですか？」

「はい」

　グリフィン嬢は大きなダイニング・テーブルの中央にある半分減りかけの蓋つきスープ皿に視線を注いだ。それから、右側に立っているメイドをちらりと見て続けた。

「父は簡素な食事しかとりませんので、運ぶのはわけないんです。きっと今夜もロールパン一個にチーズと、冷肉を少しばかりしか口にしないでしょう」

　話をそらされた気がして奇妙に感じたが、なにも言わずにおいた。

「ホームズさん」彼女は私の友人のほうを向いた。「火災現場を調べて、収穫はたっぷり得られまして？」

「もちろんです」ホームズは答えた。「これは実に魅力的な事件だ」

私は無意識にたじろいだ。実を言うと、グリフィン嬢と私が母屋へ入ったあとも、ホームズはなかなか戻ってこなかった。それで私はしかたなく様子を見に離れへ引き返したのだが、離れにも薬品の保管庫にも彼の姿は見当たらなかった。いったいどこへ行ったんだろうと庭園の隅々まで捜しまわっているうちに、正門へ続く小径の途中の植え込みからホームズがいきなり現われたのだった。

彼は一本の糸を貴重な遺物のように掲げ持っていた。一緒に確認したところ、紫色の糸だということで互いの意見が一致した。〝クリサフィスが着ていたという紫色の寝間着じゃないか？〟と私が言うと、ホームズは満足げにうなずいたが、くだんの青年が非業の死を遂げる直前に密生した植え込みでなにをしていたかについては、見解を一言も聞かせてくれなかった。その後、私たちがようやく着替えを済ませて階下へおりると、グリフィン嬢に出迎えられ、すでにダイニング・ルームに夕食の用意がととのえられていたという次第だ。

「悲劇的ではなく魅力的とおっしゃるなんて、言葉の選び方が風変わりですのね」グリフィン嬢は非難めいた口調で言った。「あなたの価値観を疑いたくなりますわ、ホームズさん。少なくとも、わたしはそういう感覚にはついていけません。あなたは〝事件〟と呼びましたけれど、あの火事のいったいどこが魅力的なんですの？」

「途方もなく込み入っていながら、考えうるなかで最も単純な状況だからですよ」

グリフィン嬢は肩をいからせた。

「うちに滞在していた知人が恐ろしい火事を目撃して、急いで救助に駆けつけた結果、思いもよらない事態に陥って亡くなった。これのどこが込み入っていますの？」

ホームズはスープにまったく手をつけないままスプーンを置いた。

「ひとつは、マーティン・クリサフィスがなぜ作業場の外のドアを壊したのか不可解な点です」

「作業場へ入る方法を彼がそれしか知らなかったからに決まっている！」私はグリフィン嬢に答える間を与えずに言った。

ホームズは眉《まゆ》をつりあげた。

「ほう。どうしてそう思うのか、きみの考えを聞かせてくれないか、ワトスン？」

「いいだろう。つまり……そのクリサフィスという人物は寝室の窓から離れの火災に気づき、ただちに階段を駆け下りていった。途中でほかの者たちを起こしてまわる余裕もないほど大慌てで。火の勢いから、彼はグリフィン氏の命が危ないと思った。離れの寝室へ外のドアから飛びこもうとしたが、施錠されていて開かなかったため、もうひとつのドア、つまり建物の裏側にある作業場のドアへまわりこんだ。寝室から見たとき、火の手が上がっているのは作業場だとわかっていたが、選択の余地はない。勢いよく体当たりしてドアを壊した。もちろん、炎のせいでドアはもろくなっていたにちがいない。

問題はそのあとだ。作業場に踏みこんだものの――」

私はグリフィン嬢の表情をすばやくうかがった。焼死体の無残なイメージを再び呼び覚ましてしまうのではないかと思い、ひやひやしながら続けた。

「彼はグリフィン氏の寝室とつながる内部のドアまで行き着けなかった」

グリフィン嬢は腕組みをしてホームズを見た。

「お仲間の意見になにか反論はありまして？」

「ある」ホームズはそっけなく答えた。

「ホームズさん、思い出してくださいな。わたしはマーティン・クリサフィスの身寄りと連絡を取りたくて、その手助けをしてもらうためにあなたをお招きしたんです。以前我が家とおつきあいのあった彼の父親はもう他界していますし、こういうことは警察に協力を求めるわけにはいきませんので。

わたしの願いはただひとつ、父を毎日苦しめている罪悪感を少しでも和らげることです。それ以外は望んでいません。あなたはいまのつらい状況をわざわざかき回して複雑にしたいようですが、わたしに言わせれば、よけいなお節介です。あの不幸な出来事への我が家の対応に難癖をつけるようなまねは、いいかげんやめ――」

「寝室のドアは施錠されていませんでした」ホームズが落ち着き払って言った。

グリフィン嬢は目をしばたたいた。「なんですって？」

「火事の晩、お父上はどんな行動を取ったのですか？」ホームズがそう言って視線を上げたので、私もつられて上を見た。なんだか自室にこもっているイライアス・グリフィンを天井越しに眺めているかのようだった。

「父はなにも話すつもりはないと思います」グリフィン嬢はけんもほろろに突っぱねた。「話せないでしょうし」

「刺激しないよう注意しながら話を聞きだせませんか？」ホームズは尋ねた。

「無理ですわ。父をこれ以上苦しめたくありませんので。そんな要求をなさるということは、やっぱりあなたはここへ招かれた理由を取り違えていらっしゃるのね」

予想していた返答だったのだろう、ホームズは静かにうなずき、グリフィン嬢に険しい目でにらまれているにもかかわらず超然としたまま言った。

「では、あなたにお願いしましょう。お父上の目で見ているつもりになって、あの晩の出来事を再現していただきたい。あなたはいま、ぐっすり眠っている。すると、予想外の物音か煙に気づいて、あるいは熱を感じ取って、目が覚める。次にどうなりました？」

グリフィン嬢は眉をひそめただけだったので、私は思い切って言った。

「ぼくなら作業場へ通じる室内ドアを開けに行く」

ホームズは肩をすくめた。「大変けっこう。それできみは火事に気づき、もはや自分一人の手には負えないと判断する」

「そのドアの脇に水差しが転がっていたな」私はつぶやいた。「燃え盛る炎に立ち向かうにはあまりに貧弱な武器だ」

ホームズはうなずいた。「じゃあ、次に頼みとするものは?」

「ミス・グリフィンが説明してくれたとおりだ。急いで離れを出て母屋へ駆けこみ、使用人を起こして消火に手を貸してもらう」

「それは急ぎ過ぎだ」ホームズが穏やかに言う。

「急ぎ過ぎ?」私は意外の念に打たれた。「火事なんだぞ、ホームズ!」と反論したところで、自分がイライアス・グリフィン役にのめりこみ過ぎていたことに気づき、口をつぐんだ。「ああ、そうか、きみの言いたいことがわかったよ。よし、ぼくは急いで離れを出て——」

「待った」ホームズは言った。「そのときのきみの行動を具体的に説明してくれないか?」

「単純なことだよ。ぼくはなるべく早く外へ出ようとする。〝急がば回れ〟の格言が通用しない緊急事態だからね」

ホームズはテーブルを二度軽く叩《たた》いた。自己満足に浸っているときのしぐさのひとつだ。「いま自分が言ったことを忘れないでくれよ。ということは、ほぼ確実に、イライアス・グリフィンは離れを出る際にドアに施錠しなかったはずだ」

私たちのやりとりを不愉快そうに眺めていたグリフィン嬢は、こわばった口調で言った。

「それはあくまで憶測ですわ。たとえそうだとしても、状況にはなんのちがいもありません。母屋から駆けだしたときのマーティンが、父はまだ離れのベッドにいると思いこむのは自然なことですもの。同じように、離れに着いたマーティンが寝室の外のドアは施錠されていると思いこんでいたとしても、不思議はありません。すでにお話ししたとおり、父はいつも離れをきちんと戸締りしていました。自分がなかにいるときも、いないときも」

「今日は施錠されていなかった」とホームズ。「あなたはそれを知らず、鍵《かぎ》を取ってこようとしましたね。だが、寝室のドアは鍵が開いていました」

途方に暮れた表情で、グリフィン嬢が言い返す。

「それとこれとは別です。いまの離れはただの抜け殻でしかありません。勇敢にも消火活動に参加した人たちが歩きまわったあとですし、父はまだあそこへ戻る気にはなれずにいます」

「僕は単純に、非常事態ではその人らしからぬ行動を取ることもあると指摘しているだけです。今日、あなたが母屋へ取りに行くと言った離れの鍵は、お父上が使っていたものですか？」

「いいえ。緊急時にそなえて、わたしはすべての合鍵を持っています。普段は応接間の金庫に鍵をかけて保管してありますわ」

「それは確かですか？」

「今度はなにをおっしゃりたいんでしょう、ホームズさん？　わたしにそこへ行って、あるべきところに鍵があることを証明してみせてほしいんですか?」

「念の為、確認していただけるとありがたいですね――ワトスンや僕が一緒について行く必要はないでしょう。あなたの言葉を信じますので」

グリフィン嬢はあっけにとられた顔で立ちあがり、部屋を出ていった。メイドは数秒迷ってから、小走りにあとを追いかけた。一分後、二人は一緒に戻ってきた。

「ご安心ください、鍵はそのままの状態でしたわ」グリフィン嬢が言った。

「あなたも言葉の選び方が風変わりですね」さっきの仕返しか、ホームズがやんわりと言う。

グリフィン嬢は目をきらっと光らせた。「また言いがかりですか? 鍵はすべて金庫に入っていたと申しあげているんです」

ホームズは考え深げにうなずいた。「大変けっこう」

彼の意図はわかる。鍵がすべて金庫にあったというだけでは、グリフィン嬢が最後に使って以降ずっとそのままだったことの証明にはならないのだ。とはいえ、ホームズがその件について議論を打ち切ることに甘んじてくれたので、私は胸をなでおろした。

が、ほっとしたのもつかの間、彼の次の言葉に心臓が跳びはねた。

「お父上の鍵束はどうですか?」

グリフィン嬢は黙ってホームズを見つめたあと、椅子のなかで居心地悪そうに身じろぎした。

「厳密に言えば、束ではないのです。父は鍵をばらばらにして持っています。そうしておけば、落としたときに全部いっぺんになくさずに済むからと言って。だいたいいつもジャケットのポケットに入れています。でも、なぜこんなことにこだわるんですの、ホームズさん？　離れの寝室のドアは施錠されていなかったと言いだしたうえ、離れの鍵のありかまで気になさるなんて。余興の室内ゲームのおつもりなら、おもしろくもなんともありませんし、こんなことをしていてもマーティン・クリサフィスの遺族は見つかりませんわ」

ホームズは微笑を浮かべた。

「それはさっき説明したとおりです。複雑にして単純ということですよ。火事の晩の天候は？」

グリフィン嬢があきれ顔でこちらを見たので、私は友人の考えていることは自分にも予測不能です、という意味をこめて視線を返した。

「とても暖かい晩でした」彼女は答えた。「数日前からそうでしたわ。それも火が急速に燃え広がった一因にちがいありません」

それで充分説明がついたとばかりに、ホームズはゆっくりとうなずいた。

その後の彼は、もう押し問答に飽きたのかずっと無言だった。グリフィン嬢を困らせるのをやっとやめてくれた友人に、私は内心で大いに感謝した。料理は申し分なかったが、イーディス・グリフィンがホームズを憎らしそうににらんでいたせいで、私は喉《のど》になにか詰まっているような違和感を味わわされた。夕食が済むと、私はさも疲れた表情でもう休ませてもらうと告げ、食後の酒は断った。

「部屋へ引き取る前に」ホームズは言った。「マーティン・クリサフィスが泊まっていた部屋を見せてもらえませんか？」

グリフィン嬢は計略めいた匂いを嗅《か》ぎ取ったのか少し迷ったが、結局はこう言った。

「ぜひご覧ください。わたしは午後からずっと、あなたに早くそうしていただかなければと気をもんでいましたのよ」

彼女は先に立って階段をのぼり、二階の廊下を進んでいった。ホームズと私がめいめい手早く夕食の着替えを済ませた部屋や、家の表側に面した古風なドアの寝室をいくつも通り過ぎた。私はマーティン・クリサフィスにあてがわれた部屋が階段から一番遠いのを奇妙に感じたが、室内に一歩入って考えをあらためた。その寝室は私が今夜使う部屋のほぼ倍の広さがあり、角部屋のため隣り合った二面の壁に窓がついていた。昼間はたっぷり陽が射しこむにちがいない。

思わず知らず、私は西側の窓に近寄って外を見た。月がのぼっていた。半月だが、離れの建物が青白い月光に皓皓《こうこう》と照らされていた。悲運の晩の、作業場から炎が噴きだしている恐ろしい光景を想像せずにはいられなかった。この寝室の窓が離れに、そして炎にどれくらい近かったのかこれまでは見当もつかなかったが、いまは脳裏にその図が鮮明に浮かんだ。廊下に出たマーティン・クリサフィスは階段へ、つまり炎から遠ざかる方向へ駆けていく。一階に下りると、今度は危険の待つ場所を目指して廊下を逆方向へ全速力で引き返す。よって、離れにたどり着く頃には彼の頭は焦燥と不安で混乱していただろう。それが不幸にも判断を誤る結果につながったのかもしれない。

私はかぶりを振って、悪夢めいた空想を振り払った。ホームズのほうを見ると、彼はベッドの左横の絨毯《じゅうたん》を熱心に調べていた。それが済むと窓際にいる私のところへ来たが、窓の外を眺める代わりに首を伸ばしてカーテンレールを見あげた。

「室内にどこか手を触れたところはありますか？」ホームズは振り返らずに訊《き》いた。

「いいえ」グリフィン嬢が答える。「旅行鞄《かばん》を除いては。自宅の住所がわかるものを探しただけです。悲劇のあと真っ先にしなければならないのは、マーティンの家族と連絡を取ることだと思いましたので」

「ところが、住所は見つからなかった」

「はい。ホームズさんはわたしの話を全然聞いていらっしゃらなかったんですね。住所がわからないから、あなたに協力を求めたんです。あなたも確かに引き受けたと約束なさったじゃありませんか」

彼女の苦言を無視してホームズは言った。「クリサフィスは家族のこともそれ以外の人の話もしなかったんですか？」

「さっきもお伝えしましたが、父親のことしか話しませんでしたし、我が家にとってはそれだけで充分でした。わたしと二人でいるときも、話題は人の噂よりも人生の夢や将来の抱負が中心でしたわ」

ホームズはさっと後ろを振り返った。「どんな抱負？」

「もうお話ししましたけれど、旅です。マーティンは、故郷を離れて遠い異国で見聞を広めようとする人が少ないと嘆いていました。それから……」グリフィン嬢は顔を曇らせた。「いま思えば、将来の抱負を話していたのはわたしばかりだった気がします」

ホームズはうなずいただけで、グリフィン嬢の将来の抱負にはまるきり興味がなさそうだった。私は機嫌を取ってなだめるためにも彼女に尋ねてみようかと思ったが、疲れていて会話を長引かせたくなかったので黙っていた。

それにしても驚いたのは、ホームズがサイドボードに開いて置かれた旅行鞄にもあまり興味を示さなかったことだ。翌日の出立に向けてクリサフィスが荷造りを済ませていたのは明らかだった。衣類はどれもきちんと折りたたまれているので、グリフィン嬢が遺族の住所を探したあともとどおりに整えたのだろう。ホームズは中身をひととおりおざなりに見ただけでサイドボードから離れ、室内を一周した。最後に急に立ち止まって、あるものを一分ばかりのあいだじっと見つめた。きわめて不可解なことに、それは空っぽの洗面台だった。

第十六章

その晩はなかなか寝つけなかったが、ようやくうとうとしかけたと思ったら、今度は逆に目を覚ましたくなった。というのも、めらめら燃える炎と黒焦げの死体が脳裏を繰り返しかすめたからである。それらは途切れ途切れだが鮮明で、動く写真のショーから切り取った一場面のようだった。

しかし、最終的に私を眠りから引きずりだしたのは、まぎれもない現実の物音だった。私はベッドで跳ね起き、ドアのほうへ注意を向けた。音は廊下から聞こえてきた。時計を見ると、午前三時になるところだった。

寝ぼけていたわけではないのに、私は反射的に窓へ走り寄ってカーテンを開けた。そこから見えるのは庭園の真北部分だった。私は居ても立ってもいられず窓を押しあげると、離れのある方角へ首をねじった。建物の角が見え、真っ暗だとわかった。

今夜は火災の起きた晩ではないし、自分はマーティン・クリサフィスではない。さっきの物音も、館《やかた》の内部で聞こえたのであって外からではない。

ドレッシング・ガウンをはおって身体にきつく巻きつけながら、私はそろりそろりとドアへ行き、静かに取っ手を回して廊下へ出た。

きっとホームズがごそごそ動きまわっているんだろうと思ったが、彼の部屋のドアは閉まっていた。が、その向かいのドアが開いている。近づいて室内をのぞくと、簡素な家具調度の広々した寝室だった。ベッドは壁際に控え目に置かれ、場所を大きくふさいでいるのは棚とチェストと横に二台並んだ机。机の上は本や食器で散らかっている。ここはイライアス・グリフィンの部屋にちがいない。

部屋の主は不在だったので、私は廊下を先へ進んで階段まで行き、慎重な足取りで一階へ向かった。途中で突然の物音にびくっとした。どうやら階段の踏み板の音らしいと気づいたが、自分の重みで鳴ったのではなく、私の真下にいる誰かが——ちょうど階段が折れ曲がったあたりにいる誰かが立てた音だった。

手すりから身を乗りだして音の方向に目を凝らしたものの、薄暗いせいで、のろのろ動くぼんやりした人影をかろうじて見分けられただけだった。しばらく待ってから、再び階段を下り始めた。

いいかげん暗闇に目が慣れてもいい頃だろうに、窓のカーテンの隙間にちらちらと見え隠れする月光に視覚を惑わされ、目を射られてはまぶたを閉じるの繰り返しだった。確かなのは、私はいま獲物を追って、自分のいた寝室の下あたりを西へ向かっているということだけ。要するに離れの方向へ進んでいる。

案の定、昼間に一度通り抜けた薄暗い食器室へ入っていった。影のような暗がりの奥に開いたドアが見え、そこから吹いてくる冷たい夜気がガウンの内側へやすやすと忍びこんできた。私は壁に背中を押しつけると、壁伝いにじりじり進んでいって外をのぞいた。

何者かが砂地の小径を重たげな足取りで歩いている。小径の先は離れの入口、つまりあまり焼けずに済んだ表側のドアだ。肩幅の広さから見て、相手は男だろう。それも、かなり大柄な。館にはイライアス・グリフィンの写真がいくつも飾られている。とりわけダイニング・ルームには彼の大きな肖像画まであったので、私がそこで見たがっしりした体格の男が、いま前方にいる男と同一人物なのは間違いなかった。角張った輪郭から推測すれば、寝間着よりも分厚いものを着ている。

離れのドアまで行くと、男は立ち止まらずになかへ入った。

私は二階のホームズを起こしに行こうかと迷ったが、それは愚案と判断した。そんなことをしているうちにグリフィンは目的を遂げてベッドへ戻り、つかまえどころのない謎めいた館の主人について結局なにもわからずじまいになってしまう。そこで、冷気に肌が粟立《あわだ》つのもかまわず、私は安全な隠れ場所から出て離れに近づいていった。

まっすぐドアへ向かうのはやめ、その前を通り過ぎて表側に二つある窓のうちのひとつ目に近づいた。窓ガラスが細く開いていたおかげで、すぐにグリフィンの姿を目にとらえられた。彼はこちらに背中を向け、部屋の中央で立ち止まった。ちょうどベッドの脇だ。それから無意識めいた動作で黒っぽいジャケットを脱ぎ、それを持つ手を前へ伸ばした。私は自分がのぞきこんでいる窓の脇にコート掛けがあるのに気づき、慌てて頭

るのが見えた。丸めた背中をそっと起こすと、彼が再び寝間着の上にジャケットをはおを引っこめた。夜気の冷たさを急に感じたらしい。

彼はしばらく突っ立ったままだった。後ろから両手が見えるので、自分の身体に腕をきつく巻きつけているのだろう。室内に射しこむ月明かりは貧弱で、彼がなにを見ているのかよくわからなかった。火事で損傷したマイブリッジの写真かもしれないし、内部で行き来する室内ドアの向こうの作業場かもしれない。あるいは、乱れたままのベッドか。すると、彼は両肩を震わせてすすり泣きを始めた。両手は下ろしてきつく握り合わせている。祈っているのだろうか。

他人の悲しみに無断で立ち入っている気がして、私はたちまち罪悪感をおぼえたが、どういうわけかその場に釘付《くぎづ》けになっていた。五分か十分が経過したあとだろう、グリフィンがこちらを振り向いたときに私はようやく麻痺《まひ》状態から脱した。私の目に映ったのは、頬ひげのある幅広の顔だった。いまは薔薇《ばら》色《いろ》ではなく青ざめていたが、ダイニング・ルームの肖像画と同じ顔だ。

私は逃げるようにそこを離れた。初めは母屋へ戻ろうとしたが、グリフィンが離れから出てくる前に自分がどこまで進めるか計算して、急に方向を変えた。気がつくとオークの大木の裏に隠れていた。

離れのドアがガチャッと開いて、グリフィンが現われた。彼はぼんやりした表情でドアを閉め、鍵《かぎ》はかけないまま母屋の食器室のほうへ歩きだした。私のいる場所からは彼の姿がよく見えた。歩調はゆったりとして規則的で、顔はまっすぐ前を向いている。あたりの気配をうかがう素振りはまったくなかった。私は彼の両手の奇妙な位置が気になった。さっきと同様、最初は祈りのポーズだと思ったが、そのあとで右手の指が左のてのひらを大きな円を描きながらさすっているのがわかった。

彼が家のなかへ戻って、ドアを閉めるのを見届けた直後、私は泡を食って青ざめた。彼がもし鍵をかけたら、自分は閉めだされて朝まで外で過ごすはめになると気づいたからだ。が、幸いにして、彼は鍵をあけたままにしてくれた。感謝してもしきれない。私は心底ほっとして、二階の自分の寝室へ戻った。

第十七章

「二人きりで話せるかい？」と私がホームズに声をかけたのは、イーディス・グリフィンに監視されるも同然の状態で朝食を済ませたあとだった。一夜明けて、彼女の態度はますます厳しくなったように見えた。

ホームズがうなずき、私たちは連れ立って応接間へ移動した。ドアを閉めてから、私は声が廊下へ漏れないよう普段よりも友人と近い距離に座った。

深夜の不思議な冒険談をホームズは無表情のまま聞いていた。私が話し終えると、彼はおもむろに尋ねた。

「彼の寝間着は何色だった？」

私は眉根《まゆね》を寄せた。

「難しい質問だな。月明かりしかなかったからね。薄い色だったのは確かだ。たぶん灰色だろう」

「よし。じゃあ、ジャケットのほうは濃紺色で、海軍技師が着るようなゆったりした形だったかい？」

「ああ、そのとおりだ」私は答えた。「瞬間的に庭師の作業着みたいだと思ったが、きみにそう言われてみると、そっちの表現のほうが正解に近い気がする。それにしても、よくわかったね。また新たに糸を見つけたのかい？　今度は海軍技師の制服特有の色と素材の糸を」

ホームズは笑った。

「そこまで手際がいいわけじゃない。昨日の真夜中、グリフィンの母屋の寝室に忍びこんで、椅子の背にそのジャケットがかけてあるのを見かけただけの話さ。彼が鍵を三つとも持ち歩いているかどうか確認したくてね。離れの表と裏二つのドアと、薬品を保管してある物置小屋のドアで、三つだ」

私は友人を見つめた。彼が調査を進めるにあたって手段を選ばない方針なのは知っていたが、ベッドに寝ている者がいる部屋へ侵入するのは、向こう見ずを通り越して無謀な行為と呼ばざるを得ない。

「で、鍵は全部ジャケットのポケットにあったのかい？」私は内心のわだかまりを抑えて訊《き》いた。

「あった」

「しかし、グリフィンは昨夜も自身の習慣を破って離れのドアに鍵をかけなかったな」

と私はつぶやいた。

「作業場は燃え方がひどくて修復不可能だ」とホームズ。「よって、いまはもう保全すべきものがほとんどない——マイブリッジの有名な写真さえ一文の価値もなくなった。

それに、グリフィンが用心深く戸締りする習慣だったのは、盗難防止のためというより、家族や使用人の安全を図るためだろう。その証拠に、思い出してごらん、火事が発生した暖かい晩、離れの表側のドアの脇にある窓は開け放たれていた。それはそれとして、きみの報告はいろいろと参考になったよ。じゃ、これから一緒に離れへ戻ろう。きみに見せたいものがある」

ひょっとして、ドアの鍵穴《かぎあな》からグリフィン嬢に立ち聞きされてやしないかと不安だったが、どうやら私の杞憂《きゆう》だったようだ。応接間をあとにしたとき、彼女の姿はどこにも見当たらなかった。私たちは例によって食器室を通り抜け、朝の明るい陽光の下に出た。

ホームズは獲物の臭跡を追う猟犬よろしく顔を地面に向け、離れを目指して大股《おおまた》で歩いていった。寝室へ入るドアのすぐ前で、彼は砂地の小径を指差した。

「見たまえ、同じ足跡がいくつも重なっている。雨で地面が柔らかくなったせいで残ったわけだから、間違いなく最近のものだ。これには昨日の時点で気づいたが、夜間に自分でグリフィンの部屋へ忍びこんだ結果と、彼の夜間の活動に関するきみの観察結果も、重要な答えに結びついた」

「答え?」私は問い返した。「ぼくが見たのは、彼が離れに来てすすり泣く姿だけだ。そんなのは完璧《かんぺき》な答えじゃない」

ホームズはにやりとした。「よくわかったよ、ワトスン。だがとりあえずは完璧な答えの幻を追うのではなく、現実的な事の流れに力点を置こうじゃないか。きみは推理の細かい過程を重視しているんだろう？」

　彼は建物をまわりこんで、作業場の外のドアへ続く小径を進んでいった。

「最近の足跡の特色が明らかになったところで、僕らは次の新たな謎に行き当たった」

足を止め、小径の一箇所を指して言った。

　私は腰をかがめて地面を見つめた。ちょうどそこでは砂と黒っぽい灰とおぼしき粒が交ざりあっていた。やはり複数の多様な足跡が残っている。そのうちのいくつかは、昨日現場を調べに来たときのホームズと私、そしてグリフィン嬢のものだろう。ところが、そうした最近の足跡の横に、小径のほぼ初めから終わりまで続いている奇妙な一本の筋状の跡がついていた。

「これは自転車が通った跡だろうか？」私はそう訊いたあとで、急いでつけ加えた。

「いや、ちがうな。幅が広すぎるし、一本しかない。自転車なら前後の車輪が交差するはずだ。そうなると、手押し一輪車だな」

「悪くない意見だが、その跡の後ろにできるはずの一輪車を押していた者の足跡が見当たらない」

「ほかの人の足跡で消えてしまったんだろう。この不思議な跡が火事の晩と関係があるならばね。きみが言いたいのはそういうことだろう？　関係があると考えているんだね？」

「そのとおりだ。充分な根拠があるからね。見てのとおり、この跡にはあちこち灰が交じっている。よって、出火の前か、少なくとも鎮火直後の灰が砂にもぐりこむ前にできたのは明らかだ。根拠はもうひとつ。火事から二週間も経っているわりにはくっきりした形で残っているね。高温の火に焼かれて砂が固まったせいだ」

私はしゃがんでいた姿勢から立ちあがった。

「おもしろいものを見せてもらったよ、ホームズ。だが、ぼくはもうお手上げだ。この跡がどうやってできたのか知っているなら、教えてくれ。蛇や曲芸師の一輪車という以外になにも思いつかないんだ」

「僕もまだわからない」ホームズは答えた。「さっきも言ったように、当面は事の流れを理解することに努めるつもりだ。ひとつだけ結論を出すなら、この跡は乗り物でつけられたのではない。車輪の形にしては不規則だからね。見てごらん、頻繁に左へ曲がって、草の生えたところに入りかけては戻ってきている。ほかに注目すべき点は、跡が脇へそれるたびに顕著に深くなっていることだ。ワトスン、もっと近くで見たらどうだい？」

私はため息とともに地面で四《よ》つん這《ば》いになった。ホームズが言うとおり、左へふらついている箇所では砂に深くうがたれていた。その部分を間近で見ると、左右の両端は壁のようになっていて、四分の一インチほどの高さがあった。この盛りあがった土手はところどころ崩れ、溝全体を埋めている黒っぽい灰の上に薄い色の砂が積もっている。

立ちあがって膝《ひざ》から砂を払いながら、私は訊くまでもないことを訊いた。

「きみはこの跡を終わりまでたどっていったんだろう？　どこへ続いていたんだい？」

「自分の目で確かめるといい」ホームズは答えた。

私は跡を崩さないよう小径の反対側の端を歩いていった。小径が直角に曲がる地点でも跡はまだ見分けられたが、それより先は壊れたドアから噴きだした煤《すす》と砂が降り積もって、判然としなくなっていた。

「この跡を残したなんらかの物体が、作業場へ入ったらしいことはわかったよ」私は言った。「そうでないなら、草地の上を進んで……」

私は額に手をかざし、庭園の向こうを見て続けた。

「薬品でいっぱいの物置小屋か、敷地を囲む塀のほうへ行ったんだろう。塀の向こうは確か、ただの原っぱだけどね。ビショップス・ストートフォードの村は〈チャロナー・ハウス館〉の反対側に位置しているから」

ホームズは両手をこすり合わせて言った。

「大変よくまとまった説明だ。僕らは今回の訪問で収穫をふんだんに得られたね。だが、イーディス・グリフィンが今日のうちに、しかも早い汽車で僕らを追い払いたがっていることは、きみも気づいていると思う。そんなわけで、もうじき帰途につかねばならない。彼女に父親が右利きか左利きか確認でき次第ね。ああ、そうだ、ここから退散する前に、きみに興味を持ってもらえそうな調査結果をもうひとつ披露しよう。ただでさえわくわくする魅力的な筋書きが、いっそう光り輝いて見えること請け合いだ」

私が見守る前で、ホームズは灰の上にしゃがんだ。丹念に燃え殻をかき分けて、トランプくらいの大きさの、それらが二組つながったような分厚い金属の物体を取りだした。よく見ると、壊れたドアの両側にあった取っ手と錠の部分だとわかった。私はホームズからそれを慎重に受け取り、裏返してみた。どちらの取っ手も煤まみれで、黒焦げになった鋭いぎざぎざの木片が錠の台座にまだくっついていた。

「どこか気になったところは？」ホームズが静かに尋ねる。

「ぼろぼろの状態だということ以外にかい？　残念ながら、ないよ」

ホームズは無言で手を伸ばし、人差し指を錠の台座の縁に置いた。

私は当惑しつつ少しのあいだそこを見つめ、彼がなにを伝えようとしているのか気づいた。ラッチボルトが台座の縁から突きだしているのは予想どおりだが、その下にある角柱のデッドボルトは引っこんだままだった。ということは、そう、このドアは燃えたとき、施錠されていなかったのだ。

第十八章

ビショップス・ストートフォードからの帰路は直接ベイカー街行きとはならなかった。リバプール・ストリート駅で汽車を降りたあと、辻《つじ》馬車を拾ってヴィクトリア・エンバンクメントの方角へ向かったのである。到着したのは、高くて立派だが球根状にふくらんだ風変わりな外観の建物、スコットランド・ヤードの前だった。

こっちの廊下からあっちの廊下と、延々歩かされているあいだ、私は訪問先がどこなのか見当がつかなかった。終点の部屋の前まで来てようやく、なじみのレストレイド警部の執務室だとわかった。ホームズはノックと同時にドアを開けた。

レストレイド警部は両手をポケットに突っこんで窓辺にたたずみ、外を眺めていた。振り返って私たちに気づくと、身体の前で両手を握り合わせ、左右の親指を太鼓のようにとんとん打ちつけ合った。

「待っていてくれてありがとう」ホームズは言った。「あいにく予想外に汽車が遅れたせいで、こんな時間になってしまった。きみが昼食に行くとき、コールドビーフが少しでも残っているといいね」

警部は肩をすくめ、うんざりした表情でうなずいた。そのあと不機嫌そうに問う。

「わたしがコールドビーフのことを考えていると、どこから推測したんです?」

ホームズはくすりと笑った。

「失礼、ホームズさん」レストレイドが続ける。「推測ではなく、鋭敏な観察力で導きだした結論でしたな。大変恐縮ですが、正解にたったの一、二秒で行き着いたわけをご教示いただけませんかね」

ホームズは窓の景色を身振りで示した。

「きみの行きつけのレストランはあの方角だったね。もう午後二時を過ぎているし、きみは僕らを一時前に迎える予定だったから、当然、僕らの到着の遅れはきみの予定も遅らせ、きみの罪なき空っぽの胃袋にまで我慢を強いているはずだ。そう考えるのは、きわめて理にかなっているだろう? いま頃はあのレストランのテーブルで料理を前にしていただろうに、と悔やむ気持ちはよくわかる。そんなきみを責める者は誰もいやしないよ。親指をもてあそんでいるのは無意識のいらだちか、単に空腹による低血糖のせいだろう」

「具体的にコールドビーフと言い当てた根拠は?」とレストレイド。

ここで私は口をはさまずにはいられなかった。

「きみの昼食はいつもコールドビーフだろう、レストレイド警部? いや、毎回でないとしても、ぼくらが昼下がりにスコットランド・ヤード周辺で顔を合わせたときはいつも、きみが少し前にコールドビーフを食べたとわかったよ」

レストレイドはいぶかしげに私を振り向いた。

「ホームズさんの方法をそんなにみっちり学んできたんですか、ワトスン博士？　しかし、コールドビーフを食べたとなぜわかるんです？　次はこう言いだすんじゃないでしょうね。わたしが常日頃、ビーフの匂いを瘴気《しょうき》のように放っていると」

警部の得意げな態度が急にぐらついた。「まさか、そうじゃないですよね？」

ホームズのほうを見ると、うなずいて私に続けろと合図した。

「匂いではなく、物的証拠だよ」私は説明を始めた。「それから、コールドビーフではなく、きみがいつもそれに塗っているとおぼしきマスタードだ。つまりね、マスタードはしばらく証拠として残るんだよ。ひげにくっついたまま」

レストレイドは咳払《せきばら》いして、無意識に口ひげを撫《な》でた。

「本当ですか？　自分はいつもシャツにマスタードがつかないよう胸元をナプキンを覆いますが、ひげまでは……そうですか、よくわかりました」室内を見渡して言い足す。

「部屋のどこかに鏡を置くべきなんでしょうな。そうだ、それがいい」

そのあとで警部は笑った。「なるほど、ホームズさんは今日のわたしのひげにまだマスタードがくっついていないのを見て、昼食はこれからだと見抜いたわけですな。一本取られましたよ。まあ、いいでしょう。わたしはそれをユーモアとして受け止められないほど頭の固い人間じゃ――」

警部の言葉はぐうっという音にさえぎられ、私たちは三人とも音の出所である彼の腹を見やった。

「抗議の声が上がったので、さっさと用事を片付けるとしよう」ホームズは言った。

レストレイドはまずドアへ行って、しっかり閉まっているのを確かめた。それから机へ移動し、抽斗《ひきだし》を開けたが、そこからなにか取りだす前にホームズと私を不安そうに見あげた。

「これがきわめて異例のはからいであることはご承知でしょうな」と警部。

「むろんだ。きみには感謝する」ホームズは答えた。「通常ならチェルムスフォードにあるエセックス州警察へ行くんだが、〈チャロナー・ハウス館〉の火災はもう捜査中の事件ではないので、きみも予想がつくとおり、そこでは必要な証拠が手に入らない」

私は友人の表情から、どんな証拠を手に入れたいのか探ろうとしたが、うまくいかなかった。

レストレイドは抽斗のなかの物に視線を落とした。それがなんにせよ、まだ私たちからは見えないままだ。

「よくおわかりじゃないですか、ホームズさん。捜査中の事件ではないので、わたしは非常に厄介な立場に立たされるんですよ。こっちからあなたに協力を依頼した事件なら、証拠品だろうと情報だろうと、いくらでも提供できます。たとえスコットランド・ヤード内の大勢から渋い顔をされようとも。しかしですな、今回あなたが要求しているのは、ご自身が時たま雇っている宿無し子の集団と同じ使い走りだ。資料を取ってきて渡せと言う。誰の依頼を引き受けようとあなたの自由だが、警察が取り扱う問題ではない」

「いや、この件は依頼人のために調べているのではないよ」ホームズは言った。「グリフィン父娘《おやこ》も僕にこれ以上かかずらわってほしくないと思っている」

レストレイドの顔が怒りで青ざめた。

「だったら、いったいぜんたい、どうしてあの火災に興味を持つんですか？　グリフィン家がハートフォードシャー地区にとどまらない名門一族であることは、あなたもご存じでしょう。向こうの不興を買ったら、どうするんです？　あれだけの影響力の持ち主だ、しごく面倒な事態になりますぞ」

ホームズがほとんど反応しないので、レストレイドは心もとなげに目を泳がせた。

「それにホームズさん、もうひとつ言っておかねばならないことが……動く写真の男、マイブリッジ教授の依頼に対するあなたの最近の対応について、新聞記事を読みました。どの新聞もあなたの態度を痛烈に批判している。悪いことは言わないから、すでに窮地に追いこまれている現状に追い討ちをかけるようなまねはおやめなさい。それに……このままでは、あなたを警察の捜査に関与させることができなくなる。世間から落伍者《らくご》の烙印《らくいん》をおされた探偵に、警察が助《すけ》っ人《と》を頼むわけにはいきませんからな」

レストレイドは〝落伍者〟という言葉を選んだことにはっとして、息をのんだ。つっけんどんな態度を取っていても、彼にとってシャーロック・ホームズを批判するのは苦痛なのだ。なにしろ、ホームズはこれまでスコットランド・ヤードが手を焼いた数多くの犯罪事件を鮮やかに解決し、そのうえ手柄は気前よくレストレイドに譲ってきたのだから。また、そういった恩義だけが理由ではないことは私もよく知っている。レストレイドは世間体を気にして厳しく接しながらも、心のなかではホームズを友人だと思っているのだ。

ホームズはほほえんだ。レストレイドの話の前半だけ認めて、こう言った。

「きみは僕が〈チャロナー・ハウス館〉の火災に〝興味〟を持っていると言ったね。たぶんそれが正しい表現だろう。興味を持つどころか、魅せられてさえいる。しかも、まだ立証するには至っていないが、あの火災はエドワード・マイブリッジから持ちこまれた事件とつながりがある。彼自身はそれに気づいていないとしても」

「また謎かけですか。あなたにはなにを質問しても、謎かけしか返ってこない」レストレイドは長いため息をついて、助けを求めるかのように天井を仰いだ。「もう一度言っておきますが、こういう役目を押しつけられるのははなはだ不本意です、ホームズさん」

「わかっているよ」ホームズは答えた。「だが、きみのコールドビーフが待っている。写真を見せるのか見せないのか、どっちなんだい？」

またもやレストレイドの腹の虫が鳴るのが聞こえたが、私の気のせいだろうか。彼は仏頂面で腰をかがめ、抽斗から問題の資料を取りだした。彼が机に置いたのは一枚のプリント写真だった。それを見て大きく首を振ってから、私たちに見えるよう裏返した。なにが写っているのか、最初のうちはさっぱりわからなかった。明暗のコントラストが強く、現実世界の事象というより模様に近いように見えた。最も暗いのは写真の中央で、斜めに細長い形をしていた。この不思議な物体を取り囲む明るい斑点《はんてん》は、単にマグネシウムのフラッシュの光が反射したものと思われる。

じっと見つめるうちに、細部が合体して識別可能な像ができあがっていった――そうならなければよかったのにと私は心の底から思った。

そこに写っていたのは、不運なマーティン・クリサフィス以外にはありえない焼死体だった。おそらくカメラでは実態を事細かにとらえきれていないだろうが、多少不鮮明であっても、遺体の損傷がどれほどひどいかは一目瞭然《りょうぜん》だった。四肢はむきだしで、両脚は投げだされていた。両腕は防御するかのように内側に曲げられ、手首から先は湾曲していて、鳥の爪を思わせた。さらに近くで見ると、ぼろぼろの寝間着の一片が胴体と脚の皮膚にへばりついているのがわかった。そして、顔は……。

私はたちまち吐き気をもよおした。二回えずいたあと、たまらずに窓辺へ駆け寄って窓ガラスを勢いよく開け、外の空気をあえぐように吸いこんだ。

「自分もコールドビーフを食べられなくなりそうです」レストレイドがかたわらに来て、ハンカチを差しだしてくれた。

私は礼を言って口もとを拭《ふ》き、ホームズのほうを向いたが、外の空気を吸い続けるため窓のそばから離れなかった。新鮮とは言い難い空気でも、その匂いで口のなかの味がいくぶんましになったのは確かだ。

「ホームズ、きみは――」と言いかけて私は再び吐き気に襲われ、必死でこらえた。

「どんなものを見せられるのか、前もって警告してくれてもよかったじゃないか」

「今度からそうするよ」ホームズは気のない調子で答えた。私が期待しうる最大限の謝罪だろう。彼はお気に入りの画家の未発見作品を前にした芸術愛好家よろしく、ぶつぶつ言いながらプリント写真に見入っていた。

「よくもまあ、あんなに長いこと眺めていられるもんだ」レストレイドがあきれて私に言った。「自分は職業柄ある程度はそういうたぐいのものに耐性がありますが、ホームズさんは慣れというより、むしろ貪欲《どんよく》に追い求めているように見える」

私は深くうなずいてから、首を大きく動かしたことを後悔した。たちまち頭がくらくらしてきた。

「ぼくも従軍中でさえ、あそこまでひどく焼けただれた顔は見たことがない。医師としてこういう感情的な表現は用いるべきではないんだろうが、はっきり言って、〝グロテスク〟だよ」

それからホームズに向かって言った。

「燃え方が激しいのは、セルロイド火災の特徴だろう。それは動く写真という新しい産業にまつわる、世間ではあまり知られていない側面のひとつだな。クリサフィスは出火元で消火しようとセルロイド・フィルムの山に近づき、それがこのような悲惨な結果を招いてしまったと考えるのが自然じゃないか？」

ホームズは私の仮説には反応せず、こう言った。

「現場写真に頼るのではなく、自分で遺体をじかに検分できたらと思うんだが」

「それは無理です」レストレイドが横から言う。「絶対にお断りですから、頼まれても困ります、ホームズさん」

ホームズは頭を上げ、眠りから覚めたかのようにまばたきした。

「きみに頼んでなどいないよ、レストレイド。別のことをひとつ頼んだ憶《おぼ》えならあるがね」と写真を指す。「寝間着について、チェルムスフォードの警察に照会してくれたかい？」

レストレイドは顔をしかめた。「しましたよ。ばかばかしいと思いながらも、しかたなく。紫色だそうです」

ホームズは再び独り言とともに写真を眺めた。

レストレイドはポケットに両手を突っこんだ。「さて、そろそろもういいでしょう、残酷な写真の鑑賞は」

ホームズはさらに数秒見つめてから、写真を机に置いて向こうへ滑らせた。レストレイドがそれを受け取って抽斗《ひきだし》にしまう。

「ありがとう、レストレイド」とホームズ。

そのとき、ドアにノックの音がして、三人とも即座に振り向いた。レストレイドが「入れ」と言うが早いか、若い警官が部屋に飛びこんできた。彼はホームズを見て青ざめ、すぐにレストレイドのところへ来て何事か耳打ちした。レストレイドは両目を大きく見開いた。

若い警官がもう一度ホームズをちらりと見て出ていったあとも、私たち三人は奇妙な活人画のように微動だにしなかった。少しして、レストレイドが椅子にどっかと座りこんだ。

「ホームズさん、あなたはご自分の行動に対するグリフィン家の反応を軽視していたようですな」レストレイドの口調には、シシュポス（ギリシャ神話の邪悪な王で、死後地獄に落ち、山頂から転げ落ちてくる大石を絶えず押しあげる罰を受けた）さながらの徒労感がにじみ出ていた。

「では、イーディス・グリフィンからなにか言ってきたんだね？」ホームズは穏やかに訊《き》いた。

「父親のイライアス・グリフィンからですよ。電話口に出たさっきの若い巡査、プレストンの報告によれば、先方は〝噛《か》みつくような〟口調で、それはもうすさまじい剣幕だったそうです。さすがは語彙《ごい》力の高い警官だ。ホームズさん、あなたは嘘をついてグリフィン家へ入りこんだだけでなく、令嬢をさんざん侮辱し、挙句の果てに挨拶《あいさつ》もそこそこに出てきたようですな。いったいどうしてそんな無礼なまねを？」

私は驚いてホームズのほうを見た。今朝、〈チャロナー・ハウス館〉の執事に付き添われて迎えの馬車へ強引に連れて行かれる直前、ホームズは私にこう告げたのだ。きみの助言を聞き入れて、イライアス・グリフィンにいとまごいがてら、数々の非礼を必ず詫《わ》びてくるよ、と。あのときの約束はなんだったのか。

ホームズは両手を握り合わせ、〝もう終わったことだ〟と言いたげな身振りをした。

レストレイドがかしこまって言う。

「遺体安置所の写真を見せてしまえば、今後あなたのために便宜を図りにくくなると、角が立たないように伝えるつもりでした。ですがいま、もっとはっきり伝えます。あなたに全国各地で好き勝手に首を突っこませるつもりはさらさらありません。あなたは警察官でも裁判官でもないんですから。

それに、検死審問ではこの火災は不幸な事故で、それ以上ではないとの結論がすでに下されています。だいたいにして、あなたはさっき自分で言ったじゃありませんか。グリフィン父娘《おやこ》はあなたにこれ以上かかずらわってほしくないと思っている、と。今しがたわたしに直接寄せられたイライアス・グリフィンの猛烈な苦情で、本件に関する彼の見解はこれでもかというほど明確になりました。

ホームズさん、わたしは世間からあなたの飼い犬だの太鼓持ちだのと言われるのは、もううんざりなんです。あなたのやり方が常軌を逸しているときはなおさら。近頃のあなたのふるまいは、イギリス国民の我慢の限界を越えているようですし、残念ながら、わたしの我慢の限界も越えました」

「よくわかった。言いたいことはそれで全部かい？」ホームズは愉快そうに訊いた。

「いまの話は理解してもらえたんでしょうな。警察の資料は今後なにひとつ渡せませんよ。あなたの調査に警官の動員を求められても、いっさい応じません。必要なら、通常の形式にのっとって犯罪を通報するんですな。自分だけ答えを握って、周囲を引っかきまわすというあなたの常套《じょうとう》手段は、まっぴらご免――」

レストレイドが急に口をつぐんだのは、船のマストが強風にあおられて盛大にきしむような音に邪魔されたせいだった。彼は恥ずかしげにうなだれ、自分の腹を見た。まだぎゅるぎゅる鳴き続けている。

「というわけで」警部はぶっきらぼうに言った。「お二人とも、もうお引き取りください。こっちには火急の用件がありますんで」

第十九章

「あの写真は当分のあいだ頭を離れそうにないよ」待たせてあった辻《つじ》馬車に戻ると、私は憂鬱《ゆううつ》な気分で言った。

ホームズはうなずいた。「損傷の度合いは予想以上だったね」

「予想以上？」私は訊き返した。「ああいうものを見て、きみはその程度の感想で済むのかい？　ぼくに言わせれば、血も凍るほど恐ろしい衝撃と表現したほうが、あの写真の特色にふさわしいと思うけどね。人間らしい心の持ち主なら、誰でも同意するだろう」

ホームズは私に先に馬車に乗るよう身振りで促した。

「気が動転しているようだね、ワトスン。レストレイドと同じく、僕らも昼食はまだ済んでいない。きみのクラブで食事をしないか？」

私はホームズをじっと見て、とがめる言葉を頭のなかで探したが、実際にはこう言っただけだった。

「正直なところ、強い飲み物のほうがはるかに必要なんだが」

ホームズは御者に指示を出してから、背もたれに身体を預けた。私も静かに気持ちを休めようとしたが、馬車が揺れるたびに頭を空っぽにしようとする努力は打ち砕かれ、顔のないマーティン・クリサフィスの亡霊が、目の前に黒々とした邪悪な姿で迫ってくるのだった。

少しでも神経が和らぐよう眠る努力もしてみたが、何度かうとうとしかけたものの結局は眠れず、うめきながら顔をこすって中途半端な眠気を振り払った。

顔から手をどけると、ホームズがこちらをしげしげと見ていた。

「難題に苦しんでいるようだね」

「ホームズ、決めつけないでくれ。ぼくがしゃべったり動いたりしているとき以外は事件のことを考えている、ときみは思いこんでいるようだが、あいにくそうじゃない。ぼくはきみとはちがうと以前にも言ったはずだ。ただくつろいでいるだけのときもある」

「きみはくつろいでなんかいないよ。断言できる」

私はため息をついた。

「記憶にまとわりついてくるのはマーティン・クリサフィスの姿だけじゃない。マイブリッジの疵《きず》つけられたスライドも悩ましい。本人への直接の攻撃ではないにもかかわらずね。なぜなら、スライドも顔面が狙われたからだ。顔を失った者たちが列をなして次から次へと迫ってくる！　このままじゃ、夜もろくに眠れなくなりそうだ」

そう訴えたところで、友人が慰めてくれるとは期待していなかったし、実際にそのとおりだった。

「あの無残な遺体が、〈チャロナー・ハウス館〉での出来事を決着させるのにどう役立つのか、ぼくにはさっぱりわからない」私は話し続けた。「それにホームズ、あの不幸な火災事故からなぜ手を引かないのかもわからない。最初にイーディス・グリフィン、次にイライアス・グリフィン、最後にレストレイド警部が充分すぎるほど明らかにしたように、ぼくらが火事の謎に首を突っこむのは歓迎されていないんだ——そもそも、あの火事に謎があればの話だが。どうせなら、遺体安置所の写真を見せられる前に、この件に手を出すなと言ってほしかったよ。それがぼくの偽らざる本心だ」

「僕から伝えることはただひとつ」ホームズが言う。「二つの別々の事件があるんじゃない、ひとつなんだ」

「ヨセミテ渓谷の写真を根拠にそう言っているんだろう？」

「それは単に一番見えやすい関係性だが、否定はしない。完全な解明に行き着く足がかりになる」

私は黙って考えこみ、少しして言った。

「いや——やっぱり、どこがそんなに重要なのか理解できない。これまでに聞いた話だと、あの写真は以前イズレイル・フェイの家に飾られていて、のちにイライアス・グリフィンの離れの寝室へ移った。それは不思議でもなんでもない。彼らは友人同士で、写真は贈り物としてフェイからグリフィンの手に渡った」

ホームズはうなずいた。

「どちらかといえば、借金の返済という色合いが濃かったと思うが、まあ、そうだ、きみが正しいよ、ワトスン――ご指摘の筋書きになんら矛盾はない。もっとも、マイブリッジのサインはいつ入れられたんだろうと不審に思わずにはいられないが」

「どうしてだい？　マイブリッジ当人が仲間のイズレイル・フェイに贈ったときに決まってるだろう！」

　ホームズは笑った。

「しばらくは僕もそう考えたよ。エドワード・マイブリッジは複雑な性分だし、数十年前に負った頭部の怪我の後遺症がいまも続いている可能性がある。そのせいで彼の姿勢は徐々に変わり、同じく頭のはたらきも変わった。僕はこんな具合に想像を広げて、姿勢か脳のはたらきの変化が手の細かい動きに影響を及ぼしたと考えても、あながち間違いではないだろうと思った」

「ホームズ、またしてもぼくを置き去りにするのかい？　なんの話かちっともついていけない」私はうんざりして言った。

「マイブリッジが昔遭遇した、不運な駅馬車事故のことを言っているんだ。それは一八六〇年の夏に起きた。脳に損傷を受けた者が言葉遣いや嗜好《しこう》のみならず、家族に対するふるまいまで変わり、まるで別人のようになったという症例は、いくつも報告されている。そうした人々の筆跡が、事故の前後で著しく異なる場合も絶対にないとは言えないだろう。しかし、負傷後の長い期間にわたって筆跡が絶えず、しかも劇的に変化し続けるなんて話は聞いたことがない。僕らは依頼人を観察し、考察する機会が充分にあった。

きみは医師の立場から、彼が情緒不安定だと思うかい？」

「情緒不安定？　いいや。たまにひねくれた扱いにくい男になるし、すぐにかっとなる性格でもあるようだが、行動には一貫性がある。怪我の影響を引きずっているようには思えない。これは彼の裁判で陪審によって出されたのと同一の見解だ。しかしホームズ、きみは筆跡のことを口にしたね……ということは、もしやあの額縁に入った写真のサインは――」

「もちろん偽造さ」

「燃え残ったわずかな部分から、そこまではっきり断定できるのかい？」

「当然だよ。どんなに小さな断片でも比較は可能だ。幸いにして、写真の燃えた角に二つの文字がまるまる残っていた。僕はそれを見るなり、マイブリッジ本人の筆跡とは明らかに異なっていると気づいた。本物のサインは、研究用に簡単に手に入る彼のプリント写真で確認した」

「しかし、離れに入るときのきみは比較用の本物を持っていなかった」

「そうとも」ホームズは私を物珍しげに見た。「記憶力はそのためにあるんだろう？」

私はもうなにも言わずにうなずいた。見たもののすべてを正確に記憶できて当たり前という彼の考えを、常識と認めたも同然に。

「どうしても突き止めたかったのは」ホームズは窓の外を眺めながら言った。「サインの偽造がいつおこなわれたかだ。ほんの数分だが額縁の写真を調べて、比較的最近になって書き加えられたものだと結論付けた——よって、イズレイル・フェイが所有していた期間ではないだろう。そうなると問題は、サインを入れたのは写真が壁からはずされる前と後、どちらなのかだ」

私は記憶を手繰り寄せ、〈チャロナー・ハウス館〉の離れの寝室に再び立っている自分を想像した。

「ああ、あのとき壁に見つけた長い引っかき疵のことを言っているのかい？」と私は尋ねた。

ホームズはそっけなくうなずいた。「あれは最近できた疵だが、煤《すす》の粒子が付着していたから、間違いなく火事の前だ。さあ、そこからなにがわかる？」

私は思案した。

「そうだな。クリサフィスの命を奪った火事の少し前に、きみがやったように誰かがあの写真を間近で眺めた」

「僕が額縁を壁から下ろすところを見ただろう？　あれは見た目ほどしっかり固定されていなかったんだ。そうなると、かなり雑に扱ったか、ひどく慌てていたせいで引っかき疵がついたと考えられる」

「それは興味深い」私はしみじみ言った。「だがそれにしても、きみは〈チャロナー・ハウス館〉がらみの問題を不必要に深追いしている気がしてならないよ。本来の依頼人であるエドワード・マイブリッジから、意地でも目をそらそうとしているみたいだ」

ホームズは鼻で笑った。

「エドワード・マイブリッジの騒動にだけ目を向けていればいいなら、いま頃僕のコロジオンに関する論文は大いにはかどっていただろうよ」

「どういう意味だい？」

「マイブリッジが認識している限りでは、本件はしごく単純で、この依頼は虚偽のもとに契約されたということさ」

私は目をぱちくりさせた。さぞかし間抜けに見えるだろうなとは思ったが。

「えっ、じゃあ、彼が受けた脅しは——本人の自作自演だったのか？　彼の話は真っ赤な嘘だったと？」

「そうは言っていないよ、ワトスン。マイブリッジは食えない人物だが、嘘つきではない。少なくとも故意の嘘はついていない」

「ホームズ、頼むからもっと具体的に説明してくれ」

「あとで必ずそうするよ。きみのクラブで食事を済ませたらマイブリッジを訪ねて、彼のいる前で話そう」

この件に関する話題はひとまず打ち切りだという意味だろう。ホームズは再び窓の外を見つめた。視線はすばやく飛びまわっていたが、通り過ぎる建物を観察しているふうではなく、唇は長い独白劇を演じているみたいに絶え間なく動き続けていた。いや、一人二役で議論を交わしているのかもしれない。彼の頭のなかをのぞいて、思考がたどる筋道を知ることができたらいいのに、と私が願うのはこういうときだ。が、そう思った直後、最近のさまざまな出来事の影響で脳裏におぞましい図が浮かんだ。それは、顔を剝《は》ぎとられたホームズが、脳内の思考の経路ではなく、ただの黒ずんだ塊を露出させている姿だった。

厭《いと》わしい想像を追い散らすため頭を勢いよく振っていると、それがホームズの目に留まったらしい。彼は両眉《りょうまゆ》を上げて私を無言で見つめた。

しかたなく私は咳払《せきばら》いし、自分は魔術幻燈《げんとう》めいた空想とは無縁だという顔で言った。

「どうやらきみは、依頼人への対処はいまのままで充分だと考えているようだね——実際に対処したかどうかは疑問だが。手短に言えば、現時点のきみは、〈チャロナー・ハウス館〉の件で頭がいっぱいらしい」

「そのとおりだ」

「作業場の鍵《かぎ》のかかっていなかったドアが、最重要視している課題なんだろう？」

ホームズは考え深げに親指で自分の唇をなぞった。

「確かにそうだが、水差しも無視できない」

友人の意図が理解できたことを誇らしく感じながら私は言った。

「ああ、離れの室内ドアの脇に転がっていた水差しのことだね」

「そうなんだが、離れの洗面台にあったもうひとつの水差しも勘定に入れるべきだ——さらにつけ加えるならば、きみの問題のとらえ方次第では、母屋のマーティン・クリサフィスの寝室に水差しがなかったこともね」

　現場を調べた際、私も離れの洗面台にすでに水差しが置いてあったのを見た。ホームズが母屋のクリサフィスが泊まった部屋で、空っぽの洗面台を前にじっと考えこんでいたのも憶《おぼ》えている。だが不面目にも、私はどちらも重要だとは思わなかった。いまでさえ、なぜそれらの事柄にホームズが頭を悩ませているのか見当もつかない。

「二つ目の水差しの存在がそんなに不思議かい？」と私は訊《き》いた。「火事の晩の状況はだいたい想像がつくけどね。まず、クリサフィスは木材の燃える音で目が覚め、窓へ駆け寄った。すると、離れのドアか屋根から火が出ているのが見えて、驚愕《きょうがく》する。急いで階下へ行く前に、抜かりなく自室の洗面台から水差しを持って出た——その程度の水量で火を消せるわけないんだが、とっさに思いついた行動としては理解できる」

「きみの説明にはなるほどと思わせるところがあるよ」とホームズは言った。「もっとも、私はそういう中途半端な褒め言葉にぬか喜びするほど愚かではない。離れには水道設備がないから、追加の水は母屋の食器洗い場から運ぶ必要があるだろうがね」

「クリサフィスには、離れの寝室の水差しが満杯かどうか知りようがなかったし、状況によってはそれを使えないかもしれない」私はつけ加えた。

「そうなると、この謎は性格と知性の問題だな」とホームズ。

「どうしてだい？」

「僕らはマーティン・クリサフィスという人物のことをほとんど知らないから、彼の見解については推測するしかない。常識的に考えて、危険な場所へ事前の準備もなしに飛びこんでいくような青年ではないと仮定するなら、水差しを持っていったのは消火のためだろう。むろん、もうひとつの水差しの問題を抜きにすれば、正反対の前提も成り立つ。マーティン・クリサフィスは無謀で短絡的であるということだ。こちらのほうが、僕らが聞かされてきた話の想定に近い」

「火が燃え盛っているにもかかわらず、作業場へ飛びこんだという筋書きだね」

「そうだ。しかし、もっと重要なのは、彼がたった一人でその行動を取ったことだ。母屋のほかの者たちは、クリサフィスではなく、大慌てで離れから逃げてきたイライアス・グリフィンに起こされた」

「ああ、そうだったね」私は言った。「きみの言うとおりだ」

「クリサフィスの性格のどちらのパターンを選ぼうと」ホームズが続ける。「自室から水差しを持っていくだけの知恵がありながら、母屋を出るとき誰にも火事を知らせなかったのはなぜか。筋の通った説明を見つけるにはかなりの想像力が必要だな」

私は友人を見つめた。「彼は母屋を出るまでにすべての寝室の前を通ったはずだ」

「やっと理解してくれたね。僕がこの課題で頭がいっぱいな理由を」

それからホームズは再び唇を引き結び、窓のほうへ顔を向けた。彼の表情には深刻さや煩わしさがみじんもうかがえなかった。おそらく、タイムズ紙のクロスワードを解いているときとさして変わらない心境なのだろう。

第二十章

エドワード・マイブリッジの家の客間で待たされて、かれこれ五分以上経ったとき、私は言った。

「ホームズ、どうしてここへ来たんだ？　きみは最初、依頼人の事件を放置したも同然の状態で、遠路はるばるまったく別の事件を調べに行った。しかも、さっきレストレイド警部に、マイブリッジはビショップス・ストートフォードの出来事とは無関係だときっぱり言ったね。そのうえできみは、あの火災こそがぼくらの取り組むべき正真正銘の謎だと主張する。じゃあ、マイブリッジからいったいどんな情報が得られるというんだい？」

するとホームズはこう答えた。

「話が少しずれているよ。マイブリッジは無関係なわけじゃない。僕はレストレイドに、マイブリッジは〈チャロナー・ハウス館〉の出来事との結びつきに気づいていないと言ったんだ。だが、たとえ火災がマイブリッジのあずかり知らぬことであっても、真相究明につながる手がかりを彼はいくつも握っているはずだ――これまでずっと僕らに話せずにいた情報を。待て、ワトスン――」

その差し迫った指示は廊下の物音に警戒してのものだった。私たちは耳を澄ました。ドアの外から二人の声が聞こえてくる。両方とも女性だ。どちらも私には聞き覚えのない声だが、ひそひそと真剣な口調で話しているのがわかる。

ホームズは部屋を足早に横切ってドアを勢いよく開けた。

二人の女性――片方は私たちをさっききこの客間へ案内してくれたメイドで、もう一人は初めて見るこざっぱりした着こなしの女性だ――は互いの頭をくっつけ合うようにして立ち、その姿勢のままこちらをさっと振り向いた。メイドは目を丸くして女主人を見ながらあとずさり、小走りに立ち去った。

残ったほうの女性は小さくお辞儀をしてからホームズに言った。

「わたくしはミス・キャサリン・スミス、エドワード・マイブリッジのいとこです。彼は不在だと伝えにまいりました」

「そうですか？」ホームズは折り目正しく尋ねた。「メイドの口ぶりだと、彼は一日中在宅だったようですが」

「ええ、そのあと出かけたのです」スミス嬢はきちんと整っている髪を必要もなく撫《な》でつけた。「つい先ほど」

「行き先をうかがってもよろしいですか？」

「聞いておりません。きっと、しばらく戻らないと思いますわ」

「〝しばらく〟ですか？　具体的にどのくらいか教えていただけるとありがたいのです

が。おおよその見込みでかまいませんので」

スミス嬢の視線がマントルピースの上の置時計へとさまよう。

「そうですわね、かなり長い時間でしょう。普段から、いったん外出すると何時間も帰ってきませんので。今夜はもう戻らないかもしれません」

ホームズはうなずいた。

「では、待ち続けてもしかたありませんね。ごていねいにありがとうございました、ミス・スミス。彼が帰宅なさってから、また出直すことにします」

スミス嬢は私たちを玄関まで見送りにきて、お二人の来訪については必ずいとこに申し伝えますと何度も約束した。そうして私たちは再び外の街路に出た。

「なあ、ホームズ」私は言った。「妙な具合だったね」

ホームズはうっすら笑った。

「マイブリッジが僕らを避けたがることは最初から織り込み済みだ。心配ないよ、簡単につかまえられる」

そう言って、ホームズはキングストン・アポン・テムズの中心へと歩きだした。一マイルほど行くと、立派な赤レンガ造りの図書館に着いた。

「彼がここにいると確信した理由はなんだい？」私は尋ねた。

「マイブリッジは現在、動物の運動に関する著書の準備に本腰を入れている。作業のほとんどは、カリフォルニアとフィラデルフィアで自身が撮った写真の分類だろうから、自宅にこもらねばならない。思い出してみたまえ、彼が初めて僕らを訪ねてきたとき、刊行予定の自著をどれほど熱心に宣伝していたかを。あの調子なら、たとえ僕らを避けるために大慌てで自宅を離れることになっても、著書の作業は最優先にするはずだ。一応説明しておくが、居留守を使ったのではなく本当に外出したと僕が判断した理由は、いとこのミス・スミスが僕らと話しているあいだ玄関のほうをちらちら見ていたからだ。彼が二階に隠れているならば、無意識に天井へ目が行っただろう。とにかく、著書の作業は彼の頭から片時も離れない状態だ。また、長年にわたる宣伝活動が染みついて、自己顕示欲が強いせいか、彼は自分の作品や業績をすぐに売りこもうとする傾向にある。もし自宅の書斎にいられないなら、どこか人目につく公共の場所、姿を見られて話題にしてもらえそうな場所を選ぶ」

私はホームズの論理過程に納得しながらも、別の推測も成り立ちそうだと思った。たとえば、マイブリッジは著書の作業を放りだしてでも、私たちから完全に距離を置きたいのではなかろうか。私たちと顔を合わせるのをここまで嫌うのは、脅迫や強請《ゆすり》の犯人がイズレイル・フェイだと明確に知っていたせいだろう。そうなると、マイブリッジが受けた一連の被害は、本人が私たちの前で示唆した仕事がらみの原因というより、彼の個人的な事情に深く関わっていると考えていい。

数分後、依頼人の居場所についての私の推測は誤りだったとわかった。図書館の上階にある閲覧室へ入った瞬間、一番奥の席にマイブリッジの姿が見えたのだ。大きなテーブルの上には彼の鞄《かばん》と散乱した書類。そばに二人の職員がいて、そのうちの一人はマイブリッジのために恐ろしく分厚い参考文献を運んできたところだった。

マイブリッジが顔を上げた。私たちに気づくなり青ざめ、図書館の職員たちに急いで何事か指示した。二人とも驚いた鹿のごとく大慌てで立ち去った。

「ここでわたしを見つけるとは強運の持ち主だな」私たちが近づいていくと、マイブリッジは弱々しく言った。

私は反射的に言い返していた。

「おかしいな。ぼくらが捜していたことはご存じないはずですが」

彼の顔が一段と青ざめた。まだ青ざめようがあったのかと驚くくらいに。

「そのとおりだ。まったくもってそのとおりだ」

「くだらない茶番はやめにしましょう」とホームズ。「あなたは質問に正直に答えるべきです。今度こそ、ごまかしなしの真実を話していただきますよ」

マイブリッジは閲覧室内をさっと見まわした。ほかの利用者は二人きりで、それぞれ埃《ほこり》をかぶった本を枕に居眠りしている。どちらもマイブリッジよりずっと年上のようだ。考えてみれば、マイブリッジが白い顎《あご》ひげを長く伸ばしているのは威厳を持たせるためだろう。もっとも、私の目には賢者というより、魔術幻燈《げんとう》にぴったりの魔法使いみたいに映る。彼についてホームズが言った自己顕示欲うんぬんの意見が、いっそう説得力を増した。

「ここで話すわけにはいかん」とマイブリッジ。「公共の場である図書館だからな」

「あなたが僕らが訪問客をもてなしたいと望めば、職員たちは大目に見てくれそうですがね」とホームズが切り返す。

マイブリッジは私の友人をねめつけてから、態度を和らげた。

「いいだろう。職員たちは今日は機嫌がいいようだからな。で、なにが知りたい？」

ホームズはテーブルの前の椅子に腰掛け、私にもそうするよう促した。

「お尋ねしたいことはたくさんあります。ワトスン、きみから始めてくれないか？　疑問に思っていることを遠慮なく訊《き》くといい」

私は不安に駆られてホームズを見つめた。切り札としてとっておくべきカードと、出してもかまわないカードとの選別に自信がない。私たちが細かい事柄を解明しながら手に入れてきたパズルのピースは、日ごとに増えている気がする。

「きみの主導で進めてほしいんだが」私はそう言ってみた。

ホームズは小さくうなずいた。

「よし、引き受けよう。マイブリッジさん、《ヨセミテ渓谷のミラー湖》という写真について教えていただけませんか？　特に知りたいのは、あなたがサインなさったプリント写真のことです。ビショップス・ストートフォードの〈チャロナー・ハウス館〉で起きた火災で一部焼けた作品です」

私の見たところ、ホームズは依頼人にそう話しかけながら、普段以上に注意深く相手を観察しているようだ。おそらく質問の一部は探りを入れるためだろうから、それに対するマイブリッジの反応――意識的、無意識的の両面において――は、かなり重要になってくる。

マイブリッジは唇を湿らせてから答えた。

「それは、わたしが一八七二年にヨセミテ渓谷で撮影した、全五十一枚という大作のうちの一枚だ。そのシリーズは大きな反響を呼び、翌年ウィーンで開かれた万国博覧会で表彰され、栄えあるメダルを授与された。あんたの言っているプリント写真の現像には鶏卵紙印画法を用いた。つまり、卵白紙を硝酸銀溶液に浸して感光紙を作り――」

ホームズは片手で話をさえぎった。

「それが〈チャロナー・ハウス館〉の火災で損傷したことをご存じだったのですね」

やや間があってからマイブリッジは答えた。「そのように聞いている」

「では、その写真にあったあなたの偽造サインは誰のしわざだと思いますか？」

マイブリッジは口を開いたが、言葉は出てこなかった。

「お答えください、マイブリッジさん」ホームズが促す。「あなたが疑っていた人物がいるはずです」

「わたしはイライアス・グリフィンを知らん」マイブリッジはしゃがれた声で言った。

「だから誰のしわざなのか推測のしようがない」

「確かにイライアス・グリフィンにあの写真を贈ったわけじゃありませんからね。あなたがあれを譲った相手はイズレイル・フェイです」

いまのホームズはいつもどおりのくだけた態度だったが、私はマイブリッジから一瞬たりとも目をそらさない覚悟だった。ホームズはこの依頼人の前で初めてフェイの名を口にした。マイブリッジが脅迫者の行動をどこまで知っているのか、私なりに見極めようと思ったのだ。

依頼人はまだ言葉を発せられる状態にないようだった。

「以前、フェイとグリフィンが協力関係にあったことはご存じのはずですが」ホームズはそう言って、マイブリッジを一瞥《いちべつ》した。「どうやら図星のようですね」

「少しだけだ」マイブリッジは警戒した口調で認めた。「立体肖像写真を開発するための新規事業だった。二、三年前のことだ。誰が見ても、金ばかり食うばかげた企画でな。立体画像なんぞ過去の遺物だよ。いま試みたところで、それに適した被写体をスタジオ内に用意するのはどだい無理な話だ。屋外の景色とはちがうからな」

「あなたはそのとき、ご友人にそう忠告なさったんでしょうね？」とホームズ。

「わたしの立場で水を差すようなまねは——」マイブリッジは急に口をつぐんだ。「言ったただろう、わたしはイライアス・グリフィンなど知らんと」

「その事業はグリフィンのものではありません。少なくとも、資金繰りに行き詰まった時点では。彼は単にフェイが破産を回避するための資金を提供しただけです。そうなると、フェイが例のヨセミテ渓谷の写真をグリフィンに贈ったのは、情け深い支援への感謝のしるし、または借金返済の代わりだったとは考えられませんか？」

「そうだな」マイブリッジは認めた。

「さらに、フェイはその写真の資産価値を上げるために、あなたのサインを偽造した可能性もあるのでは？」

マイブリッジは深く息を吸いこんでからうなずいた。

「あなたの口からイズレイル・フェイの人となりを詳しく説明してもらえると助かるのですが」とホームズ。

マイブリッジはホームズをいぶかしげに見て言った。「ということは、あんたは彼がわたしのヨセミテ撮影旅行に同行していたことを知っているわけか」

「はい」

「彼は一行のなかでつねに誰よりも知恵がまわった」マイブリッジは遠くを見るような回想のまなざしになった。「たとえば、理想どおりの完璧《かんぺき》な景色を撮影するのに木が一本邪魔だとわたしが言えば、彼は即座にのこぎりで木を切り倒そうとする人間だった。その後、互いに別々の道へ進んで長い年月が流れたが、ペンシルベニア大学の依頼で、それまでに経験のない壮大なプロジェクトに着手した際、わたしは真っ先にフェイを呼び寄せた。問題解決能力に人一倍長《た》けた、欠かせない人材だと思ったのだ」

「お二人の関係は昔と変わらず良好でしたか？」

「それは……まあ、多少こじれることもあった。ある晩、酒の勢いもあったんだろう、フェイは本音をぶつけてきた。わたしがカリフォルニアで功績を立てたとき、彼は自分が仕事仲間に加えてもらえなかったことに腹を立てたそうだ――功績というのは、リーランド・スタンフォードの競走馬を撮った連続写真のことだ。確かに、もしフェイを仲間に招いていたら、もっと早く目標に到達できたろうよ。あの手の画像を作るカメラの操作にかけては、彼ほど信頼できる者はいないからな。だが、実際には彼は参加していなかった。その後悔の念を向こうはずっと引きずっていたらしい」

「後悔という表現で合っていますか？」ホームズは念を押した。「後悔というより、恨みつらみでは？」

マイブリッジはため息をついて、両手をきつく握り合わせた。「正直言って、わからんよ」

「しかし、立体画像はもう時代遅れなんでしょう？　その事業の失敗が、フェイのあなたに対する遺恨を増幅させたであろうことは想像に難くない」

「そういう輩《やから》もいるだろうが、失敗はしばしば成功を目指す努力の原動力になる。それこそ、わたしが自ら証明してみせたようにな」マイブリッジは得意げに言った。「近頃のフェイは投資に対する目が肥えてきた……動く写真が世間で脚光を浴びることも、彼のほうがわたしよりはるかに先に予見していたからな。おそらくイライアス・グリフィンの影響なんだろう。グリフィンは目下取り組んでいるセルロイドの実験を成功させれば、それが起死回生の一打となり、動く写真の発展に寄与した開発者の地位を手にできるかもしれん」

私は内心でこう思った。フェイとグリフィンの浮き沈みや最近の活動を、マイブリッジがこれほど詳しく把握していたとは驚き入る。当人の最初の主張とは大違いじゃないか。なにも知らないと否定していたのに、実際はどうだ。

ここで再び疑問が湧く。これまでに発覚した数々の不可解な出来事は、本当に仕事上の対立関係という単純な原因によるものなのか？

「いいかげん、問題の本質から目をそらすのはやめにしましょう」ホームズは言った。「災いの根源にじかに触れさせていただきます。ワトスン、いま頭のなかにある最大の疑問を挙げてくれないか？　間違いを恐れずに思い切って尋ねたまえ」

そう励まされても、私は自分の理解力を試されている気がして、期待を重圧に感じた。ようやく言葉が出たのは一分近く考えてからだった。

「イズレイル・フェイはどのくらい前からあなたを脅していたんですか？」

そう尋ねたあと、私はマイブリッジよりホームズの反応が気になって彼の表情をうかがった。大いに安堵《あんど》したことに、唇の両端が上がって、かすかな笑みが浮かんでいた。

一方、マイブリッジは針で刺された風船のようだった。身体がどんどんしぼんでいって、テーブルの上にくにゃりと倒れ伏すのではないかと心配になったくらいだ。

「もうなにもかも知っているんだな」彼が静かに言う。

私はそうではなかったが、ぎこちなくうなずいた。

マイブリッジは長い顎《あご》ひげを強く引っ張った。「あの男との関係は彼の人生と同じく山あり谷ありだった。彼が親友だと思えるときもあれば……」

声が消え入る。マイブリッジは室内を見まわし、図書館にいることを忘れていたかのように目をしばたたいた。そのあと内ポケットから手帳を抜き、そこにはさんであった二通の電報を手に取った。私は片方にだけ見覚えがあった。文面は次のとおりだ。

NO. FULL ON SUN. IF

二通目――時系列的にはこちらが一通目だとわかった――も短い文面で、さっきのものよりは解読しやすかった。

100 POUNDS TO KEEP SECRET.
PAY MIDDAY NEXT SUN. BOX
AT REAR OF HOUSE. IF

「じゃあ、全部いかさまだったのか！」私は思わず叫んで、慌てて口を手で押さえた。ホームズの肩越しに室内のほかの利用者たちの様子をうかがうと、ありがたいことに二人とも相変わらず居眠り中だった。私は声をひそめてマイブリッジに言った。

「脅迫者が誰なのか知っていながら、なぜホームズに調査を依頼したんです？」

マイブリッジは激しく首を振った。「いいや、知らなかった。本当だ。それに、調査の依頼はわたしの思いつきではない」

ホームズが口をはさんだ。「では、僕に相談するようあなたに勧めたのはイズレイル・フェイなんですね？」

とんだ茶番だ。あまりのばかばかしさに私はつい笑い声を立てた。年配の利用者の一人が反射的に身体をぴくりとさせた。

「そうだ」マイブリッジは認めた。そのあと私の疑わしげな顔つきを見て、それぞれの電報の日付を指した。「このとおり、一通目の電報を受け取ったのはリバプール公会堂での講演後だ。講演が始まるまでは誰が犯人なのか、まったく知らなかった。有名なシャーロック・ホームズに相談してはどうかとフェイに勧められたのは、今月の初めだ。馬車に轢《ひ》かれそうになるわ、スライドを疵《きず》つけられるわで災難だったと、フェイに伝えたときにな。もっとも、あんた方のところへ実際に相談に行ったのは約二週間後、スライドを使った二度目の脅迫後だったが」

「リバプールでの講演中、あなたはフェイこそが一連の脅しの張本人だと確信しましたね」ホームズは尋ねた。

「そうだ。鳩が放たれたとき、もしやと思った——飛び入り参加の迷惑な鳩による妨害は、フィラデルフィアでフェイと仕事をともにしていた時代、二人のあいだで冗談の種になっていたのだ。そして、間違いないと確信したのは、あのあと疵がついたスライドと同時に別の投影が――」

「イズレイル・フェイの頭文字、〝IF〟だ！」私はこの会話に理解が追いついていることを示したくて言った。

マイブリッジは両眉《りょうまゆ》を吊りあげた。「ご慧眼《けいがん》、ワトスン博士」

受け売りの情報とはいえ、私はつかの間の満足感を味わった。が、そのあと疑問が浮かんで眉をひそめた。

「しかし、脅迫者があなたにわざわざ正体をさらした目的はなんだろう……それと、フェイはなぜシャーロック・ホームズに事件を調査させたかったんだろう。まだ犯行計画の実行中だったのに」

「単純な理由だよ」ホームズが言う。

「だったら、ご教示いただきたいものだな」私は言い返した。「ついでに、フェイが電報のメッセージでほのめかしている秘密がなんなのかも」

するとマイブリッジが身をすくめて言った。

「いまの三つの質問の答えは突き詰めればひとつ、要するに同じだ。電報にある〝秘密〟とは、単にフェイ自らがリバプールでわたしに伝えた情報そのもの、つまり彼が脅迫犯だという事実を指す。彼は、わたしが犯人の正体を暴露しないと知っていた。最終的に、彼の脅迫はわたしの利益になるからな」

私はわけがわからずマイブリッジを凝視した。

「利益になる？　彼はあなたのスライドを台無しにし、あなたの生計の手段を妨げ、おまけにあなたを世間の笑いものにしたんですよ！」

マイブリッジはゆっくりとうなずいた。

「だが、おかげで世間の耳目を集めることができた」彼は静かに言った。

その意味がのみこめた瞬間、私は目をみはった。依頼人の宣伝活動や自己顕示欲に関するホームズの見解をまたしても思い返した。

「疵をつけられたスライドは宣伝の手段だったということですか？」

「さよう。いま思えば、街の通りで馬に轢かれそうになったこともな。わたしが過去に馬とつながりがあるだけに、その種の脅しは世間に強く印象付けられるとフェイは踏んだのだ。実に痛快な皮肉だろうからな、わたしが名声と富をもたらしてくれた動物に踏みつぶされかけたというのは。この出来事によって、昔わたしの身に降りかかった駅馬車事故の災難も引き合いに出されるかもしれん。フェイが実際にわたしに怪我を負わせていたら、新聞各紙はその事故を派手に取りあげただろう。そうなれば、彼が脅迫を繰り返す必要はなかったかもしれんがな」

横目でうかがうと、ホームズは相変わらず無表情だった。

「では」私はゆっくりと話し始めた。「シャーロック・ホームズとの契約は……それも宣伝戦略の一部だったと？」

「そのとおりだ」マイブリッジの青白い頰がさっと赤く染まった。「ホームズさん、それについてはお詫びするしかない——まあ、あんたはずいぶん前から真相にうすうす感づいていたと思うが」

ホームズはうなずいた。

「フェイはどういう方法で、僕に調査を依頼するよう提案してきたんですか?」

「手紙だ。すでにわたしは不安を感じ、怒りもおぼえていた。ホームズさん、あんたを訪ねたときのわたしの話に嘘偽りはひとつもない——あの時点では、それが真実ではないと知らなかったのだ。本当に命を狙われていると信じていた」

私はあることに気づいて、思わずうめいた。

「ということは、あなたがリバプールでの講演後に急にいなくなり、それ以降ぼくらを徹底的に避けてきたのは、虚偽の口実でホームズと契約したことになるから、合わせる顔がなかったせいなんですね」

「そうだ、慙愧《ざんき》に堪えなかった——フェイの汚い計略はまんまと成功してしまったからな」マイブリッジが悲しげに答える。「記者連中は長年わたしの業績を無視しておきながら態度をころっと変え、結果的にわたしの知名度は回復した。いや、率直に認めよう、従来より格段に上がった。その証拠に、こうして図書館の職員から下にも置かない扱いを受けている……不面目にも、わたしは大いなる恩恵に浴しているわけだ」

ホームズが突然笑いだす。「そういう意味では、計略さまさまじゃありませんか」

マイブリッジは私の友人をうろんげに見たが、彼が口を開く前にホームズは続けた。

「問題の核心に迫りましょう。イズレイル・フェイが執筆に勤《いそ》しんでいる本――それは、あなたの生涯と業績に関するものでしょう？」

マイブリッジの目が再び険しさを帯びた。「あんた、どうして――」途中でため息をつき、悄然《しょうぜん》と椅子にもたれた。「ああ、そうだ。彼のほうからわたしの伝記を書かせてくれと懇願してきた」

ホームズは片手を挙げた。「話の腰を追って恐縮ですが、それも手紙で？」

「いいや、ちがう。クリスマスの夕食の席でじかに伝えられた。毎月会って話すのがわれわれの習慣だったのでね。なんとも皮肉なことに、彼が本の制作に専念するため、現在は途切れてしまっているが。わたしは彼の要求を拒めなかった。理由のひとつは後ろめたさだ。同じ分野でわたしは名を揚げ利益を得たが、彼のほうは失敗した。もうひとつの理由は……その……」

「彼が伝記によってあなたの偉業をたたえてくれるのが嬉《うれ》しかったんですね？」私は言った。

マイブリッジの薄青色の目がこちらをのぞきこんだ。

「わたしは毎日刻々と老いていく。それでも、科学と芸術の両面に多大な貢献ができたと思うことで心の安定を保っていられる。自分の仕事に誇りを持てる。振り返れば、わたしの人生は成功の連続だった」

私はマイブリッジに詰問したい衝動に駆られた。カリフォルニアで妻の恋人を殺したことをお忘れですか、と。その部分を伝記から平気で省けるなら、自身の神格化によほど長《た》けているのだろう。どうりで彼がフェイの提案やら計略やらを気に入るわけだ。

マイブリッジは続けた。

「しかし、わたしの写真家人生は終わりに近づいている。目下は『アニマルズ・イン・モーション』を出すため画像の整理に集中して取り組んでいるが、これはただの取りまとめ作業だ。今後、独自の新規の仕事はなにもない。わたしの衣鉢《いはつ》を継いだ者たちがすでにわたしに追いつき、わたしの構想をはるかに超えた先で活躍している」

「動く写真を取り巻く新分野のことですね？」私は訊《き》いた。

マイブリッジがうなずいて答える。

「自分も彼らとともに進歩し続けたかったが、エジソンはわたしの限界を即座に見抜いた。スライド上の十四の静止画像を高速で連続映写する方法は、視覚をあざむいて一続きの動きを作りだせるが――しょせんは子供だましの芸当だよ。エジソン、ロバート・ポール御大、パリのリュミエール兄弟など多くの研究者たちの野望は、単に一連の動きを繰り返し見せることではなく、物語を見せることだ。わたしは写真に動きが加わる興奮を人々に伝えたが、講演会の客が減っている事実で明らかなように、動きだけではもはや観客は満足してくれない。

確かにわたしは、ギャロップする馬の脚が四本とも同時に地面を離れるか否かの論争を解決した。ボールをキャッチしたり斧《おの》を振り下ろしたりする男の背骨がどう曲がるかや、階段を下りたり犬を撫《な》でたりする女の手足がどう動くかも突き止めた。だが、そうした動作はもっと壮大で感動的なもの、取りも直さず人生の小さな構成要素に過ぎん。人生は物語でできている。それらの物語を理解するには、人の動作でなく心を理解しなければならんのだ。誰しも、他者を知りたいと欲している。そのための見て学ぶ機会は、これから先シネマトグラフが与えてくれるだろう」

マイブリッジはポケットからハンカチを取りだし、目もとをぬぐった。

「とはいえ一時的にせよ、フェイは衰退をたどっていたわたしを上昇気流にのせてくれた」依頼人の話は続く。「おかげでリバプール公会堂は満席だった。聴衆はきっとほかの会場へも詰めかけるだろう。追加講演をおこなってほしいという要望にわたしが応じさえすれば」

マイブリッジは静かに訴えかけるまなざしを私とホームズに順に向けた。

「だが、これまでそうした要望はすべて断ってきた。フェイの贈り物を無条件に、少なくとも自発的に受け取れるほど厚顔無恥ではないからな」

「そうかといって、フェイのたくらみを暴く気もなかったんですよね」私はつい非難がましい口調になった。

マイブリッジはかぶりを振った。

「起きてしまったことはしかたないと割り切ったのだ。覆水盆に返らず、と言うだろう。

それを過去のものとして受け入れ、進んでいくしかなかった」

ハリー・ラーキンス少佐の名が脳裏によみがえる。あの犯罪もマイブリッジに過去の隅っこへ都合よく追いやられたばかりか、それによる悪評や負のイメージを話題性という利益のために利用された節がある。

「つくづく後悔しているよ」マイブリッジは陰鬱《いんうつ》な調子で言った。「言われるがまま、シャーロック・ホームズに調査を依頼したのは間違いだった。ホームズさん、真相を追うあんたが道に迷うことなく背後に迫っていると知ったときは、生きた心地がしなかったよ。どうだろう……あんたがこうして真実にたどり着いたいま、ただの友人同士として、互いに恨みっこなしで別々の道を行くというのは？」

ホームズは椅子から立って依頼人を上から見下ろした。私の頭に、裁判官を務めるホームズと、判決が言い渡されるのを待つ被告人のマイブリッジという図がふっと浮かんだ。

「僕は正式にあなたの依頼を引き受けた」ホームズは厳しい口調で言った。「引き受けた以上は、最後までやり通すつもりだ」

「そうはいかん。だったらわたしは……あんたとの契約を打ち切る！」マイブリッジが反撃に出た。「もうなにもしなくてけっこう。あんたにはなんの義務もない。ただし、ひとつだけ頼みがある。なんというか、その……調査をややこしくさせた複雑な事情については、吹聴《ふいちょう》しないでもらいたい。ここまでの調査にかかった手間賃として、追加料金を支払おう」

「ワトスンと僕がおこなった調査はあなたの思っている以上に進んでいますよ」

マイブリッジはぎょっとして数回まばたきした。

「わたしを脅しているのかね、ホームズさん？」

ホームズは唐突に大笑いした。

「めっそうもない。悪事を、つまり本物の犯罪事件を解決するために、あなたに協力をお願いしたいのです」

マイブリッジは物問いたげに私を振り向いた。私は友人の言わんとすることは察したものの、マイブリッジにどこから説明すればいいのかまったく見当がつかなかった。

その難問を、ホームズは率直に打ち明けることで解決した。

「新聞記事によれば、マーティン・クリサフィスという名の男が、グリフィン邸で起きた火災で焼死しました」とホームズ。「ここで指摘しておきたいのですが、遺体の発見場所は、あなたがお撮りになった偽造サイン入りの写真、《ヨセミテ渓谷のミラー湖》が飾られていた壁からわずか数フィートの地点でした。僕はそこでおこなわれた悪事を暴くため、あなたの力を拝借できないかと考えているのです」

マイブリッジも立ちあがって、髪に指を突っこんだ。

「悪事とは、わたしのサインの偽造かね？」

「ちがいます」

マイブリッジはホームズをじっと見た。

「あんたもわかっているはずだ。それ以外の部分にはわたしはまったくの無関係だと。亡くなった男の名にはいっさい心当たりがない。火事の記事で目にしただけだ。それに、さっきも言ったが、偽のサインが入っているとは知らなかった。むろん、誰にもそんなまねを許したおぼえはない。誰のしわざであろうと、見て見ぬふりなど決して……」

口をつぐんで、数秒間ホームズを凝視した。

「まさか、イズレイル・フェイがその恐ろしい事故にかかわっていると言うつもりかね?」

「それが事故などではないことは断言しておきます」ホームズは答えた。

突然口がきけなくなったかのように呆然《ぼうぜん》としたマイブリッジは、しばらくしてようやく声を発した。

「フェイは殺人者ではないぞ!」その直後、慌てて口を手で押さえ、心配そうに室内を見まわした。年配の利用者のうちの一人は、私たちの会話が重要な局面にさしかかる前に帰っていった。もう一人は机に広げた本の上に覆いかぶさって熟睡している。マイブリッジはさっきよりも声をぐっと落とした。

「もう一度言っておく。イズレイル・フェイは殺人者ではない」

「生まれつきの殺人者など一人もいませんよ」ホームズは静かに答えた。「殺人を犯したから殺人者になるのです」

マイブリッジはかぶりを振ったが、確信は急速に失われつつあるようだった。自分に言い聞かせるように彼は言った。

「フェイが極端な行動に走ったことは認める。馬車の件にしても、わたしは危うく本当に下敷きになるところ……」はっと顔を上げて尋ねた。「もしや、わたしは旧友を見くびっていたのか？　考えが甘かったのか？　実際に自分の命が狙われているとも知らず、彼と電報をやりとりしていたのか？」

「それらの質問の答えは、われわれが力を合わせれば導きだせると思いますよ」ホームズが言う。

マイブリッジは顎《あご》ひげをぐいと引っ張った。決断のしるしだ。

「わかった。あんたに力を貸そう。どうすればいい？」

「脅迫者を家の外へおびきだしてください」

ホームズの返答にマイブリッジは口をあんぐりとさせた。

「たったいま、わたしの命が実際に狙われていると話したばかりではないか」

私はホームズに身振りで促され、立ちあがってマイブリッジを見下ろした。

「あいにく、僕は安楽椅子探偵ではありません」ホームズは言った。「犯人を追って、自ら危険に飛びこんでいくしかないこともしばしばです。当然ながら、協力に同意なさった以上、あなたはもはや通常の依頼人とは見なされませんし、協力にも多少の危険はつきものです。といっても、あなたの任務は数年来ずっとおこなってきた活動となんら変わりません。また講演会を開いていただくのです」

「断る！」マイブリッジは即座に突っぱねた。「あんたは講演になんぞなんの関心もない。単にわたしをおとりに使うつもりだ！」

ホームズは長い人差し指で唇にとんとんと二度触れた。

「まあ、早い話がそういうことです」

「冗談じゃない――」再びマイブリッジは私に訴えかけた。「とんでもないたわごとだ！　フェイは自暴自棄になっていて、人を殺すことさえいとわないのではなかったのかね。そんなやつをねぐらから引きずりだして、さあどうぞとばかりにわたしを襲わせるなんぞ、もってのほか――」

「お気持ちはわかりますが」私は思案しつつ言った。「彼はまだあなたの命を奪うわけにはいかないはずです。本人が決めた支払期限の日曜日までは」

マイブリッジは凍りついた。彼の頭をよぎった考えが目に浮かぶようだ。初めは私の言葉にすっかり安堵《あんど》し、向かうところ敵なしの気分になるが、このままだと二日以内に脅迫者に百ポンドを支払わなければならないと気づく。結局、〝おとり〟になる以外に自分に残された道はないと悟ったわけだ。

「講演会場は？」マイブリッジは蚊の鳴くような声で訊《き》いた。

「ここ、キングストン図書館です」ホームズが即答する。

マイブリッジはきょとんとして室内を見まわした。「なぜだ？」

「講演会を急に――明日の夕方に――開く場合、迅速に対応してくれそうな施設はほかにないでしょう」とホームズ。「この図書館なら、事情を充分理解してくれるはずです。あなたから次のように伝えてください。もう講演するつもりはなかったが、おたくの職員にぜひともお願いしたいと頼まれ、引き受けざるを得なかった。ちょうど個人的な資料をこの図書館に寄贈する予定でもあるし、その記念講演として――」

「なんだと？」マイブリッジが叫び、テーブルをてのひらでばんと叩《たた》いて立ちあがった。「寄贈？　なぜわたしがそんなことをしなけりゃならんのだ？」

ホームズは相手の激しい剣幕にもまるで動じていない。

「後世に伝えるため、とでもしておきましょうか。とにかく、あなたはそれをすでに約束なさった」

「そんな約束はしていない！」

ホームズは片方の眉《まゆ》を上げた。「図書館は昨日の午後、あなたの申し出がきわめて明快に書き記された手紙を受け取りました」

またしてもマイブリッジの身体がしぼんだように見えた。

「そうか、だから図書館はわたしを丁重に迎えたのか」力なく漏らした言葉のあと、彼の表情が険しくなった。「あんたはわたしの名を騙《かた》り、他人になりすましたわけだな。サインを偽造したフェイと同類じゃないか」

ホームズは唇をすぼめ、気づかわしげな表情をした。

「おやおや、あなたの願望を代わりに実行して差しあげたつもりでしたが、間違っていましたか？」

マイブリッジはホームズを見つめ、ほかに選択肢はないか考えているようだったが、しばらくすると両肩を落とした。

「いいや、正しいよ」しょげた声で言った。「確かにそれがわたしの願望だ。自分の資料や文献がこの図書館に収蔵され、誰もが閲覧できるようになるのを望んでいる。たとえそれらが個人的な性質のものであってもな。急遽《きゅうきょ》決まったいまいましい追加の講演も、喜んで務めさせてもらおう」

そのあと彼は大儀そうに腰を下ろした。

「もう自分の作業に戻ってもかまわんかね？　思いもよらない事実を次から次へと突きつけられたあとじゃ、どこまで集中できるかわからんが」

ホームズはテーブルの上の資料をまとめ、マイブリッジの鞄《かばん》に入れた。

「ご自宅の書斎のほうが快適に作業できると思いますよ。帰り道は僕らもお伴《とも》します。実を言うと、ほかにも頼み事がありましてね。あなたが所有なさっている機材をいくつか拝借したいのです」

第二十一章

私が何度せがんでも、ホームズは当面の計画を秘密にしたまま話そうとせず、これから二日間はなにも予定を入れないでくれとだけ言った。

翌朝、彼は複数の地図を調べることに長い時間を費やした。かなり昔の地図もまじっているらしく、端や折り目が破れかけてぼろぼろだった。昼近くになると、午後三時の汽車に乗ろうと言いだしたが、それ以上の説明はいっさいなし。私の質問をことごとく手で払いのけて急いで机に戻った。正午、いくぶん態度を軟化させ、私たちの行き先は例のラウドウォーターだと明かした。午後一時をまわり、私が現地での活動内容を尋ねたところ、ようやく質問に応じたが、厚着して出かけたほうがいいと答えるにとどまった。

午後二時、私たちは待っていた辻《つじ》馬車に乗った。ホームズは質素な黒いトランクを両《りょう》膝《ひざ》のあいだにはさんで座り、終始無言だった。その荷物は彼がマイブリッジの家で受け取ったのだが、私には中身を見せてくれなかった。午後三時、いよいよ汽車に乗りこんだ。外套《がいとう》の下に服を二枚重ね着していた私は、動きにくくて少々難儀した。目的地のラウドウォーターには午後四時半に到着。駅から歩いて〈イルカ亭〉を通り過ぎ、〈スネイクリー・マンス館〉の門柱をくぐると、私道脇の薮《やぶ》に入って長い張り込みにそなえた。

ホームズはしばらく黙って家を観察していた。前回の来訪時と同様、窓にはすべてカーテンが下り、薄暗い照明がともった二階の書斎と階段の丸窓を除いて、真っ暗だった。

友人がかさばる黒いトランクを地面に置いた。私が興味津々で見守っていると、彼はトランクから形状の異なる部品らしき物を次々と取りだしていった。最初に目を引かれたのは、同じ形をした二つの不思議な物体だった。直径六インチほどの太鼓に似た黒くて平たい円筒で、それぞれ片側に小さく数字が記されていた。三つ目の物体はもっとわかりやすい形だったので、私は見るなりぎょっとした。

「おい、ライフル銃じゃないか!」思わず叫んだ。

まさに一目瞭然《りょうぜん》だった。大きな木製の銃床と、内側に引き金のついた楕円《だえん》形の銃把は見間違えようがない。ただし、少しだけ変わっている。私がそれまでに見たどの狩猟用ライフル銃よりも銃身の幅が広いうえ、全体的にずんぐりしているのだ。そのため、縦横の寸法比から、見た目は銃身を短く切り詰めたショットガンに近い。

「ホームズ、いったいどうしてそんな物を?」ライフル銃の点検を始めたホームズに私は小声で訊いた。「武器を用意する理由などひとつもないし、たとえあったとしても、ぼくがリヴォルヴァーを持ってくれば済む話じゃないか!」

ホームズはライフル銃をかまえて銃身の先を見つめ、銃口を私が立っている地点へ不穏なほど近づけた。私は本能的に脇へよけた。だがホームズは私の不安をよそに、ライフル銃のてっぺんにさっきの太鼓みたいな平べったい部品を片方取りつけた。次に周囲を見まわして、そこらじゅうに転がっている小石に目を留めると、それらを拾い集めて間に合わせの台座をこしらえ、その上に銃身を横たえた。最後に銃を前にして地面にうつぶせで寝そべり、片目を近づけて銃口が家の二階中央の丸窓を向くよう銃身の角度を調節した。

「気は確かなのか、ホームズ？」私は強い口調で抗議した。「きみは本当にぼくの長年の親友と同じ男なのか？　警告もなしに、しかも茂みに隠れて人を撃つような卑怯者《ひきょう》じゃないはずだぞ！　いいか、こういうのはな、ぼくらが裁きの場へ引きずりだしたい種類の人間がやることだ。さあ、そんな物騒なものはいますぐ捨てろ。頼むから！」

ホームズは頭をかすかにこちらへ向けただけで、銃口は家に向けたままだった。

「もう少し声を落とせないか、ワトスン？　それから、興奮して僕の腕をつかむのはやめてくれ。そんなことをしたら、焦点がずれて像がぼやけてしまう」

しばらくかかって彼の言葉の意味がのみこめると、私は四《よ》つん這《ば》いのまま後ろへ下がった。

「じゃあ、これはライフル銃ではなくて……カメラなのか？」私はあっけにとられて訊いた。

「もちろんだ」

ホームズは再び前を向いて銃身の先を見つめたので、声がややくぐもって聞こえた。

「これはフランス人のエティエンヌ・ジュール・マレーが発明したクロノフォトグラフ用の連写カメラで、俗に〝写真銃〟と呼ばれている。動く写真が演芸場でおなじみの娯楽になったいまの時代、この装置を時代遅れと言う者もいるだろうが、今夜の目的にはうってつけなんだ。僕らにとって幸運なことに、マイブリッジは発明者本人から一台贈られていた。なんでも、生き物の運動に関する彼の研究成果がマレーにとって発想のよりどころになったので、そのお礼だそうだ。前にも言ったように、あの二人は固い友情で結ばれている」

私はトランクにそっと近寄って、残っていたもう一個の円筒形の部品を取りあげた。

「ということは、この内部には銃弾ではなく写真乾板《かんぱん》が？」

「そうだ。全部で十二枚入っている。マイブリッジは親切にも二組用意してくれたが、僕の見込みでは両方とも使う余裕はないだろう。チャンスは一度きりということだ。それを逸したら、今夜は手ぶらで帰るしかない」

私は家のほうを振り向いた。

「チャンスって……イズレイル・フェイを撮影するチャンスかい？　しかし、なぜ？」

友人はそれには答えず、うめくようにぶつぶつ言っただけだった。私はなるべく静かに目立たないよう身を伏せ、丸窓に視線を据えたまま、ホームズと並んで地面に腹ばいになった。

「マイブリッジの講演が始まるまで、あと三時間しかない」私は言った。「きみの予想だと、フェイは人目を避けてキングストンに現われ、マイブリッジのスライドをこっそり疵《きず》つけるつもりなんだろう？」

「追加の講演会は、脅迫犯をおびきよせるために撒《ま》いた餌だ。期限の日曜日に確実に金を手に入れたいフェイにとって、マイブリッジをさらに追いつめるまたとない好機に思えるだろう。獲物がうまく引っかかってくれるといいんだが」

「それで彼が家から出てくるところを撮りたいわけか」私は玄関前の広々した場所に視線を走らせた。「じきに迎えの馬車が来そうだね。きみは馬車が戸口に停まったら、視界をさえぎられるんじゃないかと心配なんだろう？　そうでないなら、どうして正面玄関ではなく二階の丸窓を狙っているんだい？」

ホームズはまたもや何事かつぶやいた。見るからに任務に集中している様子なので、私は遠慮して口をつぐんだ。

数分が過ぎ、さらに何時間にも思える時間が過ぎたが、懐中時計を見るとまだ六時にもなっていなかった。

やがて書斎の内部のかすかな動きが私の目に留まった。じかにはなにも見えなかったが、誰かが室内のランプの前を通ったのだろう、窓のカーテンの端から漏れる光の加減が一瞬変わったのだ。私はただちにホームズに伝えようとした。

「いま――」と言いかけたところで、ホームズも気づいたのだとわかった。彼は写真銃の上部の円筒に顔を押しあてると、片目をぎゅっとつぶり、もう一方の目も眠っているかのように閉じる寸前まで細めた。

その一秒足らずのち、私は二回目の動きを察知した。今度は二階中央の丸窓の内側だ。ホームズはすでに引き金を引いていて、円筒形の部品からシュッという作動音が聞こえた。丸窓を横切るイズレイル・フェイの黒いシルエットが見えた。あっという間の出来事で、私が目を凝らす前に通り過ぎてしまった。
一、二秒の静寂のあと、ホームズは地面から起きあがって、神秘的なライフル銃を分解し始めた。
「うまくいったはずだ」彼は勝ち誇った声で言った。

「お見事！」と褒めたたえてから、私はつけ加えた。「だが、いったいなにがうまくいったんだい？」

「獲物をしとめたのさ。通常の意味ではないが」

「それはよかった。どういう意味なのか、ぼくには詳しく知る資格があると思うけどね」私はそっけなく言った。「それに、なぜもう少し待たなかったのか不思議だよ。フェイは階下へおりてくるつもりなんだから、馬車が到着次第、玄関から姿を現わすに決まっているのに」

たとえそうだとしても、ホームズが〈スネイクリー・マンス館〉にもう興味を失っているのは明らかだった。彼はマレーの写真銃をトランクにしまうと、草むらで仰向《あおむ》けになり、両手を頭の後ろで組んで目を閉じた。まるで日光浴でも楽しむかのような風情だった。

第二十二章

友人がそんなふうにのんきにかまえていても、私は気を緩める気になれず、引き続き正面玄関を見張ることにした。が、ドアはしっかりと閉まったままで、一向に誰も出てこない。だいぶ経って、懐中時計で七時二十分前だと確認した直後、私はホームズに言った。

「フェイが講演会の開演前にキングストン図書館へ行くつもりなら――ましてや、新たにスライドを疵つける時間も余分に確保したいなら――のんびりはしていられないはずだ。馬車もまだ来ていないのに、間に合うんだろうか。はなから行く気はないのかもしれないな。彼には講演会という餌がきみの予想ほど美味《うま》そうには見えなかったんだろう」

ホームズはゆっくりと上体を起こし、懐中時計を見てから言った。

「きみの言うとおりだよ、ワトスン」

「本当かい？」

「ああ。どんな移動手段を使おうと、誰であろうと、八時半までにキングストン図書館に到着するにはとっくにここを出ていなければならない」

「じゃあ、彼はやっぱり行く気はないんだな」

「逆だよ、ワトスン」ホームズは立ちあがってスーツから葉っぱを払い落とした。「唯一の結論は、強請屋《ゆすり》の脅迫犯はすでに出かけたということだ」

「だが、誰も家から出てきていない。たとえ裏口のドアを使ったとしても、そのあとは家の正面へまわりこんで私道を端から端まで歩くことになるから、ぼくらの目の前を通るはずだ。ほかに屋敷の外へ出る道はない。きみはまさか、彼が二階の窓から木に飛び移って、チンパンジーみたいに枝から枝へ森を抜けていったとでも言うつもりかい？」

ホームズは驚いたように私をまじまじと見た。

「ほう、それは独創的な手だね。冗談で言ったんだろうが、どっちみちはずれだよ、ワトスン。僕らが追っているのは類人猿じゃない。さあ、立ちたまえ。〈スネイクリー・マンス館〉へ侵入する時だ」

ホームズこそ冗談を言っているんだろうか。私はそれを見極めるため、彼の表情を観察しながら重い身体を引っ張りあげるようにして立った。結論を言うと、彼はどうやら本気らしい。目が熱を帯びてきらきらしている。

「ホームズ……この家に押し入るのは無理だよ」歯切れの悪い口調になった。

「どうしてだい？　もう用心する必要はこれっぽっちもないし、裏口の錠前を破るのはたいして難しくないと思う。道具は持ってきた」彼は革の包みをジャケットのポケットから出して得意げに見せた。

「そういう意味で言ったんじゃない。他人の家に無断で入るのは、ぼくらの良心が許さないってことだ。それに、たとえやろうと思っても、イズレイル・フェイが家に残っている。書斎の明かりはあのとおりともったままだろう？　きみの希望的観測がどうであれ、彼がまだ出かけていないのは明らかだ」

ところが、ホームズは私の話には耳も貸さずに、落ち着き払って玄関前の馬車回しを横切っていった。静かに歩こうという素振りもなく、地面にゆるく敷かれた砂利をざくざく踏んで。いまにも窓のカーテンがさっと開きそうな気がして、私は生きた心地がしなかったが、ありがたいことになにも起こらなかった。私は急いでホームズのあとを追った。一歩一歩脚を高く上げ、なるべくそっと砂利を踏みながら。

裏口へ行くと、ホームズはすでに革の包みをポーチの石段の上に広げていた。そのかたわらに置かれているブリキ箱は、〈イルカ亭〉の主人やこの屋敷の元家政婦が言っていた、フェイが配達人と代金やメッセージをやりとりするためのものだろう。

私はホームズの錠前破りの作業を少しのあいだ眺めたが、フェイがいつどの方角から現われるかわからないので、気が気ではない。家の正面はもちろん、周辺一帯へ偵察に行きたい衝動とずっと闘っていた。

対照的に、友人は盤石の集中力を保っていた。さまざまな工具を手に持ったり口にくわえたりして、とっかえひっかえしながら仕事を進めていた。そんな彼を見ていると、私はあらためてこう思わずにはいられなかった。ホームズは本人の選んだ現在の探偵稼業よりも、その対極にある泥棒稼業に手を染めていたほうが、はるかに大きな富を手にしていたのではなかろうか、と。そんなわけだから、作業開始から五分足らずでホームズが誇らしげに一歩下がり、ドアをさっと開いたとき、私はべつだん驚かなかった。

彼は私を期待のこもった目つきで見て、開いた戸口へ身振りで促した。

「先に入るのは断る」私は小声で言った。

ホームズは肩をすくめてトランクから携帯用の小型カンテラを出し、マッチで明かりをつけた。そのあとトランクをポーチの物陰に隠してから、まるで自宅のように慣れた態度でなかへ入った。この調子だとフェイの名を大声で呼んで、応接間へ飲み物を運んでくれと言いだしても不思議はない。私のほうは、誰かに見張られている感覚につきまとわれながら建物へ足を踏み入れた。

私たちは暗い厨房《ちゅうぼう》を通り抜け、その先の廊下を進んでいった。この廊下がなかなかの曲者《くせもの》で、不ぞろいに波打っているため転ばないよう緊張を強いられた。だがホームズのほうは歩きにくさを少しも感じていないらしく、散歩でもするように悠長な足取りで中央階段へ行き、一段抜かしで軽やかに二階へ上がっていった。

もしフェイがまだ家にいるなら、もっと早い段階で待ち伏せしていたはずだ。私はそう考えてささやかな慰めを得たが、ホームズとはちがって階段をのぼる足取りは重かった。途中に並んでいた複数の飾り棚は、装飾品扱いされたいくつもの大きなカメラでぎゅうぎゅうだった。階段をのぼりきると、私は丸窓の前で立ち止まって、それをぼんやりと見つめた。なぜか夢見心地になり、さっきホームズが外の藪《やぶ》から撮影したのはイズレイル・フェイではなく、私だったかのような奇妙な感覚に包まれた。

私を現実に引き戻したのは、左手の暗闇から現われた人影だった。一瞬ぎくりとしたが、よく見ると奥の明かりの消えた寝室から出てきたホームズだった。彼は私の前を横切って書斎のドアのほうへ向かった。そのドアの端からは、依然としてランプの明かりが漏れている。

「気をつけろ、ホームズ！」

不安に震える押し殺した声が友人の耳に届いたかどうかは定かでない。だが、届いたところでなんの役に立つというのか。ホームズはとんでもなく無鉄砲な行動に出るつもりでいる。

彼は書斎のドアを開けたとたん叫んだ。「おや！」

ああ、やっぱり不安は的中した。イズレイル・フェイと鉢合わせしたのだ。私は初めそう確信したが、考えてみれば、ホームズの声は歓声に近かった。私は書斎へ向かい、ドアの前に立つなり室内の二つのランプのまばゆい光に目を射られた。ランプのひとつは三脚の肘掛椅子《ひじかけいす》の脇に、もうひとつは部屋の中央にあり、かたわらに二台くっつけて置かれた一対のマホガニー材の机を上から照らしていた。

ホームズの興奮をかきたてた物体は、その双子の机の上にあった。ガラスの円形スライドが全部で十二枚。エドワード・マイブリッジがベイカー街へ持ってきたものや、リバプールでの講演で使用したものと大きさは同じだ。私は近寄って円板上に描かれた被写体を確認した。大半が裸の男で、隆起した筋肉に白髪頭、引き締まった体形といった特徴から、おそらくマイブリッジ本人だろう。損傷を受けたスライドは見当たらないが、キングストン図書館へ向かったフェイが持って出たので、ここにはないだけかもしれない。

テーブルの上には、ガラスの円板のほかに本や印刷した小冊子が大量に散乱していた。マイブリッジの著作以外に、個人の日記らしきものもまじっている。そこで私はようやく思い出した。フェイがここ数カ月間打ちこんでいた、まっとうなほうの仕事が、出版物の準備作業であることを。彼の元家政婦は本人の回想録と言っていたが、実際にはマイブリッジの伝記だ。

私はマイブリッジが写っていない数少ないスライドを指した。

「動物やマイブリッジ以外の人間の像は脅しに必要ないわけだから、ここにあるスライドはフェイの相反する態度のあらわれだろう。彼はマイブリッジに対して脅迫や強請をおこなう一方で、マイブリッジの人生と業績をこのとおり献身的に研究してきた」

ホームズはうなずいた。「感傷のあらわれでもある」

「こうした連続写真が彼らにとって共有の成功だからだね？」

「まあ、人によってはそう解釈するだろうが、僕が注目したのはこのスライドだ」ホームズは散乱した大きなガラスの円板のなかから慎重な手つきで一枚取りあげ、明かりにかざした。私はホームズとは逆の裏側からのぞく恰好《かっこう》になったので、円板上の小さな像に彼の顔が奇妙な具合に重ね合わさって見えた。

そのスライドの画像は、若い頃のマイブリッジだろうか、淡い色のスーツを着た人物が、カメラに向かってまっすぐ歩く一続きの場面を表わしていた――正面を向いた男が、一コマごとにこちらへ近づいてくる。

「なぜそのスライドに感傷がからむんだい？」私は訊《き》いた。

「この人物はマイブリッジではないからだ。実はイズレイル・フェイなのさ」

私は驚いて、もう一度しげしげと眺めた。ホームズの言うとおりだ。ほかの連続写真の人物とは明らかに異なっている。いまより十歳若いマイブリッジの姿はこれまで何度か見てきたが、この男はさらに若い気がする。といっても、表情から若々しい純朴さは感じ取れなかった。金色の顎《あご》ひげはきれいに整えられ、生え際が後退していて額が広い。鼻梁《びりょう》が曲がっているのは運動競技による怪我か、荒っぽい武勇伝の名残りだろう。

「予想外だったよ。フェイがマイブリッジの研究のためにモデルを務めていたとはね」私は言った。「二人が長年近しい間柄だったことを忘れちゃいけないな」

ホームズは別のことに気を取られている様子だった。独り言を言いながら、手に持っているガラスの円板に顔を近づけて観察し始めた。しばらくすると、ようやくそれを机の上に置き、真ん中あたりを親指の爪で引っかいた。表面からなにかが剝《は》がれた。

「なんだい？」私は訊いた。

ホームズは親指を掲げた。「パラフィン蠟《ろう》のかけらだ」

「意外そうな顔だね、ホームズ。だが、べつに不思議じゃない。映写中に蠟燭《ろうそく》から垂れて、こびりついたんだろう」

「ちがう」ホームズがすかさず否定する。

私は気分を害して言い返した。「一例を挙げたまでだよ」

「なんの根拠もない一例をね」とホームズ。「理由その一、ここにはズープラクシスコープは見当たらない。よって、このスライドは研究材料ではあっても、映写には使用されていないことになる。その二、ズープラクシスコープの光源はドラモンド光と呼ばれる石灰光だ。蠟燭では光量が乏しくて用をなさないからね。その三——」

「もういいよ。三つも必要ない」私は辟易《へきえき》して口をはさんだ。

それを無視してホームズが続ける。

「その三、作動中のズープラクシスコープのランプは、スライドが取りつけられている箇所から充分離れている。たとえ蠟燭が使われたとしても、大きくねじ曲がらない限りスライドに蠟が付着するようなことはないはずだ」

私は頭を下げた。「完敗だ。今後は身の程をわきまえるよう心がけるよ。で、もう気は済んだかい？」

あいにく、ホームズはまだ満足には至っていない様子だった。問題のスライドになおもご執心で、机のまわりを移動しながら角度を変えてためつすがめつした。それが終わると、上体を倒してまたもやスライドに顔を近づけ、真ん中あたりに奇妙な噴火口のようにくっついた蠟の塊をあらためて観察した。

再び身体を起こした彼は、急に物珍しげに書斎を見まわしてから、唐突に部屋を出ていった。階段のほうから彼の声が聞こえてきた。

「きみはそこで待っていてくれ」

私は指示どおり、一階へ下りていく彼の足音を聞きながら書斎にとどまった。ほんの数分後、ホームズは二つの物を手に戻ってきた。大きなぼろ布一枚と蠟燭一本だ。

彼は布を私によこして言った。「これでそのスライドを包んでくれないか?」

私は目を丸くした。「いったいなぜ? この家に侵入したのは、盗みではなく捜査のためじゃなかったのか? 目的がなんにせよ、ここでなにより重要なのは、痕跡《こんせき》をいっさい残さずに退散することのはずだ」

「これが一か八かの賭《か》けだということは認めよう」ホームズは答えた。「ただし、緻密《ちみつ》に計算された賭けなんだ。さあ、早く言うとおりにしてくれ。それとも僕が自分でやろうか?」

しかたなく、私は大きなガラスの円板をぼろ布で包み始めた。これがいまは使われていない銀器磨きの布なら、なくなってもすぐには気づかれないだろう、と内心で自分を無理やり納得させた。

包み終えて友人に目を向けると、彼はさらに理解不能な行動を取っていた。階下から持ってきた蠟燭にマッチで火をつけ、時折息を吹きかけてあおっている。芯《しん》がむき出しになるのを待って机の高さまで腰をかがめると、蠟燭を傾け、蠟が木の机の上にぽとりぽとりと落ちるにまかせた。

「きみがなんの目的でそうしているのか、ぼくも多少は理解しておきたいんだが」私は弱気な口調で言った。

「手詰まり状態を打開しようとしている」ホームズは答えた。「これは僕の普段のやり方より強引だが、いまは特殊な状況なのでね。事件の全貌《ぜんぼう》をもうつかんでいるうえ、敵より優位に立てる新たな発見があったから、一足飛びに解決へ漕《こ》ぎ着けたい」

「で、きみは、他人の記念品を失敬することとテーブルに落とした蠟が、解決を加速させると確信しているわけだ」

ホームズは身体を起こすと、自身がこしらえた作品を眺めた。テーブルの上の例の円板が置いてあった場所に大きな蠟の山ができ、それをいくつかの小さな蠟の塊が取り囲んでいた。

「ああ、確信している」

「確信してはいても、ぼくに詳しく話してくれるつもりはないんだね？」

私の問いにホームズは微笑を浮かべただけだった。

「なあ、ホームズ」私は言った。「ときどき、きみの態度は相棒を怒らせるのが目的なんじゃないかと思えるよ」

ホームズの微笑は少しも揺らがない。

これ以上はなにを訊いても無駄だと判断した私は、ため息をついたあとあえて明るく言った。

「まあ、いいだろう。とりあえず、ぼくらはすでにあった推論の裏付けを得られた。イズレイル・フェイが脅迫犯だということはこれではっきりしたわけだ」いったん切って、つけ加えた。「いまとなっては、犯人の正体などぼくらが抱えている謎のなかでは小さいほうだと思うけどね」

「じゃあ、最大の謎はなんだと思う？」ホームズが訊く。

私は机上に描かれた新しい蠟の模様を見やった。友人のねちっこい言い方が少々引っかかったが、気にしないことにした。

「状況を考えれば、最大の謎はイズレイル・フェイがいまどこにいるかだな」私はホームズが口を開く前につけ加えた。「わかってるよ、キングストン・アポン・テムズへ向かっているところだときみは言うんだろう？　だがそうなると、彼はどうやってこの家から消えたか、という新たな謎が生じる」

ホームズはそっけなくうなずいた。ああ、そのことか、とっくに忘れていたよ、とでも言いたげに。

「それは説明しておくべきだろうな」とホームズは言ったが、ドアへ向かうのかと思いきや、部屋の奥の湾曲した壁にしつらえられた暖炉へ歩み寄った。彼の長い指が、装飾品の並ぶマントルピースの上を端から端へと滑っていく。枯れて干からびた花が挿してある陶製の花瓶、いかめしい顔つきをした双子みたいな男の真鍮《しんちゅう》製の胸像一対、旅行用携帯時計、それから、置物としてはそぐわない円筒形のどっしりした部品が数本。この部品について私は一瞬悩んだが、数台のカメラから取り外したレンズだと思いあたった。ホームズはそれらの装飾品をひとつずつ手に取り、てのひらの上でひっくり返したあと、もとあった場所に慎重に戻した。

彼はすぐに振り返って、両手を握り合わせた。

「それじゃ、行こうか」私を待たせていたのではなく、彼のほうが私を待っていたかのような口ぶりだ。

ホームズは先に立って歩きだし、書斎を出て階段を下りていった。私は大きな包みを抱えているため、転ばないよう注意深く歩を進めた。階段の途中で、ふと思いついて友人に尋ねた。

「さっき、奥の寝室を見てまわっていたね。この家の住人は本当に一人だけだったのかい？」

「そうだ」簡潔な答えが返った。

階段の下で、いったんホームズは暗闇に消えたが、じきにガスランプが赤々とともった。私はまぶしさに目がくらんだが、おかげで脇に並んでいる飾り棚がよく見えた。カメラやその他の写真用機材が、天井近くの高い棚にまでぎっしりおさめられている。階段を下りきると、廊下の壁の羽目板が薄く埃《ほこり》に覆われていて、細かい塵《ちり》が目の前の宙に漂っているのもはっきり見えた。

ホームズは一階の部屋をひとつずつ速やかに点検し、一分足らずで私のそばへ戻ってきた。

「思ったとおりだ」彼は満足げに言った。「この家には暗室がない」

それのどこが重要なのかわからないまま、私はうなずいた。

「きみはフェイがぼくらに気づかれずに出かけた方法を突き止めようとしているのかと思ったよ」

「ああ、そうだよ。そのとおりだとも」ホームズは気難しげに言って踵《きびす》を返し、中央階段と平行にのびる板石張りの廊下を奥へ進んでいった。

私もあとに続くと、その廊下は行き止まりになっていて、突きあたりにあるのは不愛想な白い羽目板だった。だがホームズは引き返すどころか、羽目板の一枚一枚に順に身体を押しつけ、木材の声に耳を澄ますかのように首を傾けた。やがて勝ち誇ったように舌を鳴らし、後ろへ下がった。一番右の板が明らかにへこんで、横へ動かすと階段の下にすっとおさまった。

驚いたことに、そこに出現したのは普通のドアだった。取っ手の下の掛け金にはごていねいに南京錠までぶら下がっていたが、軸がゆるんでいたので簡単にはずれた。

ホームズは方向転換して、廊下の反対の端まで歩いていった。そして窓——たぶん玄関脇の屋根付きポーチの窓だろう——の前でかがみこみ、カーテンを小さくめくった。初め私は、イズレイル・フェイがいないか外をうかがったのだろうと思ったが、ホームズは窓からの眺めには無関心らしく、ポケットからマッチを出して一本火をつけ、すぐに吹き消した。それから、そのマッチ棒の先端を窓と窓枠の隙間にねじこみ、カーテンの隅をマッチ棒の上にそっとのせた。

なにも言わず大股《おおまた》で引き返してきた彼は、階段下の謎めいた隠し戸の取っ手をつかみ、大きく開いた。彼に手招きされて私も一緒に内部をのぞくと、急な石の階段が地下へと続いていた。

「ワインセラーがあるだけだと思うが」私は言った。

「確かめよう」ホームズは陽気に答えた。

今回も半ば押しつける形でホームズに先導役をまかせたが、彼の後ろから階段を下り始めると、自分の背後が無防備なのを意識して、早くも後悔をおぼえた。明かりはホームズが持っている携帯用の小型カンテラだけ。光が弱すぎて、後ろにいる私の足下には届かない。おまけに布でくるんだ大きなガラスの円板を抱えているため両手がふさがっていて、頻繁によろめいた。階段が終わって平らな場所に立ったときは、ほっとするあまりため息が出た。

そこは粗い造りの通路で、無意識に頭を引っこめたほど天井が低かった。実際にはまっすぐ立ってもぶつからない程度の余裕はあったが。私の様子を見て、ホームズはしょうがないという顔で私から壊れものの包みを受け取った。周囲は前方がどうなっているかさえほとんど見えないほど薄暗かったが、彼は私の腕を取ってひるまず進み始めた。途中、私がそれでも突きでた石につまずくと、そのせいかどうかわからないが、彼も立ち止まって何事かつぶやいた。

果てしない時間に感じられるほど歩いたのち、金属の扉に到達した。ホームズは躊躇《ちゅうちょ》なくそれを押し開け、向こうへ通り抜けた。私もそれに続いたが、頭を梁《はり》にぶつけたうえ、目の前に突如現われた上り階段の苔《こけ》むした踏み段で足を滑らせ、思わず悪態をついた。

「いったいぜんたい、ここはどこだ？」

私はそう言って、ゆっくりとあたりを見まわした。夜の帳《とばり》が下り、小さなカンテラの光が届く狭い範囲で判断するならば、私たちは再び木立に囲まれていた。その奥は〈スネイクリー・マンス館〉を取り巻く藪《やぶ》よりも密生した森だ。いま通り抜けてきたドアを振り返ると、低い位置にあって表面がまだらに錆《さ》び、さらに上から木々の枝が垂れ下がっているため、見つけるのが難しかった。

ホームズは星空を見あげた。「現在位置は出発点の北西だ。地下をおよそ四分の一マイル旅したことになる」

私は暗い森をのぞきこんだ。「フェイはこの方法で脱出したのか。よし、ここまでは明らかになった。だが、このあとどこへ行ったんだろう？　馬車どころか馬一頭待たせておけそうな場所さえ、どこにも見当たらないが」

ホームズは森の奥へ偵察に行って、すぐに戻ってきた。

「きみの言うとおりだ。もしかすると、馬車はほかの出口で待っていたのかもしれない」

「ほかの出口？」

ホームズはあきれ顔で私を見た。

「ワトスン、確かに地下通路は明るいとは言い難かったが、もしやきみは普段から目をつぶって生活してやしないだろうね？　途中で複数の枝道を通過したんだが」

私は眉《まゆ》をひそめて記憶をたどった。そう言われてみれば、暗闇がところどころいっそう深く黒々として見えた気がする。道案内はホームズにまかせきりで、自分が頭や手足を怪我せず探検を乗り切ることだけに集中していたから、すぐに意識から追いだしてしまったが。

「きみの予想では、別の出口へ通ずる枝道はどれくらいありそうなんだい？」と私は訊《き》いた。

「僕は予想などしないよ」心外だとばかりの口調。「下調べにどれだけ時間をかけたと思っているんだい？　この地域の地図をいろいろあさって、徹底的に分析した結果、網のごとく張りめぐらされたこの地下道には、全部で七つの出口がある。

地図上に明示されているのはごくわずかだが、別の手段で位置を特定できた。例を挙げよう。コーンウォール地方によく見られる地名、〝フーグー《fogou》〟（コーンウォール地方の昔の集落にある地下の石の構造物）や〝ファギー・ホール《fuggy hole》〟は、もともと貴重品をしまっていたか、戦の避難者をかくまっていたか、あるいは鉄器時代の儀式に重要だった場所らしい。いずれも構造上の特性によって小さく隆起しているため、地上から識別できる」

私は目をぱちくりさせた。

「なんだって？　この地下道は何千年も前の時代に造られたのかい？」

ホームズは金属扉に近寄って、拳《こぶし》でそれを突いた。

「鉄器時代に、と言いたいんだろう？　むろん、この扉は鉄である可能性が高いが、そんな昔にこういう物を造れるだけの鍛造技術があったと思うかい？」

私は頰が赤らむのを感じた。「ああ、そうだな。あるはずない」

「この複雑な地下道は館《やかた》の建物自体とまったく同じ古さで、館を造らせた人物にとって個人的な理由から必要だったんだろう。ワトスン、しばらく前にきみは、〝スネイクリー・マンス〟という館の名称について一風変わっていると評したね。外観にそぐわないと。〝マンス〟は本来聖職者の住居を表わすが、実物は質素とはかけ離れていて、館の設計も名称も奇抜で大仰なものになっている。この家が建てられたのはたった六十年ほど前でね。施主の名は〝スネイクリー〟ではなくフェイ。〝マンス〟などと命名するんだから、スコットランドのキリスト教徒の流儀にはからきし疎い、裕福なアメリカ人の酔狂な城さ」

ホームズはさらに続けた。

「その後こんなふうに荒れ果てたのは、フェイ家がほかにもっと気に入った建物を何軒も所有していたせいだろう。設計時に抱いていた気まぐれな情熱は、あぶくのようにはかなく消えたわけだ。だが歳月が流れ、一族の財産が痩《や》せ細るにつれて他の不動産は売却され、最後に〈スネイクリー・マンス館〉だけが残った――相変わらずろくに手入れもされず、傷んでみすぼらしくなるにまかせたまま。しかし、フェイ一族の人生観など僕らにはどうでもいい。重要なのは秘密の地下道によって、館を出る方法に複数の選択肢が存在するということだ」

「これから残る六つの出口を調べるつもりなんだろう？　イズレイル・フェイがどれを使ったか突き止めるために」私はうんざりした気分を隠しきれなかった。

「きみはそうしたいのかい？」

「いいや。そんなことをするくらいなら、いっそ一晩中かかろうとキングストンまで走って、向こうで彼をつかまえたほうがはるかにまし、というのが正直な気持ちだ」

ホームズは私の肩に手を置いた。

「僕はどちらの苦行もきみに課すつもりはないよ。レストレイドにもう警察の応援は出さないと言われたから、図書館で犯人を待ち伏せする手配はしていないし、このまま彼が帰るまで地下道を見張っていても実りは少ないだろう。というわけで、僕らはもと来た道を戻る。行儀のいい泥棒らしく家の戸締りをきちんと終えてから、辞去するとしよう」

「そのあとは――」私は希望が湧いてくるのを感じた。

「ロンドンへ戻るよ」

「キングストン・アポン・テムズへ？」

「ちがうよ、ワトスン。ベイカー街へだ。うまい夕食と心地よいベッドが待っている僕らの家に帰るのさ」

知り合って活動をともにするようになってから、私がホームズを抱きしめたい衝動に駆られることはごくわずかしかなかったが、今回は間違いなくその貴重な機会のひとつになった。

第二十三章

ベイカー街へ帰り着くやいなや、ホームズは自室に駆けこんだ。ドアが閉まる寸前、彼が窓のカーテンを急いで閉めるのが見えた。今夜の冒険でさすがの彼も疲れきっているのだろうと思い、私はかすかな安堵《あんど》感《かん》をおぼえた。

少しすると、ハドスン夫人がハムと目玉焼きにパン数切れという簡単な夕食を運んできたので、友人を呼びに行くことにした。ぐっすり寝入ってしまっていたら、起こしてやらないといけない。

彼の寝室のドアに手を触れたとたん、「入るな！」と室内から大声が飛んできた。

私は棒立ちになった。

「テーブルに食事の用意ができたと伝えに来ただけだ。じゃあ、きみは眠っていたわけじゃないんだね？」

返ってきたのは、なにを言っているのかわからない不明瞭《ふめいりょう》な低いつぶやきだけだった。ドアに耳を押しあてると、驚いたことに予想もしなかった音が聞こえた。水がぴちゃぴちゃはねる音だ。ホームズはいつから寝室に浴槽を置くようになったんだ？　ばかげた考えなのは百も承知だが、心ともなく想像力をたくましくして、毎朝起床後すぐに冷たい水風呂《みずぶろ》を浴びる効能を友人が得々として説いている図を思い浮かべた。

「いったいなにをやっているんだい、ホームズ?」私もドア越しに大声で話しかけた。

「じきに終わる」急《せ》いた口調で返事があった。「終わり次第、きみに結果を見せるから、絶対にドアを開けないでくれ!」

私は食卓に戻ってハムを少しとパンを一口かじったが、そのあいだもホームズの部屋のドアから目を離さなかった。

十五分後、ドアがようやく開いてシャツ姿のホームズが現われ、居間のランプの光に目をまぶしそうに細めた。彼の背後に見える部屋は初め真っ暗かと思ったが、どうやら電球にガーゼをかぶせて光をふさいでいるらしいとわかった。

私は席を立って彼の部屋の戸口へ行った。内部に見えたのは変装用の机と、ホームズが普段ボクシング用のグローブをしまっている戸棚で、両方ともごちゃごちゃ置かれたビーカーやらトレイやらで散らかっていた。それらに入っている液体が、さっき聞こえた水音の正体にちがいない。そして、その上の空間には洗濯物を干すときのように紐《ひも》が一本わたしてあった。異様なのはそれだけではない。紐に洗濯ばさみでずらりと吊《つ》るされているのは、布ではなく紙だった。

私は室内へ入って、紙になにが書いてあるのか確かめようとした。

「お望みなら、一枚ここへ持ってきてかまわないよ」背後にホームズの声。「左端のがいい。一番よく撮れていると思うから。写っているものはすべて同じで、ちがうのは現像の質だけだがね。必要な薬品が手もとにそろっていれば、もっと早く簡単に済んだだろう。納得の行く出来栄えのプリント写真を仕上げるには、それなりの技量が必要だと思い知らされたよ」

彼が作業にてこずったと聞いて私は我知らず笑みを漏らし、いまホームズに顔を向けるわけにはいかないなと思った。この表情を見られたら、きっと彼の機嫌をそこねてしまう。それにしても、初めての試みとはいえ思うようにいかなかったとは、なんでも器用にこなすホームズにしては珍しい。いまさら言うまでもないが、彼は超人的な能力の持ち主で、私でさえこれまで何度か妬《ねた》ましさを感じたほどである。

それはさておき、私は細心の注意を払って一番左の写真を紐からはずすと、明かりのほうへ持っていきながら友人を慰めるつもりで言った。

「いや、まあまあよくできて――」

明かりの下で写真を見た瞬間、私ははっと口をつぐんだ。黒っぽい背景が〈スネイクリー・マンス館〉の丸窓だということは一目でわかった。しかし、窓枠の内側の像は、形にも影の濃淡にもばらつきがある。

写真を凝視したまま私は言った。

「気の毒だが、ホームズ、大きな手違いがあったようだ。現像液に浸した直後はよくわからなかったんだろうが、これはちょっと役に立ちそうにないよ」

ホームズは私から写真を受け取って光にかざし、考え深げに息を吸いこんだ。

「やり直す気なら、ぼくも手伝うよ」私は言った。「それとも、誰か写真の現像に詳しい人に頼みにいくかい？」

「その必要はまったくない。これはほぼ完璧《かんぺき》だ」ホームズが答えた。

友人を慰めるつもりだったのを忘れて、私はわははと笑った。

「いったいどこが完璧なんだい、ホームズ？　なにが写っているのか、さっぱりわからないじゃないか」

「もう一度見てみるといい」ホームズは写真を持ってテーブルへ行き、料理が残っている皿を無造作に重ねて――ホームズは腹が減っていないかもしれないが、私はまだ食事の途中だったので、これには閉口した――写真を置くための場所をあけた。

私はしぶしぶ言われたとおりにして、両手をテーブルの両端についた姿勢で写真を真上から眺めた。

心臓の弱い者なら、丸枠に入っているものを悪夢と呼んだだろう。あらためて注意深く見ると、上半分には縦にひょこひょこ動く複数の頭部が重なり、まるで順番に通り過ぎていく幽霊集団のようだった。下半分の像はもつれ合っているような幽霊の手足である。

「ああ、どういうことかわかったぞ」私は自信満々に言った。「ホームズ、例のフランス人の写真銃は小刻みに高速で十二枚連写できるという話だったね。きみが現像した写真には一枚に全部の像が入っているわけだね！」

ホームズはほほえんだ。

「まさしくそのとおり。マレーの装置を使うと、一続きの個々のコマをすべて一枚のなかに重ね合わせた写真を作れる。ほかの動く写真用のカメラでもセルロイド・フィルム一本にまとめられるが、精度や使い勝手はフィルムとレンズいずれにおいてもマレーのものには遠く及ばない。僕の目的は、〈スネイクリー・マンス館〉の住人の動作を細切れにして、変化を正確に把握することだった。それを実現してくれたのが、この写真なんだ」

私は感心しながらあらためて写真を見た。

「じゃあ、きみはこのいびつな像の意味がわかるのかい？」

「当然さ。ご覧よ、人物が丸窓を通過したわずか数秒間に頭がはっきりと上下動しているね。ここから得られる情報は多い。また、窓に近いほうの腕は目立って大きく振られている一方、反対側の腕はこちらからほとんど見えない。硬直した状態で身体の横に下ろしているため、左脚とほぼ重なっているせいだろう。そしてなにより重大なのは、左右の脚の運びがまるきり異なっている点だ。右脚の歩幅は左脚よりうんと大きい。これらを総合すれば、必然的にある結果が導きだされる。ここに写っている人物は、片脚をひきずって歩いているということだ」

ホームズの説明で画像が格段に鮮明になった気がした。なるほど、彼の言っていることは正しい。いまなら私にも一瞬で理解できる。被写体の人体は部位ごとに識別できるので、左から右への細かい横方向の動きを目でたどると、自分が見ているのはひとつの静止した瞬間ではなく、複数の静止した瞬間が凝縮されたものだと容易に納得できる。

　これは私にとって、マイブリッジがズープラクシスコープでとらえた、競走馬がその場で疾走している映像よりもはるかに衝撃的だ。丸窓の像では、自分が被写体とぴったり同じ速度で動いている感覚の代わりに、自分が時間を前へ後ろへ自由に移動できるような感覚をおぼえた。この不思議な錯覚に私は愕然《がくぜん》とするしかなかった。

「なんと驚異的な」私はつぶやいたあとで、ホームズがその写真から導きだした結論のことを思い出した。「片脚を引きずって歩くというのは大事な要素なのかい？」

「それこそが僕がこの実験で証明したかったことなんだ」

「そうか。それなら、よかった」私は遠慮がちにつけ加えた。「なぜ大事なのか、ぼくも理解すべきかい？」

　ホームズは人なつこい笑みを浮かべた。

「いいや。なぜなら、僕の方法について質問するのがきみの役目で、盛大に種明かしを披露するのは僕の役目だからね」

　私はため息をついた。

「そのとおりだな」積み重ねられた皿の一番上からパンを取り、口に入れてゆっくりと嚙《か》んだ。それから暖炉のそばの自分の椅子へ移動して、友人に言った。「じゃあ、こっちへ来て座ってくれ。きみの盛大な種明かしを披露してもらおう」

「すまないが、ワトスン、いまは時間がないんだ。僕はこれからキングストンへ行って、講演後のエドワード・マイブリッジと話をしなければならない。種明かしはもう少し待ってくれ」

私はたじろいだ。そういえば、マイブリッジのことを完全に失念していた。彼が今夜の講演会で新たに身の危険にさらされるかもしれないことを。脅迫はマイブリッジに必ず金を払わせるための単なる念押しで、実際に命が狙われることはないと思いこんでいた。たとえそうだとしても、いま頃マイブリッジは不安な気持ちに陥っているのではなかろうか。

「そうだな、彼を放ってはおけない」私は言った。「神経が高ぶっている場合にそなえて、往診鞄《かばん》を持っていくよ」

ホームズはきょとんとした表情で私を見つめた。

「僕は彼の健康状態を確認するために行くんじゃない。急いで彼と相談しなければならないことがあるんだ」

「そうか」私が浅はかだった。ホームズに限って、人間的な感情を謎解きの重要性より優先させるわけがないじゃないか。「じゃあ――」

「きみが同行するには及ばないよ、ワトスン。食事を済ませたまえ。そのあとは少し睡眠を取ったほうがいい。辻《つじ》馬車を一台、明朝四時に外で待たせておくよう手配した。それに乗って一緒にラウドウォーターのイズレイル・フェイの家へ行こう。僕らはそこで一連の犯罪事件の真犯人をつかまえることになる。今度はリヴォルヴァーを携行してくれたまえ」

第二十四章

「もう一度あの家へ忍びこんで、就寝中のフェイをつかまえるというわけにはいかなかったのかい？」

私は声をひそめてホームズに言った。正直なところ、こうしてまた何時間も藪《やぶ》のなかに隠れるのは気が進まなかった。ましてや今回は朝露で湿っている。

午前四時に迎えの馬車に乗りこんだとき、車内にはすでに大きなケースを抱えたマイブリッジの姿があった。いま、かたわらにいる彼とホームズは、そのケースから装置を取りだしているところだ。なにしろ馬車の座席を丸ごとひとつ占領するほど大きなケースなので、私は不運にも旅の初めから終わりまで窓に身体をぎゅっと押しつけていなければならなかった。

馬車に揺られているあいだのマイブリッジは口数が極端に少なく、前夜の出来事について私が尋ねても、おざなりの返事しかよこさなかった。よって、私はキングストン図書館でおこなわれた講演会の模様を、のちに新聞記事で大幅に補足してどうにか把握できた次第である。

むろん、物語の進行上、筆者としてはなるべくこの早朝の時点における事実に沿って記していくが、馬車でマイブリッジの重い口から明かされた内容だけでも、脅迫者がまたもや攻撃を仕掛けてきたことを知るには充分だったと言い添えておこう。

おそらく開催が急遽《きゅうきょ》決まったため、犯人は準備に充分な時間を割けなかったのだろう、脅しに使われたのはズープラクシスコープのスライドではなく、静止画像であるプリント写真だった。会場は図書館の二階の閲覧室で、マイブリッジは五十人の聴衆とそれ以上に多い新聞記者たち――席を確保できずドアの外で待機していた――を前に冒頭の挨拶《あいさつ》を終え、映写用の白いスクリーンを引き下ろした。ちなみにズープラクシスコープの操作係はおなじみの幻燈《げんとう》師、ジョージ・フェローズが務めることになっていた。彼は悪事に無関係だとマイブリッジが判断し、リバプールでの講演後も解雇されなかったのだ。

話を少し戻すと、マイブリッジがいつものとおりスクリーンを引き下ろした瞬間、フェイの細工があらわになり、聴衆は驚きのあまり呆然《ぼうぜん》とした。もっとも、細かい箇所まで瞬時に認識できたのはほんの数人だったろうが。それは、マイブリッジがヨセミテ渓谷で撮影し、鶏卵紙に焼きつけた立体写真のうちの一枚で、私がのちに得た知識では彼の既刊の写真集に収録されている作品の複製だった。《グレイシャー・ポイントの黙想の岩》と題され、シルエットのみだが、やはりマイブリッジ本人が写っている。ここでの彼は絶壁のてっぺんから突きだした岩に腰掛け、下方に見えるのは針山のごとくとがった森の頂きだけ。彼の両脚は岩の外のなにもない空間にぶらんと下ろされている――あたかも、これから飛び降りて死のうかと〝黙想〟しているかのようだ。

聴衆にそうした細部すべて、またはその写真が選ばれた意図までは理解できなかったとしても、フェイがおこなった加工は間違いなく見えたはずだ。写真は白いスクリーンの中央に固定され、しかもさして大きくはなかったが、フェイのしわざによって、ただでさえめまいがしそうな光景は幻覚めいた地獄図に変えられていた。若かりし頃のマイブリッジを囲む中空いっぱいに稲光がひらめき、ぶらんと垂らした脚の下方に広がる穴には先のとがった釘《くぎ》の忍び返しがついている。被写体の人物の小さな頭部は今回は無傷だが、たぶんそれは最初から黒いシルエットなので顔がすでにない状態だからだろう。代わりに、稲光の鋭い先端はすべて一斉攻撃のように彼のほうへ向かっている。

後日読んだ新聞記事が信じるに足るものならば、聴衆は皆同時に立ちあがると、その不気味な画像をよく見ようと前へじりじりと進んでいった。室内には恐怖にあえぐ声が無数に折り重なって、廊下の端まで聞こえたそうだ。これが物理的な妨害となって、マイブリッジの講演は本格的に始まる前に打ち切られた。激昂《げきこう》したマイブリッジは凝然とする聴衆の前で白いスクリーンを床に破り捨てると、繰り返し踏みつけた挙句、そこに覆いかぶさって悔しげに怒鳴りながら手でびりびりに引き裂いたという。

その早朝に私がそうした詳しい経緯を知っていたならば、マイブリッジへの質問は差し控えたかもしれない――というより、シャーロック・ホームズの評判がまた傷ついたことのほうが心配で、それどころではなかっただろう。修羅場と化した講演会場にホームズが不在だったという理由で、世間は恐ろしい事態を未然に防げなかった責任は彼にあると決めつけたからだ。とにかく、そのときの私は前夜の事情など知る由もなかったので、これから館《やかた》でなにが起こるのかよけい想像がつかなかった。

話がすっかり横道にそれた。語り手を早朝に館のそばの藪にひそんでいる私に戻すとしよう。

さっきからホームズとマイブリッジは黙々と作業していた。夜明け前で、まだ薄暗かったが、二人がケースから出している装置がマイブリッジの有名なズープラクシスコープにほかならないことだけはわかった。

私の無言の問いに答え、ホームズは館のほうへ顎《あご》をしゃくった。

「あの建物は秘密の通路だらけだ。たとえ前回僕らが徹底的に調べたとしても、ひとつふたつ見落としはあっただろう。それに、僕には錠前破りの技能が多少あるとはいえ、まったく音を立てずに成功させる自信はない。音で相手を警戒させる危険を冒すのは、すべてを失う危険を冒すことに等しい。屋内の廊下のどれが地下通路につながっているかわからないからね。すべての出口で待ち伏せするのはもとより不可能だ」

私は組み立てがほぼ終わりかけている装置を見やった。

「それで……フェイに動く写真を見せて注意をそらすことで、逃亡を阻止するつもりかい？」

ホームズは私の疑問を笑い飛ばした。

少しだけ時間を巻き戻そう。〈イルカ亭〉の近くで辻馬車を降りたあと、ホームズは低いスツールをここへ運んできた。私はなぜ一脚きりなのか不思議だったが、考えてみればマイブリッジは三人のなかで一番歳を取っているし、昨日の今日で、おまけに朝早くから活動していて疲労困憊《こんぱい》にちがいないから、彼のためなのだろうと納得した。もっとも、その予想も大外れだったわけだが。

いまようやく、スツールは座るために用意したのではないとわかった。ホームズは広い馬車回しを忍び足で横切り、スツールを玄関ポーチの左脇の窓の前に置いた。

ホームズが静かにこちらへ戻ってくる姿を見て、マイブリッジが私に言った。

「彼はどうしてあんなにしなやかに動けるんだ？　まるで大型の猫みたいだ。カメラを持ってこなかったことが悔やまれるよ。画像に記録したかった」

ホームズの猫を思わせる能力は聴覚にも宿っているらしい。私たちのそばまで来ると、彼は片脚ずつ上げてこちらに靴底を見せた。

「猫は猫でも、ゴム底のテニス・シューズを履いた大きな猫だ」と、さりげなく会話に加わってきた。

そのあとホームズは両手を差しだして、マイブリッジからズープラクシスコープを受け取った。

「作戦の準備は完了ですね？」ホームズが訊《き》く。

マイブリッジはうなずいた。さっき私は彼がガラスの円板をズープラクシスコープに取りつけているのに気づいた。そのときはどんな画像か見分けられなかったが、いまなら人体の動きを記録したものだとわかる。

ホームズもズープラクシスコープを点検し、それが終わると満足げに言った。

「では、僕はさっそくこれを配置すべき場所に配置し、内部のランプを点灯してくる。マイブリッジさん、あなたの任務はレンズの蓋《ふた》を開けることと、必要に応じてピントを合わせることです」

再びホームズは、クッションにのせた王冠を運ぶ家臣のようにズープラクシスコープをうやうやしく掲げ、馬車回しを音もなく横断していった。窓の前まで行くと、慎重な手つきでズープラクシスコープをスツールに置き、突きでたレンズの位置を窓ガラスにくっつかんばかりの距離まで近づけた。ここで私は、昨日館に忍びこんだ際にホームズが取った奇妙な行動を思い起こした。マッチ棒を窓枠の隙間にはさみ、カーテンの隅が少し持ちあがった状態にしておいたのは、ほかでもないこの窓だ。なるほど、ズープラクシスコープのスライドを外から家の内部に映しだそうというわけか。

戻ってきたホームズは、振り返って仕掛けの具合を確認し、両手をぎゅっと握り合わせた。

「では紳士諸君、全員配置につこう。ワトスン、裏口の見張りを頼む。僕は正面玄関の脇で待機して、ドアが開いた瞬間飛びだす。マイブリッジさんが果たすべき唯一の任務はズープラクシスコープの操作ですが、姿を見られないようくれぐれもご注意を。両名とも各自の任務は理解したね？」

二人ともうなずいたが、私は一言つけ加えずにはいられなかった。

「自分の任務はわかったが、計画の全体像がわからない」

突拍子もなくばかげた不平だとばかりに、ホームズはあきれ顔で私を一瞥《いちべつ》した。

「持ち場へ向かうのに、こそこそ移動する必要はない」ホームズは話を進めた。「マイブリッジさん、その装置を手早く操作するためなら多少の音は出てもかまわないし、獲物をおびき寄せるにはそのほうがかえって好都合です。でないと、敵が自然と目覚めてベッドから出るまで、こっちは延々待たされるはめになる。さあ、幸運を祈ろう。全員、作戦開始！」

ホームズはああ言ったが、私は裏のポーチへ移動する途中、ゆるい砂利を踏むしかない場所を除いて草地の地面を歩いた。持ち場に着くと、リヴォルヴァーを手にポーチの低い壁の横で中腰の姿勢になった。砂利を踏むしっかりとした規則的な足音が聞こえ、間もなくそれが止んだ。正面の玄関ポーチでマイブリッジがズープラクシスコープの上にかがみ、蓋を開けて映写の準備をしている姿が頭に浮かぶ。

しばらくは何事も起こらなかった。やがて、家の表側から足を踏み鳴らす音が聞こえた。私は一瞬焦り、持ち場を離れて様子を見に行こうかと思ったが、きっとホームズのことだから、眠っているイズレイル・フェイを起こすためにわざと音を立てているのだ、と自らに言い聞かせた。

数秒後、建物の内部から物音が聞こえた。最初は二階だった。そのあと誰かが急いで階段を下りてくる音。響き方が奇妙な具合だったが、ホームズの話では、地下道につながる秘密の通路がどこにあるかわからないとのことだった。ならば、フェイは意外と近くにいるのかもしれない。私が気づかなかった階段を使って、思わぬ方向からやって来る可能性は充分ある。

いつでも行動を起こせるよう身構えていたはずなのに、私はしゃがんだまま彫像のように固まっていた。また音が聞こえた。廊下を小走りに駆ける音と、それに続く恐怖のあえぎ。私が三つまで数え、もうなにも聞こえなくなったと思った直後、なにやらわめいている甲高い声が聞こえた。その声を脳裏で想像上のイズレイル・フェイの外見と一致させようとした。確か彼はマイブリッジと年齢が近く、二人は長年一緒に仕事をしていたんじゃなかったか？

その疑問をゆっくり吟味している暇はなかった。突然足音が復活し、しかもこちらへ進んでくるではないか。私はスタートラインの短距離走選手よろしく両手を地面につき、脚の筋肉全体に力をこめ、いつでも飛びだせる姿勢を取った。

おかげで、館の裏口のドアが開いた瞬間、私は待ってましたとばかりにイズレイル・フェイに飛びかかり、多少のもみ合いはあったがリヴォルヴァーで脅す必要もなく地面に組み伏せた。相手が抵抗をやめると、私は震えている男の上に馬乗りになって、その必要はないだろうとは思ったが、大声でホームズを呼んだ。友人は即座に建物の角から現われ、すぐあとにマイブリッジも恐怖におののいた顔で続いた。私はいったん立ちあがってから腰をかがめ、地面に伏せている獲物をひっくり返し――。

その男はイズレイル・フェイではなかった。

私は建物を見あげ、慌てふためいて言った。

「ホームズ、やつはまだ家のなかにいるぞ！」

友人は私の腕に片手を置いた。

「いいや、僕らは目当ての真犯人をつかまえたんだ」

私は縮こまっている男を見下ろした。中年と呼ぶにはまだ若い学問好きな感じの男で、きれいに髭《ひげ》を剃《そ》り、細縁の眼鏡をかけ、青白くてしまりのない顔をしている。一見したところ、それ以外はこれといって目立つ特徴はなかったが、記憶の奥底をかきまぜると、なんとなく見覚えのある気がしてきた。

「おまえと、どこかで会ったことがある……」私は不思議に思いながら言いかけ、ゆっくりと続けた。「リバプールじゃなかったか？」

その言葉を発したとたん、自分でそれは真実だと悟った。この男とまったく同じ顔をはっきりと思い出すことができた、眼鏡なしで、ふくれっ面をして突っ立っていた男。そうとも、リバプール公会堂の大広間の外でぶつかった男だ。詫《わ》びるどころか、私を恨みがましくにらみつけていた。恥ずかしながら、私は彼をただの不愛想で気の利かない職員だと思っていた。

相手からの返事はなかった。ただ全身をぶるぶる震わせ、額には玉の汗が噴きだしている。

「立ちたまえ、ブラッドウェル君」ホームズが命じた。

私は驚いて友人を振り向いた。逃げる気などひとかけらもなさそうな囚《とら》われの身の男に、ホームズは無言で手錠をかけた。

「なんだって？ じゃあ、これはイズレイル・フェイの秘書なのか？」私は叫んだ。

リチャード・ブラッドウェルはまだ震えが止まらない。目をかっと見開いて、私たちを順に一人一人見つめる表情は、襲いかかってくる敵ではなく救出に駆けつけた味方を前にしているようだった。ときおり家の内部をちらりと見やっては、いっそう身を震わせた。

「ああ、そうだ」ホームズは開いたドアを指して続けた。「さて、そろそろここよりも暖かい場所へ移動しよう。警察はじきに到着する」

「断る。あそこへは戻らない」ブラッドウェルは屋内に入るのを拒否した。「絶対に戻るもんか」

ホームズはほほえんで言った。

「きみは物事を決める立場にはないんだよ。だが心配しなくていい。きみの身の安全は僕が請け合う。こっちには幽霊を退治する手立てがある」

「そんなことができるわけ――」ブラッドウェルはおびえた表情で言いかけ、途中で口をつぐんだ。

ホームズはブラッドウェルを静かに薄暗い館のなかへ促した。マイブリッジと私もあとに続いた。囚われた男をじっくり眺めると、歩き方が妙にぎこちないのは、左脚の動きがこわばっているせいだった。

廊下まで来るとブラッドウェルは急に立ち止まり、家の奥を凝視した。なにを見ているのか気になって、私は前方へ進み続けた。

ズープラクシスコープを仕掛けてあると知っていても、その映像には私も身の毛がよだった。地下道へ通ずる例の白いドアに投写されているのは、幽霊じみた男の歩く姿だった。淡い色のスーツを着て、誰かに抱きつこうとするかのように両腕を前に突きだしている。私は遅まきながら思いあたった。つい昨日、この館の書斎で同じものを見た。ホームズが持ち帰ったあのガラスの円板だ。

「イズレイル・フェイか」私はつぶやいた。

撮影時は楽しげな光景だったのだろうが、暗くて陰気な場所で見ると、フェイの緩慢な動作はなんとも言えずまがまがしかった。薄気味悪い男が両手を広げた恰好《かっこう》で延々と近づいてくる。一続きの場面の反復なのだろうが、どこが切れ目なのか見分けがつかない。永遠に歩き続けているかのような錯覚に陥る。

マイブリッジが口を開いた。

「この連続画像はわたしの著書には収録されたことがない。被写体や動作の流れがうまく表現されていないからだ。その原因は、ひとつには真正面から撮ったこと、もうひとつはフェイが着衣の状態だったことだ。彼は一度でいいからモデルを務めたいと言って譲らず、わたしはしかたなく彼の要望に応じた。出来上がったスライドは、ちょっとした記念品としてフィラデルフィアにいるフェイに送った」

ブラッドウェルはまだ茫然《ぼうぜん》自失の状態ではあったが、さっきとは態度がわずかに変化していた。施錠された表玄関のドアへのろのろと歩きだす彼を、ホームズはそばで黙って見守った。ズープラクシスコープを置いた窓の前をブラッドウェルが通り過ぎた瞬間、イズレイル・フェイの姿がすっと消えた。だが、長く低いうめき声とともにブラッドウェルがよろよろとあとずさると、亡霊は再び姿を現わした。

第二十五章

間もなく私たちは、館《やかた》のなかで最も設備の整ったフェイの書斎に落ち着いた。私は必要なものがすべてそろっている暖炉に火を入れた。自身の大事なズープラクシスコープを撤収しに行って、最後に入ってきたマイブリッジは、酒のキャビネットでブラッドウェルを含む全員の分のブランデーを用意した。はたから見れば、和気あいあいとした友人同士の集まりに思えるかもしれない――一人だけ手錠をかけられ、不自由そうに両手でブランデーのグラスを持ちあげていることを抜きにすれば。

私はホームズを部屋の隅に連れて行って耳打ちした。

「ぼくにはわからないことだらけだが、なにより気にかかるのは、本当に警察が来るかどうかだ。さっきそう言ったのは、ただのはったりじゃないか？　きみは警察を呼んでなどいないし、レストレイド警部は当人が断言したとおり、不確かな状況のうちは応援をよこすはずがないからね」

ホームズは私の肩をぽんと叩《たた》いた。

「請け合うよ、警察は必ずじきにやって来る。僕らが犯人をつかまえたあとに通報を受けたんだから、不確かな状況じゃない」

「しかし、どうやって――」

「僕の友人であるベイカー・ストリート・イレギュラーズの少年が、然《しか》るべきときに一通の手紙をスコットランド・ヤードに届けたんだ。その手紙には、犯罪者の身柄を確保したと最大限の力強い表現ではっきりと書いてある。罪状の一覧表も添えてね。また、犯人がかかわった最近の出来事の経緯や、その重大性を明記したうえで、ハイ・ウィコムの地元警察にも即刻知らせるよう進言しておいた」

私はすっかり面食らった。

「いや、待て、きみはいつの間にイレギュラーズの少年と接触したんだい？」

「答えは簡単さ。接触などしなかった。少年は手紙を届ける正確な時刻をあらかじめ指示され、僕は彼が過たずそれを実行すると信じた。それだけのことだ。すべては信頼の問題だよ、ワトスン。僕は手足となって働いてくれる者に信頼をおいているし、こういう事前の手配は、かっきり午前七時にリチャード・ブラッドウェルの逮捕に自分が成功するという自信に基づいている。それに先立って、逮捕を実行可能なだけでなく正当なものにすべく、ブラッドウェルが犯罪者である裏付けも集めておく自信があった。僕はレストレイドとの約束をきっちり果たしたんだ」

なんだか空恐ろしくなって、友人をまじまじと見た。充分な確証をつかまないうちから警察の出動を要請するとは、なんという大胆な賭《か》け。次はなにをしでかすやら――まだ起こってもいない犯罪を解決するんだろうか？

「まったく、ひやひやさせられるよ」私は言った。「ブラッドウェルが逮捕の正当性に納得している様子だからいいようなものの、危険な綱渡りだ。それにしても、彼はすっかり観念したらしい」

私はいったん切って続けた。

「なあ、ホームズ……そろそろぼくとの約束も果たしてくれていい頃だと思うんだが。ぼくは質問者役で、きみは麗々しく種明かしする役なんだろう？」

ホームズの口もとに微笑が浮かぶ。「ああ、そうだね」

「では……」私はマイブリッジを会話に加えるため、暖炉の前へ戻って肘掛椅子《ひじかけ》のひとつに腰を下ろした。「いったいどういう嫌疑でブラッドウェルをつかまえたのか、教えてくれ」

ホームズはマントルピースの上にブランデーのグラスを置き、円形に並べられた肘掛椅子の中央に立ってブラッドウェルと向かい合った。イズレイル・フェイの動く映像を見て以来、囚われ人はショックのあまり顔が引きつったままだ。

「最初から始めよう」と切りだしてから、ホームズは少し間をおいた。「いや、正確には最初ではないかもしれない。真の出発点に立つならば、カリフォルニアでイズレイル・フェイが初めてエドワード・マイブリッジと会った一八七二年にまでさかのぼらないといけないだろう」

マイブリッジは無言だったが、自身とブラッドウェルの運命がどのくらい密接にからみ合ったのか見極めようとするかのように目を細めた。書斎へ入ってきたとき、依頼人は真っ先に中央の机へ行って、ガラスのスライドを一枚一枚手に取って眺めた。きっと、このうちのどれが次に疵《きず》つけられ、脅しに使われるはずだったんだろう、と考えていたにちがいない。

ホームズは今度はマイブリッジに向かって続けた。

「焦点を当てるべきは、あなたご自身の経歴だ。動物と人体に関する仕事のみならず、駅馬車の大事故による怪我や、あなたが引き起こしたハリー・ラーキンス少佐の死も含めて」

マイブリッジはグラスからブランデーがこぼれそうな勢いで背筋を伸ばした。

「わたしが心神耗弱をきっぱり否定したにもかかわらず、無罪の判決が下った。わたしの行為は正当と認められたのだ！」

ホームズは小さくお辞儀をした。

「ですから、僕はその件に個人的な関心はまったくありません。あなたの人生におけるそうした出来事の影響と、それらがイズレイル・フェイによっていかに利用されたかが気になるだけです」

私は口をはさんだ。「フェイがマイブリッジさんの伝記を書きたがっていたことを言っているんだね？」

「そのとおり。フェイはまず、マイブリッジさんの特異な過去は世間の興味をそそる話に仕上げられそうだと目をつけた。さらに、特異な過去こそがのちに成功の礎になっていることにも気づいた」

マイブリッジの顔に再びさっと怒りの色がさしたが、口は閉じたままだった。

「繰り返すが、僕はそれをとやかく言うつもりはみじんもない」ホームズは続けた。「ただ事実を述べているまでだ。マイブリッジさんの業績自体が立派であることは間違いないが、有名になったのは当人の私的事情に負うところもある。そのためイズレイル・フェイは、伝記の執筆にあたって綿密な調査と巧みな文章だけでは不充分だと考えた。投資先の業績不振で苦境に立たされていただけに、彼はなんとしても伝記を成功させたかった。そこで、エドワード・マイブリッジの名声を復活させようと――」

「復活？」マイブリッジがどら声で訊《き》き返す。

「はい、そうです」ホームズは即答した。「あなたは数年前からご自身の栄光に陰りが生じていることを見逃すほど鈍感ではないでしょうし、それを躍起になって否定しても無駄だと気づく程度の知性はお持ちのはずだ」

懲らしめられた恰好《かっこう》になって、マイブリッジはぐうの音も出なかった。

「フェイのたくらみについては前に話し合ったとおりです。過去の功績だけでなく、こじれた対立関係も掘り返すことで、好評、悪評を問わずマイブリッジさんの存在感を世間に売りこむねらいだった。

馬に轢《ひ》かれかける事故を仕組んだ第一の目的は、新聞記者にマイブリッジさんが制作した同じ動物の写真を思い起こさせるため。スライドの人物画像を疵つけたのは、マイブリッジさんが危険な輩《やから》同士の醜悪な争いの渦中にあると喧伝《けんでん》する印象操作。が、イズレイル・フェイはもう若くはない。伝記の執筆と伝記の主人公への脅しという二本柱の計画を実行するには、協力者が必要だった。そこで登場するのがリチャード・ブラッドウェルだ」

ホームズが座っている囚《とら》われ人を身振りで示すと、相手は神妙な顔でうなずいて、グラスをからかうように掲げてみせた。

「教えてくれ」ホームズは言った。「フェイとの契約では、やるべきことを一から十まで指示されていたのか？」

「彼からは、この男をどう脅すか具体的に聞かされていたわけじゃない」とブラッドウェルは答え、隣に座っているマイブリッジのほうを臆面《おくめん》もなく平然と見やった。「だが、いまにして思えば、単なる口述筆記以外のこともやってもらうとほのめかされたのは事実だ。彼とのあいだで、ぼくの道徳心や腕力を試すような話し合いが多々あったことは認める」

ホームズはうなずいた。フェイの秘書の率直な態度に満足したようだ。

「事情を正確に把握したいので訊くが、伝記の作業はどのくらいまで進んでいた？」

ブラッドウェルは笑って、部屋の中央の机にのっている書類の束を指した。

「完成間近だった。個人的な感想を言えば、単純な内容だ。マイブリッジの人生は皆が思うほど魅力的じゃないんだろう。フェイが正しかったよ。伝記を成功させるには、マイブリッジの名をもう一度世間に広めるしかないと考えてた」

話しているときのブラッドウェルは、さっきまでとは人が変わったような態度だった。うわべの余裕は完全に剝《は》がれ落ちて、いまは全身がぎこちなくこわばり、左肩の線が大きな重しをのせているかのようにいびつにゆがんでいる。そんな彼をホームズもマイブリッジも食い入るように見つめているが、めいめい目的は別だろう。ホームズが相手の一挙手一投足から意味をすくい取ろうとしている一方、マイブリッジは相手の姿勢や動作そのものに興味があるようで、いわば芸術家の目で鑑賞している。

「では、マイブリッジさんが二度も馬車に轢かれかけたのは、きみのしわざだと認めるんだね？」ホームズが尋ねる。「彼のガラスのスライドを、疵をつけておいた複製とすり替えたのもきみだね？」

「ああ、認めるよ」ブラッドウェルは躊躇《ちゅうちょ》なく答えた。「朝飯前の仕事だった。標的は敏捷《びんしょう》なわけでも、勘が鋭いわけでもない。そう、二回とも手綱を握ってた御者はぼくだ。講演会では彼の真ん前を通った。彼のほうは顔を上げもしなかったけどね」

マイブリッジの頰が赤く染まる。私はブラッドウェルを叱り飛ばしたくなったが、考えてみれば、私もブラッドウェルをすぐ目の前で見ていながら疑念をかけらも抱かなかった。下手に口出しして、このうぬぼれやのならず者にその事実を思い起こさせることになったら、癪《しゃく》にさわる。

「なるほど、では――」

室内の高まる緊張をまだ察していないかのように、ホームズが軽い口調で言う。「すべてが順調に進んでいたわけだな。伝記は準備中、マイブリッジの評判はうなぎのぼり。脅迫事件の調査を僕が引き受けたことも追い風になったはずだ」友人は急に口をつぐんだ。「僕への依頼は誰の発案だ？　きみ、それとも雇い主？」

「ぼくだ」ブラッドウェルは苦々しげに答えた。

ホームズはにやりと笑った。

「見上げた根性だ。おめでとうを言わせてもらうよ。むろん、その名案はきみの破滅のもとにもなったわけだが、とりあえずきみの野心はたたえよう」

ブラッドウェルの表情から自信が抜け落ちた。通常なら、私はそれを見ていい気味だと思ったのだろうが、別の考えが頭に割りこんできて、それどころではなくなった。興奮のあまり完全に失念していたが、今朝〈スネイクリー・マンス館〉に着いたときはイズレイル・フェイをつかまえることになると予想していたのだった。

「フェイはどこだ？」私はほとんど無意識に疑問を口にした。

「彼は死んだ」ホームズがそっけなく答えた。

私は啞然《あぜん》としてホームズを見た。そのあとブラッドウェルに視線を移すと、彼はかぶりを振っていた。

マイブリッジが苦悶《くもん》のうめきを発した。「嘘だと言ってくれ」誰にともなく懇願口調でつぶやく。

「いや、真実だ」とホームズ。「この男が彼の死に関与している」

それを聞いてブラッドウェルは初めて椅子から立ちあがった。本人は飛びあがったつもりだろうが、手錠と不自由な左脚のせいで中途半端な動きになった。

「ぼくはフェイが消えたことには無関係だ」元秘書は否定した。「だいいち、彼が死んだとは思わない。この家からいなくなっただけだ。もうずっといないよ。ぼくが〈スネイクリー・マンス館〉に戻ってきてから、一度も姿を見ていない。戻ったといっても、不当解雇について直談判《じかだんぱん》したかっただけだ。まあ、彼に指示されたまっとうでない任務を盾に、交渉を有利に進める算段だったのは否定しないけどね。ところが、ノックしても呼び鈴を鳴らしても応答がなかったので、まだ手もとにあった鍵《かぎ》でドアを開けた。それ以来ここに住んでる」

ホームズは愉快げに彼を見た。

「それ以来、フェイのマイブリッジ脅迫計画を継続してきたことも認めるね？」

「ああ、認めるとも。自分がまったくの無実だと主張する気はないよ、ホームズさん。警察が来たら、彼らの前でも正直に認めて、その結果に向き合うつもりだ」

今度のホームズは恐れ入ったとばかりの態度だった。

「ほう、臨機応変はきみの持ち味だね。窮地に立たされたものだから、軽い犯罪だけ白状して、重い犯罪には知らんぷりを決めこもうという魂胆か。うまい戦術だ」

「じゃあ、ブラッドウェルがフェイを殺したのか?」私は訊いた。

ホームズがうなずく。

私は暖炉のほうを向いて火格子の炎を見つめ、頭のなかであれこれ足し算を始めた。あることに思いあたった瞬間、なぜもっと早く気づかなかったのかと自分を責め立てたくなった。

「わかった気がするよ」私はゆっくりと言った。「〈スネイクリー・マンス館〉には暗室がない」

皆を振り返ると、片眉《かたまゆ》を上げたホームズと目が合った。

「続けてごらん」と彼が促す。

「この家の元家政婦は、薬品が配達されてきたと話していた。その時期はブラッドウェルがここで雇われていた期間と重なる。ぼくが思うに、そこにあるガラスの円板は——」

私は机の上のスライドを指した。

「フェイがペンシルベニア大学に雇われていた頃に失敬したもの、でなければ伝記の資料としてマイブリッジさんから預かったものだろう。いずれにせよ、すでに完成品だからここで現像する必要はなかった。それに、マイブリッジさんへの脅迫に薬剤が使われた形跡はまったくない。そうなると、薬品の用途はイズレイル・フェイに一服盛るためだったんだ。それで彼は殺された」

ブラッドウェルは恐れおののく表情をまとった——〝まとった〟という表現を使った

のは、見せかけだと私は確信したからだ。すると、ホームズはさも感心した様子でにっこり笑った。

「でかしたぞ、ワトスン！」

「じゃあ……正解なのか？」

「いいや」

私は大きくため息をついた。「なんだ。ぬか喜びさせないでくれ」

「だが、なかなかいい線いっているよ！」友人は言った。「出だしからつまずくよりはましだろう？」

私は肩をすくめた。謎解きの興奮は急速に冷めた。

「それなら、実際にはなにが起こったんだい？」

「確かにブラッドウェルはフェイに毒を盛った。二カ月以上にわたってね。ブラッドウェル、きみの意図は雇い主を衰弱させて、彼の事業を牛耳ることだったんだろう？現に、雇い主が最近おこなった動く写真に関わる新技術への投資では、書類にきみの名前が入っている。それまでのイズレイル・フェイより、きみのほうが先見の明があるんだろう。フェイが長年求めていた有能な秘書だけのことはある。もっとも、周囲の全員を欺きたいというゆがんだ欲求はいただけないがね。それを抜きにすれば、いずれきみは金持ちになれたかもしれない」

ブラッドウェルは首を振った。「なんの話かさっぱりわからないね」

「それならけっこう」ホームズはやや落胆した口調で答えた。「現時点の情報に基づいた推測に頼るとしよう。僕はきみが毒物を毎日微量ずつ用いたと信じている。ただし、この方法にせよ別の方法にせよ、フェイを殺すつもりはなかった」

「しかし、さっきはフェイが死んだと言った」私は思わず口をはさんだ。

ホームズは鋭く私を見たあと、視線をそらした。険しい態度をすっとゆるめ、大股《おおまた》で暖炉へ歩み寄っていく。

「〝つもりはなかった〟という表現に注意してほしいね。ブラッドウェルはフェイを殺すつもりで殺したんじゃない。計画的な殺人ではなかった」

「ぼくは殺してなんかいない！」ブラッドウェルは怒鳴った。

「否定して当然だ」ホームズは穏やかに言った。「あの晩は、自分のやったことにさぞかしショックを受けたにちがいない。彼を殺した晩だよ。きみは逆上していたんだろう？　その原因がなんなのか素直に話すつもりはないだろうから、僕が代弁しよう。フェイは自身の企てを後悔し始めていた。だから、旧友のマイブリッジに洗いざらい打ち明けるつもりだった」

マイブリッジは窒息しかけたような真っ赤な顔で、ブラッドウェルを力なく見つめた。ブラッドウェルは黙って身体を震わせ、暖炉の前で行きつ戻りつしているホームズをおびえた目で見やった。

「もしそのとおりだとしたら」ホームズが続ける。「見せかけであれ、きみが冷静さを保てたかどうか、はなはだ疑問だ。現に家政婦はあの晩、怒鳴り声を聞いている。といっても、きみがフェイに襲いかかる前ではなく、フェイの死後にきみが口論しているふりをしたんだろう。それも自分の犯行の痕跡《こんせき》を消す計画の一部だった。そうだね?」

ホームズは沈黙を肯定の証拠と受け止めて、うなずいた。

「それじゃ、あとは凶器の特定だけだな」

友人は暖炉の左側で立ち止まり、マントルピースから対になった真鍮《しんちゅう》の胸像のひとつをつかんだ。そのまま右へ移動して、片割れの胸像も手に取った。二つをひっくり返すと、解剖劇場(当時の医学教育における円形のすり鉢状になった解剖用の教室)で学生たちを前にした外科医よろしく掲げ持った。

「こちらの胸像は」右手をより高く掲げた。「最近になって磨かれている。四角い台座部分は特に念入りに。だが、もう一方はこの館《やかた》にある大半の家具や調度品と同様、埃《ほこり》をかぶっている。言うまでもないが、この胸像を一番握りやすいところで持つとすれば頭部で、反対側の台座は殴打の凶器になりうる。台座の鋭い角はとりわけ殺傷力が高そうだ。また、顔面への一撃は特有の傷ができ、隠すのも言い逃れするのも難しい。彼は即死だったのか、ブラッドウェル?」

全員の頭が元秘書のほうを向いたが、彼は依然としてホームズしか目に入らないようだった。

「さっき自分で認めたじゃないか。推測だと」ブラッドウェルは澄まして言い返す。

「あなたの言っていることは荒唐無《む》稽《けい》な空想でしかない。証拠を持っていないのは明らかだ。警察がそういう作り話を鵜呑《うの》みにしないのも同じくらい明らかだ」

ホームズは胸像を二つともマントルピースに戻した。

「胸像の台座に付着した血痕《けっこん》が僕の主張を裏付ける物証になるが、きみの意見にも一理ある。確かに、ハイ・ウィコムから来る警官たちは、僕の〝作り話〟とやらには耳を貸さないだろう。だが、ビショップス・ストートフォードの警察からは別の反応を得られるはずだ。スコットランド・ヤードも然《しか》り」

ブラッドウェルがホームズの発言に驚いたのだとしたら、それを抜け目なく巧妙に隠したことになる。私のほうはたまらずにあっと叫んだ。マイブリッジの視線は答えを探すかのように、ホームズとブラッドウェルのあいだをすばやく行ったり来たりした。

「フェイがイライアス・グリフィンに贈ったミラー湖の写真について、きみはいつ知ったんだい？」ホームズは尋ねた。

「なんのことかわからない」ブラッドウェルが即座に答えた。

「あくまで白を切るわけか。勝手にするがいい」とホームズ。「約二カ月前のことだったと仮定しよう。その写真の存在を知ったきみは、フェイが取り組んでいる伝記よりはるかに価値がある、少なくとも容易に換金できる現実的なお宝だと考え、それを横取りしようと決めた」

相変わらずブラッドウェルはだんまりを決めこんでいる。目にいたずらっぽい光をたたえ、ホームズはさりげなくつけ加えた。

「ところで、きみは気づいたかな。あの写真に入っていたサインはフェイが書いた偽物だと」

ようやくホームズの一撃が効いた。ブラッドウェルの身体からがくっと力が抜け、椅子にくずおれた。

「全面的に認めたわけではないんだろうが」ホームズは快活に言った。「きみのいまの反応は励ましと受け取るよ。僕が追っている線は正しいと確信できた。サインが偽物だったのは本当だ。あのヨセミテ渓谷の写真を奪い取るというきみの目論見《もくろみ》は、そもそもの前提が間違っていたんだ」

そのとき、マイブリッジから私が言おうとしていた反論が出た。

「しかし、実際には彼は盗んでいない！　あの写真は火事で一部焼けた。タイムズ紙にはっきりそう書いてあったぞ！」

「おっしゃるとおりです」とホームズ。「それもブラッドウェルの臨機応変な対応を示す証左です。〈チャロナー・ハウス館〉を最初に訪問した際、彼は離れのイライアス・グリフィンの寝室に問題の写真が飾ってあるのを確認し、それを盗みだす計画を立てた。ところが、二度目の訪問までに彼の目的は大きく変わった。その結果が、新聞で痛ましい不幸な出来事として報じられた事件だ」

「待ってくれ、ホームズ！」私は新たに重大なことに思いあたり、気がつけば叫んでいた。「リチャード・ブラッドウェルはグリフィン家の客人、つまりマーティン・クリサフィスと同一人物だと言うのか？」

ホームズは力強くうなずいた。

「それじゃ……」私は言いかけたまま椅子から立ち、暖炉の前の敷物の上を行きつ戻りつした。「それじゃ、火事で黒焦げになったのは……あの遺体は……」

「イズレイル・フェイだ」ホームズが代わりにしめくくった。

すると、マイブリッジの震えるしわがれ声が低く響いた。

「さっきはマントルピースの上の置物で殴り殺されたと言っておきながら、今度は焼死したと言いだした。いったいどちらが本当なんだ？　どちらの図も当分わたしの脳裏から消えてくれそうにないがな」

「両方とも真実です」ホームズは気の毒そうに答えた。フェイはマイブリッジの友人なので、その不運な男を話題にするにあたっては、ホームズも配慮を忘れないよう心がけているらしい。「イズレイル・フェイはこの部屋で、リチャード・ブラッドウェルと言い合いになって殺害されました。そのあと、ブラッドウェルは遺体を〈チャロナー・ハウス館〉の火災現場に遺棄したのです」

それに対してブラッドウェルは否定も肯定もしなかったが、不遜《ふそん》な態度は跡形なく崩れ去った。ホームズを見あげる気力もないのか、室内に一人きりでいるかのようにむっつりと暖炉の火を見つめた。

「ブラッドウェルはグリフィンの信用を得ようと、エイブラハム・クリサフィスの息子を名乗ることにした」ホームズの話は続く。「緻密《ちみつ》な計画を練るのが信条なので、まずは下見の目的で〈チャロナー・ハウス館〉に一泊し、ヨセミテ渓谷の写真を盗みだすために必要な事柄をすべて確認しておいた──そのとき、ついでにイライアス・グリフィンがセルロイド・フィルムの研究に費やした長い期間を台無しにしてやろうと目論んだ」

私は友人の説明をむさぼるように聞いていたが、ここまで来るとさすがにお手上げだった。文字どおり片手を上げて言った。

「ちょっと待った。ブラッドウェルはなぜそんなことを？　動く写真に関わる新規事業に投資していくつもりなんだろう？　グリフィンが取り組んでいる現像技術も同じ分野に含まれると思うんだが」

「なぜかというと、グリフィンは研究成果を独り占めするつもりで、完成までは事業を公にする気はなく、外部の人間は投資しようにもできないからだよ。それともうひとつ、雇い主のフェイになりすましたブラッドウェルは、すでにほかの企業に実質上ギャンブルに近い多額の投資をおこなっていた。セルロイド・フィルムに退色しにくい染料を定着させる画期的技術を開発中の企業にね。これはグリフィンが手がけているのと同種の研究だ。つまり、イライアス・グリフィンの成功はリチャード・ブラッドウェルに多大な損害をもたらすことになる」

「じゃあ、それを阻むのと同時に盗みを働こうと……」私はあっけにとられ、背中を丸めているブラッドウェルを振り向いた。彼の大胆不敵さには畏敬《いけい》の念すらおぼえる。

「そう、一石二鳥をねらったわけだ」ホームズが私の言葉の続きを補った。「しかし、衝動からイズレイル・フェイを殺害するという過ちを犯したせいで、ブラッドウェルは計画の大幅な変更を余儀なくされた。フェイに少しずつ毒を盛って投資を乗っ取るという当初の目論見は、むろん卑劣ではあるが、理にかなっていて手堅い。だがフェイが死んでしまうと、この世に存在しない者になりすまして投資を意のままに操るのは不可能だ。マイブリッジの伝記も、版元と打ち合わせをおこなう著者がいなくなれば頓挫《とんざ》してしまうだろう。

とはいえ、ブラッドウェルがすこぶる機転の利く男であることはすでに立証済みだ。この危機もとっさの判断で見事に回避した。まず、はずみでフェイを殺してしまった直後、この部屋で激しく口論している芝居をした。翌朝は使用人全員に解雇を言い渡し、自らも退職する。これで当面は犯罪が発覚する恐れがなくなると、新たに今回の至妙な計画を立て、フェイ殺しの証拠隠滅をはかった。この計画が最後までうまく行っていれば、一定期間ではあっても、ブラッドウェルはフェイの財産を引き続き好きなようにできただろう。雇い主は遠く離れた場所にいると主張すればいいんだからね。

こうして時間稼ぎするあいだに、ブラッドウェルはマイブリッジさんへの対処法を変更した。伝記の出版があてにならないならば、マイブリッジさんの名を広める戦術は別の新たな目的に活《い》かすしかない。かなり無遠慮なやり方だが、ブラッドウェルは自身の計画から少しでも多く収穫を得ようと必死だった。そんなわけで、マイブリッジさんから金を脅し取ることにしたんだ」

マイブリッジがいきなり立ちあがって、ブラッドウェルに殴りかかろうとした。私は急いで止めに入り、彼の両腕を引っ張った。

「わたしを強請《ゆす》ったのは単なる付け足しだったというのか？」マイブリッジの怒号がとどろく。

ブラッドウェルは落ち着き払って相手を見あげ、「そうだ」とぶっきらぼうに答えた。

この返事に、マイブリッジの身体から力が抜けていくのが私の手に伝わってきた。

「わたしが百ポンドを支払っていたら、さらに金を要求してくるつもりだったのか？」

「もちろん」

私はブラッドウェルの計算高さにあらためて舌を巻いた。自発的に白状する罪と、頑《かたく》なに否定する罪とにはっきり線引きしているようだ。そんなやり方はこれまで見たことがない。

「さあ、おかけください」ホームズはマイブリッジに言った。「お怒りはごもっともですが、このままでは話が脱線してしまいます」

マイブリッジを椅子に座らせてから私は言った。

「そうだな。ホームズ、きみはブラッドウェルの新しい目的、つまり死体の処分について話そうとしていた」

私はブラッドウェルがビショップス・ストートフォードの〈チャロナー・ハウス館〉に到着する図を想像してみた。すると、あることを思い出した。イーディス・グリフィンのメイドが馬車の近づいてくる音を聞いたという話だ。音はしたものの、結局馬車は見なかったという。ブラッドウェル扮《ふん》するクリサフィスは、運賃を払ったあと馬車から旅行鞄《かばん》と大きなトランクを下ろし、トランクのほうは手近な植え込みに隠してから、玄関へ向かったのかもしれない。そして、夜遅くなってからこっそりトランクを取りに戻ったのだろう。イズレイル・フェイの遺体を詰めてあるトランクを――。

自分でも気づかないうちに叫んでいた。「紫色の寝間着！」

「すばらしいよ、ワトスン」とホームズ。「それは確実に真相を解く鍵《かぎ》となる。で、寝間着がどうしたんだい？」

「きみは〈チャロナー・ハウス館〉の植え込みで紫色の糸を一本を見つけた。焼死体、すなわちフェイの遺体は、紫色の寝間着姿だった。ということは、クリサフィスに化けたブラッドウェルが遺体を植え込みから離れへ移動させたとき、寝間着のほつれた糸が抜け落ちたんだ」

「きみは真相に限りなく近づいているよ。離れの脇の地面に残っていた奇妙な跡が示しているとおり、ブラッドウェルは重い荷物をわざわざ作業場の戸口まで運んでいった。

おまけに、大きなトランクを引きずっていくのは遺体をむきだしで運ぶよりも数段手間がかかる。それなのに、なぜ彼はそうしたのか？」

ブラッドウェルになったつもりでその晩のことを想像したら、背筋がぞっとした。

「死体を持ちあげて肩に担ぐのは、どうしても耐えられなかったからだろうな」

「そのとおり。ましてや相手を殺したことに強い自責の念を抱いていれば、なおさらだ。自分の罪を否応《いやおう》なく思い起こさせる死体とは、じかに接触するのをできるだけ避けたいだろう。その点にはきみも同意するね、ブラッドウェル？」

そもそも殺人を認めるつもりのないブラッドウェルは当然同意などしなかったが、ホームズが押し黙っている相手にいらだつ素振りはまったく見受けられなかった。

「同じ理由で」とホームズは続ける。「死体の偽装においても、ブラッドウェルは一番容易な手段をあえて取らなかった。本来なら、フェイをクリサフィスと思わせたいならば、単純に自分がクリサフィス役を演じる際の服を着せればいい。だが実際には死体に触れたくないがために、わざわざ手間をかけて紫色の寝間着を購入し、〈チャロナー・ハウス館〉で自らそれを着用した。フェイがこの書斎で殴り殺されたときに着ていたのと同じデザインの寝間着をね」

私は思わず身震いした。少しのあいだ忘れていたが、そういえば自分たちが座っているこの部屋で一人の男がむごたらしく殺されたのだった。フェイの恨めしげな幽霊が、さっき階下で映写されたような姿で現われるのではないかと、私は思わず知らず室内を見まわした。

「だから」私は脳裏をさまよう幽霊を振り払いたくて急いで言った。「ブラッドウェルは紫色の寝間着姿をグリフィン父娘《おやこ》にわざと見せようとしたんだな。焼死体の身元特定の決め手と判断されるように。この計略のためには、彼は寝間着だけの恰好《かっこう》で母屋を出なければならない。それで大きな荷物を隠し場所の植え込みから引きずりだした際、寝間着がとげのある枝に引っかかり、きみがのちに見つけた糸がそこに残ったわけだ」

「状況を実にうまくまとめてくれたね。では、続きだ。不測の事態が生じて計画を断念し、急いで部屋へ引き返す場合も想定する必要があった。その心配さえなければ、彼はあらかじめ死体と一緒に隠しておいた新しい服にすぐ着替えただろうが、実際には火をつけたあとだったと思われる。あの晩、ビショップス・ストートフォードの通りを紫色の寝間着姿で歩きまわったとは考えにくいからね。そうだろう?」

犯行の複雑な経過を楽しそうに解き明かしていく友人を見て、私はいくぶん苦々しさを感じた。

「ブラッドウェルの計画の全体像がやっと見えてきた気がするよ」私は言った。「だが、いくつかの細かい点はまだ理解しきれていない」

ホームズは声をあげて笑い、もったいぶった顔つきで私に目配《めくば》せした。これは種明かしのクライマックスを告げるファンファーレ代わりの間合いだ。過去にも幾度となく見てきた表情だが、そういうときの私は、主役のホームズを守《も》り立てる芝居小屋の呼び込み係としてふるまうことにしている。

「特に知りたいのはどんな点だい？」と彼に訊《き》かれた。

「そうだな」私は考えこんだ。「まず、ブラッドウェルはどうやって火傷《やけど》ひとつ負わずにフェイを猛火に包まれた建物へ運びこめたのか。それから、なぜ施錠されてもいないドアを壊したのか」

ためらったあとにつけ加えた。「もうひとつ、グリフィンは普段から作業場の安全には気を配っていたのに、なぜあれほど激しく燃えたのか」

「すばらしい質問ばかりだ」ホームズはそう言って懐中時計を見た。「まだ時間はあるから、警察の到着前に全部答えられるだろう。ブラッドウェル君、自分で答えるかい、それとも僕が続けようか？」

ブラッドウェルは顔を上げさえしなかった。

ホームズは落ち着き払ったまま、再び二人の熱心な聞き手と三人目のむっつりとした聞き手に向かって話しだした。

「当夜の犯行のなりゆきを初めからおさらいしよう」ホームズは言った。「最初の関門はごく単純に、作業場の鍵を入手することだった。離れのドアは二つとも内側から施錠され、イライアス・グリフィンは寝室でぐっすり寝ていた――だが、グリフィンは安全意識は高くても、防犯意識はあまり高くなかったようだ。数日前から暖かかったことも一因だろう。そんなわけで、ブラッドウェルは合鍵を作るのにだいぶ苦戦させられそうだと覚悟していたはずだが、案に相違して、たやすい解決法が転がりこんできた」

私は夜間に離れへ行ったグリフィンを、建物の外から目撃したときのことを思い返した。いつもの習慣なのだろう、彼はジャケットを脱ぐと片手を伸ばし――。

「窓際にコート掛けがあった！」私は大声で言った。

「そうだ。しかも暖かい晩だから、窓は開け放たれている」ホームズが補足した。「グリフィンのジャケットのポケットに複数の鍵がばらばらの状態で入っていた。こっそり持ち去るのはさして難しくなかったろう」

ホームズはブラッドウェルを一瞥《いちべつ》した。青年はうずもれそうなほど深く椅子に沈みこんでいる。

「これで鍵が手に入った。第一関門突破だ。さあ、ブラッドウェルは作業場のドアを開けて、フェイの死体を室内の床に置くことができたぞ。ところがね、ブラッドウェル君、痕跡《こんせき》を残さないよう念には念を入れたつもりだろうが、きみの行動を暴いてくれる証拠ははっきり残っていたんだ。

ワトスン、離れの横の砂地の小径に、なにかが通った奇妙な跡があったろう？　深さや、あとになって火事の熱で地面が固まったことを根拠に、フェイの死体が入った重いトランクを引きずったせいだと結論付けた。それから、あの跡が深くなったり浅くなったりしていたのも憶《おぼ》えているかい？　僕はあれで初めて、不規則な歩き方をする人物の存在に気づいたんだ。ブラッドウェルは自分が片脚を引きずることを知っていたので、離れへ近づくときは草地を歩いて、砂地に足跡が残るのを防いだ。しかし、足跡の特徴――左が毎回外へはみ出していた――から、彼の存在は明白だった。マイブリッジさん、あとでお見せしますが、僕はあなたから拝借した写真銃で、動いているブラッドウェルの連続写真を撮ったんです。彼の普段の歩き方が、砂地の小径の足跡と一致することを示す動かしがたい証拠になるでしょう」

マイブリッジは感心したふりをするだけの良識は持ち合わせていたが、両目はどんよりしていた。疲労のせいでホームズの話についていくのがつらいか、ブラッドウェルの悪だくみが自分の将来に及ぼす影響が気になってしかたないかのどちらかだろう。

「次はなにかな?」ホームズは思いにふけった。「ああ、そうだ、火事だ。作業場の鍵に加え、ブラッドウェルは薬品の保管庫の鍵も手に入れた。薬品はすべて、離れからも母屋からも充分な距離がある物置にきちんと整理されていた。グリフィンの所有物で火事を起こすとは実に巧妙な方法だが、使ったことが発覚する危険と表裏一体だ。そこで抜け目ないブラッドウェルは、細工を終えたあとに中身の減った容器に水を足しておいた。これなら発覚を遅らせることができると踏んだわけだ。その姑息《こそく》なごまかしを、僕は中身の匂いを嗅《か》いだだけで見破ったよ。

ワトスン、水差しをめぐる不可解な事柄を憶えているかな。離れには水差しが二つもあったのに、マーティン・クリサフィスを名乗る客の寝室にはひとつもなかった。彼が寝室の水差しを消火のために離れへ持っていったのなら、ある程度落ち着きを保っていたはずだが、その一方で、母屋を出る際に家の誰にも火事を知らせないほど気が動転してもいた。この矛盾はね、簡単に説明がつくんだ。本当のところは、グリフィンの水差しが空っぽになっていた場合にそなえて、使った薬品の瓶に補充する水を用意していったのさ。ちがうかい、ブラッドウェル？」

秘書が返事をしないので、ホームズはかまわず続けた。

「きみの計画では、可燃性の化学品を作業場に撒《ま》いてから火のついたマッチを放るつもりだった。しかし、グリフィンまで巻き添えにするのはためらわれた。彼の研究は妨害しても、命を奪うことには最後に良心のブレーキがかかったんだな。それだけ突発的なフェイ殺しが心に重くのしかかっていたんだろう。今朝だけでなく犯行以来ずっと、きみが彼の幽霊にどう反応していたか考えれば、答えはおのずと明らかだ」

「幽霊だと？」マイブリッジが訊いた。

ホームズにとっては予想していた質問らしい。

「ご承知のとおり、幽霊は世を去った人を想起させますからね。今朝の幽霊は、あなたのズープラクシスコープを使った映像でした。幽霊に対するブラッドウェルの極端な反応こそが、今日彼をとらえるために僕が立てた計画の土台なんです。思いついたきっかけは、当人の最近のふるまいでした」

そこでホームズは私のほうを見た。

「わかるだろう、フェイが描かれたガラスのスライドに付着していた蠟《ろう》のことだよ」

どうつながるのかわからず、私は首を横に振った。

ホームズは父親じみたしぐさで片手をブラッドウェルの肩に置いた。

「この男はもともと強靭《きょうじん》な精神の持ち主だが、さすがに過労気味で、存在しないものが見える状態に陥っていた。前にも言ったが、フェイ殺しは彼には珍しい衝動的な過ちだ。その日以来、状況に即して計画を見直し、なすべきことを着実に冷静に実行していたが、元雇い主の死についてはおのれを責めさいなむ毎日だった。僕は机の上にフェイの姿があるスライドを見つけて、ひとつだけ浮いた存在だと感じた。マイブリッジさんへの脅しには使いっこないものだからだ。もし使えば、マイブリッジさんのみならず、そこに居合わせた人々にも、脅迫犯の正体に勘づかれる恐れがあった」

ホームズはさらに続けた。

「それからね、ワトスン、スライドの表面にこびりついていた蠟は、本来とは異なる特殊な用途に使われていたしるしだよ。あれは死者の霊を祀《まつ》る一種の祭壇だったんだ」

私ははっと息をのんだ。

「じゃあ、きみがあのスライドを失敬したのは、ズープラクシスコープに使うためだけではなかったのか」

「僕はブラッドウェルが感傷的で迷信深いという確証を得るなり、今回の計画を思いついた。だが、いまのきみの指摘どおり、スライドが消えたと彼に気づかせるのも同じくらい重要だった」ホームズは再びブラッドウェルに向かって言った。「きみは昨晩、キングストン図書館から戻ってすぐにこの部屋へ入ったね？」

　ブラッドウェルはホームズを憎々しげに見つめた。

「そうにちがいない」とホームズ。「きみの取った行動が目に見えるようだよ。マイブリッジさんの連続写真のごとく、脳裏にはっきりと映しだされる。帰宅したきみは、キングストンへ持っていったスライドを置きに真っ先にこの部屋へ来た。講演会で用をなさなかったスライドをね。技師のジョージ・フェローズがズープラクシスコープのそばから片時も離れなかったため、スライドをすり替えるのは断念し、白いスクリーンで脅しを実行せざるを得なかったわけだ。

　さて、ここへ入ってきたきみは、フェイの写ったガラスの円板がなくなっていることに気づく。気づかないはずがないさ。迷信深いせいで、どこかへ片付けてしまうこともできず、いつもそばを通るたび足を止めては、押し寄せる罪悪感に抗《あらが》っていただろうからね。とにかく、フェイの円板は消えていた。しかもそれがあった場所には蠟の塊が残っている。きみが罪悪感から逃れたい一心で神に、またはフェイ本人に祈っていた際、その円板の上で燃やしていたのと同じ蠟燭《ろうそく》から垂れたものだ。そうした条件のもと、きみの想像力が超自然的な筋書きを創りあげるのが僕のねらいだった。フェイのさまよえる魂が恨みをこめて蠟の跡を残した、ときみが思いこんでくれれば、しめたものだ。

　よって、ズープラクシスコープで出現させたフェイの姿は、きみが毎日祈りを捧《ささ》げていた円板の像とちがって等身大だから、一瞬幽霊にしか見えなかっただろう。きみは肝をつぶし、すっかり取り乱した。言っておくが、そのとおりだときみに認めてもらうには及ばない。今朝の実験結果から、真相に近いのは火を見るよりも明らかだ」

「非の打ち所がないよ、ホームズ」私は言った。「だが、いまの細々した説明でも、ブラッドウェルの〈チャロナー・ハウス館〉での行動は読み解けない。彼は良心の呵責《かしやく》をそれ以上積み重ねたくなくて、イライアス・グリフィンを二人目の無垢《むく》な犠牲者になる運命から救おうとしたんだったね」

「きみは生まれながらの物語作家だな、ワトスン。脱線しないよう軌道修正してくれてありがとう。本筋は僕がさっき話したとおりだ。そうした理由から、ブラッドウェルは放火の前に離れからグリフィンを避難させた」

　私はかぶりを振った。

「それはちがうよ、ホームズ。グリフィンは急に目が覚めて、離れから慌てて飛びだした。火事に気づいたからだ」

　ホームズは笑った。「火事はまだ起きていなかった」

　私は目を丸くした。「焼けた柱や梁《はり》をこの目で見たんだ！」

　ホームズの顔に哀れみの色が浮かぶ。かわいがっているペットが芸に失敗したのを憂えているような表情だ。

「ワトスン、また因果関係をごっちゃにしているよ」

「どういう意味だい？」

「グリフィンは作業場からの出火に気づいたが、離れの一部を焼失させるに至った火を実際に見たわけではないんだ。この点については現地で話したろう、ワトスン？　グリフィンはその晩どんな行動を取った？」

私は暖炉に顔を向け、火格子のなかの火事よりうんと小さい炎を見つめた。

「グリフィンはふと目を覚ました。音か熱のせいで」ホームズがこちらをちらっと見たので、私はすぐに言い直した。「たぶん音のほうだろう。彼の寝室は少ししか焼けていなかったから。当然ながら彼は飛び起きて、作業場に続く室内ドアを開け――」

「ちがう」ホームズが私の言葉をさえぎった。「まだ開けない。だがドアへは行った。よく考えるんだ」

「彼は……ドアにはまったガラス越しに炎を見た」

「よし。あのガラスはかなり分厚かっただろう？」

「ああ。だが、それでも……」私は自分の反論をどう着地させればいいかわからなくなった。

「実を言うと、階下のズープラクシスコープの仕掛けは、ブラッドウェル当人の創意に満ちた仕掛けがもとになっているんだ」

ホームズはブラッドウェルがなにか言うのを待つ素振りを見せたが、もったいない賛辞にも反応はいっさいなかった。

私はてのひらで自分の額をぴしゃりと叩《たた》いた。「ガラスに炎を映しだしたのか！」

「正解！」ホームズが威勢よく言う。「ああいう分厚い曇りガラス越しなら、短い尺であっても効果てきめんだったはずだ。しかも、ブラッドウェルはさらに効果を高める工夫をしたと思うね――ワトスン、きみが言ったようにグリフィンが目覚めたのは音のせいだろう。火がパチパチ燃えるような音は簡単に作りだせる。なにか固い材質のもの、たとえば出火の原因とされたセルロイド・フィルムなどを使えばね」

そのあとホームズは再びブラッドウェルのほうを見たが、相手は炉床のほうへ顔をそむけていた。

「よって、グリフィンは目と耳で火を認識した。そのあとは？」ホームズが私に続きを促す。

「今度こそ室内ドアを開けようとしたと思う。愚かしい判断だが、とっさの行動としては理解できる」

「そのとおりだ。彼はドアノブに触れた――が、急いで手を引っこめた。ワトスン、きみが教えてくれたんじゃなかったかい？　夜に離れへ往復するグリフィンを見たとき、しきりと左のてのひらをさすっていたと」

私はぴんと来ないまままうなずいた。

「娘さんに確認し、彼は左利きだとわかっている。よって僕の見立てはこうだ。グリフィンは室内ドアを開けようとしたが、ノブをつかんだとたん手を火傷《やけど》してあきらめ、作業場を救うにはただちに母屋へ助けを呼びに行くしかないと考えた。もっと証拠が必要なら、作業場側のドアノブが変色していたことをつけ足そう。あれはなんらかの手段で金属部分の表面が高温で熱せられたせいだ。しばらくのちに放たれる火を上回るほどの高温で。むろん、金属製のノブを熱すると、内部のシリンダーを伝わって反対側のノブも熱くなる」

「すべてブラッドウェルが考えついたのか！」私は驚きを禁じ得なかった。

ホームズがくすくす笑って言う。

「すべてじゃない。計画どおりグリフィンが母屋へ戻ってくれたので、それを見届けてからブラッドウェルは作業場に火を放った。おぞましい話だが、遺体の身元がマーティン・クリサフィス以外の人間だと気取られぬよう、元雇い主の顔は大量の薬品でつぶした。もうひとつ、鍵《かぎ》をコート掛けのグリフィンのジャケットに戻す前に取った行動がある。作業場のドアをわざと壊したんだ。クリサフィスはグリフィンを助けようとドアを破って建物に飛びこんだ、と見せかけるために。実際に皆そう思いこんだが、僕はだまされなかった。きみと現場を調べたとき――」

「そうだね、彼は先にドアを施錠しておくのを忘れた」私は続きを引き取った。

ブラッドウェルの様子をうかがうと、苦しげに目をつぶっていた。計画をすっかり看破されたうえ、失策を容赦なくあげつらわれた。私にはささいな失策に思えても、本人にとっては痛恨のきわみだろう。大きな屈辱を味わっているにちがいない。そう考えると、私は自然と胸のすく思いがするのだった。

「そのとおり」ホームズが言う。

それから友人は窓辺へ行き、カーテンを開けた。夜明けが訪れていた。修道院めいた書斎に射しこむ曙光《しょこう》は、私たちを夢から覚めさせた。ちょうどアルハンブラ劇場の客席照明がぱっと明るくなったときのように。

「ああ、警察だ」ホームズは〈スネイクリー・マンス館〉の私道を見下ろして言った。

「文句のつけようがない絶妙のタイミングだな――彼らはいついかなるときも三十分で現われる」

ホームズは暖炉のそばへ戻ると、ブラッドウェルに立てと合図した。秘書は文句を言わず従い、ホームズの前を歩いてドアへ向かった。

第二十六章

マイブリッジも私も椅子に腰かけたままだった。私は放心状態、マイブリッジは考え事に没頭している様子だった。彼はじっと固まっていたが、ホームズとブラッドウェルが目の前を通り過ぎたときだけ、突然生気が宿ったかのように目をすばやく動かし、二人を頭のてっぺんから爪先《つまさき》までじろじろ見た。

階段に二組の足音が響き、それに続いて玄関のドアが開いて閉じた。

マイブリッジがおもむろに私のほうを向いた。

「野心にあふれた青年であることは誰も否定できまい」と彼は言った。「あのしたたかさと、逆境を成功に変えようとした奮闘ぶりは賞賛に値する」

ブラッドウェルとマイブリッジの共通性に思いあたって、私は身体中に震えが走るのを感じた。マイブリッジも激情に駆られて人を殺《あや》め、罰を逃れ、その後勝利を目指して突き進んだ。

「だが、あの男は化け物だ」私は狼狽《ろうばい》しつつ言った。「あなただって、もう少しで餌食《えじき》になるところだったんですよ。フェイが亡くなったため、伝記で収入を得る見込みが潰《つい》えると、ブラッドウェルは強請《ゆすり》で儲《もう》ける作戦に切り替えた。スライドの脅し文句どおりあなたを地獄送りにする気だったかどうかは別として、公衆の面前でそう宣言したのは事実です。それに、本人が白状したように、あなたが要求された金を払ったとしても、強請をやめるどころか、もっとしぼりとるつもりだった――あなたが破滅するまで」

このとき私はふと、真相は新聞でどのように報じられるんだろうと思った。そこで、筆者の特権である後知恵と先見の明の両方を適宜組み合わせて語っていきたい。

誰もが知るとおり、その後マイブリッジの世評は急速に元の状態へ逆戻りした。写真術の発展に寄与した功績のみが取りあげられ、彼のカリフォルニア時代のあれこれや、本書では大きな関心事であったイギリスでの度重なる不気味な脅迫事件などは見向きもされなくなった。

今回の一八九六年三月の出来事に関して、公式記録をたまたま目にした人々もいるだろう。しかし、その内容はでたらめに近いごたまぜで、ホームズの名声に汚点が若干残ったままなのも釈然としないが、当人は誤解を正すための行動はなにも起こさなかった。凶悪犯逮捕の立役者がホームズだったことは新聞で大きく報じられたものの、彼が事件の本質をつかみそこねて途中でよそ見をした、という印象は何年か経ったいまも消えていない気がする。本人が世間の評判にまったく関心がなかろうと、私にとってはなんの慰めにもならない。『顔のない男たち』のタイトルで発表を予定している、事件の全貌《ぜんぼう》を記した本書が、公式記録を修正するのに役立ってくれるのを願うばかりだ。

では、〈スネイクリー・マンス館〉の書斎の場面に戻ろう。

マイブリッジはぼんやりとうなずいたが、自分も被害者だったにもかかわらず、あのような悪事を働いた男に対して悪感情はひとかけらも抱いていないようだった。私の話など全然聞いていなかったのか、感慨深げにこんなことを言いだしたのである。

「あの青年を撮ったクロノフォトグラフをぜひとも見たいものだ。独特な歩き方以外にも、彼の動作には観察しがいのある点が多い。ぎくしゃくした不思議な動きは、ああいう人間のよこしまな心を表わしているのかもしれんし、その逆で、心のはたらきが手足の動きに影響を与えているのかもしれん」

それについて、私はしばし考えこんだ。リバプール公会堂の講演会で、私はホームズに冗談めかして言ったおぼえがある。〝ああいう装置の派生型が広く応用される日が来たら、きみの出番は減ってしまうかもしれないね。結果からさかのぼって推理しなくても、出来事を低速で振り返って、解明したい重要な部分を忠実に再現すればいいんだから。この世には謎などひとつも存在しなくなりそうだ〟と。

将来、人間の動作を記録撮影して分析することで、犯罪を解明できるようになるかもしれない。その方法なら時間をゆるめられるし、マレーのクロノフォトグラフや、横一列に並んだ複数台のカメラで制作されたマイブリッジのズープラクシスコープを用いた映像なら、時間を完全に停止させることもできる。ギャロップする馬の脚は四本とも同時に地面を離れるかという疑問が、マイブリッジの映像を一目見るだけで解決できたのならば、それ以外の謎も容易に解けるのでは？

アルハンブラ劇場の観客は、スクリーン上の映像で掏摸《すり》の行動と欲求を理解した。掏摸の行動を一回目と同様の精度で再現してほしいと彼らが望めば、それも簡単にかなえられた。まさしく動く写真の登場によって、この世は曖昧《あいまい》でなくなるのだろう……しかし、そうした方法で謎を解くという考えは、逆に私をいっそう混乱させた。その新しい世界では、いったいどこで現実を直接体験すればいいのだろう？

マイブリッジは私の返事を待たず、物思いに沈んだ口調で言った。

「ご友人のホームズさんにも興味が湧いた。わたしは自分の今後の仕事はもう実用的な写真を撮ることではなく、過去の成果を総括することくらいだと思っていたが……どうだろう、ホームズさんはわたしの研究のためにモデルを務めてくれるだろうか？　これまで彼と会うたび気になっていたことがあってね。さっき真相究明に成功したとき、彼の珍しい特徴を顕著な形で拝むことができた」

彼は目を輝かせてこう続ける。

「ホームズさんの身のこなしは……きわめて独特だ。空を飛翔《ひしよう》する鷹《たか》か、大地を駆ける山猫のごとくなめらかで、危険な匂いを放っていながら無駄がなく抑制が効いている。あのような動きはこれまで見たことがない」

今し方心がざわついていたにもかかわらず、私は頬をゆるめた。世は移り変われども、ゆるぎない物事や人々は必ず存在し続けるだろう。身体の動きをつぶさに調べられることに友人が同意するはずないのはわかっている。それでも私は、〞かけがえのない親友シャーロック・ホームズの魅力事典〟に今回新たな項目が加わったことを、心から喜ばしく思うのだった。

著者あとがき

本書は現実の出来事と架空の出来事を織り交ぜた物語になっています。例を挙げると、エドワード・マイブリッジの写真やズープラクシスコープのスライドにまつわる記述（〝ヘッドスプリング〟やそれを妨害する〝羽ばたく鳩〟のくだりも含む）はすべて事実に基づいていますが、イズレイル・フェイは実在しない架空の人物です。

マイブリッジに関する事実について、フィラデルフィアとカリフォルニアでの業績、シカゴで開かれたコロンブス万国博覧会への参加、トーマス・エジソンやエティエンヌ・ジュール・マレーとの関係、それから――妻の愛人、ハリー・ラーキンス少佐の殺害など、言及するにあたっては正確さを心がけたつもりですが、もし誤りがあればすべて著者の責任です。

アメリカから帰国してキングストン・アポン・テムズへ戻ったあとのマイブリッジは、いくつかの住所を転々とします。一九〇四年に亡くなったときは従姉妹《いとこ》のキャサリン・スミスと同居していましたが、本書の時代設定である一八九六年にその家に住んでいたかどうかは確認できていません。一八九五年頃から、彼は実際に『アニマルズ・イン・モーション』（最終的に刊行されたのは一八九九年）の編集作業に取り組み、散発的な講演旅行を実施していました。リバプール公会堂でも、一八九六年三月十九日に地元の写真愛好家団体を対象にした講演会を開いています。もちろん、幸いにしてこの時期の彼は、本書とちがって誰にも脅迫を受けることなく平穏に暮らしていました。

オーギュストとルイのリュミエール兄弟が発明したシネマトグラフや、ロバート・ポールのアニマトグラフ（別名テアトログラフ）の初期の上映について、事実と矛盾しないよう留意しました。ポールは一八九六年三月二十五日にロンドンのアルハンブラ劇場で自身の装置を用い、即興絵師のトム・メリーがオットー・フォン・ビスマルクやドイツ皇帝ヴィルヘルム二世を描くシーンなど、いくつかの映像を上映しています。ちなみに、ヴィルヘルム二世のほうのシーンは初期イギリス映画の宝庫である〝BFI Player〟（英国映画協会のオンライン配信サービス）で無料で鑑賞できます。

ただし、《掏摸の逮捕》については補足が必要です。この三十秒のシーンは実際には覗《のぞ》き眼鏡式装置でしか観られません。本書での観客の反応は、一八九六年にロバート・ポールとバート・エイカーズによる《兵士の求婚》(The Soldier's Courtship)が披露された際のものを拝借しました。これら二本の映像は、イギリス最初の劇映画の座を競う関係にあります。

本書で挙げたアルハンブラ劇場の演《だ》し物はほとんどが実際にプログラムに記載されていましたが、同日に上演されたかどうかは定かでありません。

謝辞

エドワード・マイブリッジの生涯にまつわる細々した事柄は、ロバート・バートレット・ハース氏の『MUYBRIDGE: Man in Motion』とマータ・ブラウン氏の『Eadweard Muybridge』、さらにはトム・アンダーセン氏による一九七五年制作のドキュメンタリー映画《Eadweard Muybridge, Zoopraxographer》を参考にしました。スティーヴン・ハーバート氏作成のウェブページ「The Compleat Eadweard Muybridge」も特にマイブリッジの生涯年表に詳しく、大変役立ちます。

イギリスの初期の映画には個人的に昔から関心がありました。この魅力的なジャンルの文化史に造詣《ぞうけい》を深めたい者なら誰もが、BFI/FutureLearn のオンライン講座「The Living Picture Craze: An Introduction to Victorian Film」に参加し、BFI Player が無料提供してくれる宝の山を渉猟することでしょう。

いつもながら、熱意をもって取り組んでくれた担当編集者のキャット・カマーチョ氏と版元のタイタン・ブックスの関係者には大変お世話になりました。

最後に、ローズをはじめとする家族全員に感謝を捧《ささ》げます。

訳者あとがき

ティム・メジャー（Tim Major）によるヴィクトリア朝ロンドンを舞台にしたホームズ・パスティーシュ第二作、『The New Adventures of Sherlock Holmes――The Defaced Men』（二〇二二）の全訳をお届けします。

第一作『新シャーロック・ホームズの冒険』では、自分が創作ノートに記したとおりの殺人が起きた、と信じこむ売れっ子の探偵小説家が依頼人で、ワトスンが手を焼くほど個性的な性格の持ち主でしたが、本書の依頼人も一筋縄ではいきません。なんと、実在の人物であるエドワード・マイブリッジがベイカー街二二一Bを訪ねてくるのです。

〝映画の父〟と聞けば、真っ先に思い浮かぶのはフランスのリュミエール兄弟やアメリカの発明王エジソンかもしれません。しかし、写真から動画への発展を語るうえで欠かせない存在といえば、〝動く写真〟を広めたエドワード・マイブリッジでしょう。イギリス人の彼はアメリカでも長年活動し、疾走する馬で有名な連続写真を生みだしました。ただし、過去に取り返しのつかない大きな過ちを犯しているうえ、本書では彼のせいでホームズが世間から批判される事態に陥ります。今回も悩めるワトスンの心情に寄り添いつつ、固い絆《きずな》で結ばれた名探偵と名相棒の冒険をご堪能《たんのう》いただけたら幸いです。

これより先、本書とコナン・ドイルのホームズ物語（以下、正典）の内容に触れる箇所がありますので、ご注意ください。

簡単にあらすじを紹介します。

前述の一癖も二癖もある御仁は、依頼の際に自身の映写機用スライドを見せ、何者かに脅されていると訴えます。被写体は彼本人で、そこにつけられた不吉な疵《きず》は確かに命の危険を感じて当然のものでした。さらに、ホームズとワトスンは依頼人の講演会に参加し、新たに同様のスライドが映写されるのを目の当たりにしますが、なぜかそれ以降ホームズは脅迫事件に興味を失った様子。しかも、ますます評判を落とすのではと気をもむ親友の不安をよそに、別の遠い場所で起きた火災事件を追い始めます。ホームズの真意とは？　一見無関係に思われる二つの事件に果たしてどんなつながりが？

マイブリッジの登場にともない、彼の発明品ズープラクシスコープ以外にアニマトグラフやクロノフォトグラフといった、当時の画期的な技術も物語にからんできます。あえてタイトルは伏せますが、正典で早くも蓄音機を活用して見事に犯人をとらえたホームズ。本書でもおもしろい切り口の活躍ぶりをお楽しみいただけるでしょう。

ご参考までに、火事や燃え殻が大きな意味を持つ正典作品として、「ボヘミアの醜聞」、

「ノーウッドの建築業者」、「ショスコム荘」の三編を挙げておきます。未読の方は「最後の事件」とあわせて、ぜひこの機会にお手に取ってみてください。

訳出作業にあたってはおもに次の文献を参照しましたが、齟齬《そご》や誤りがある場合はすべて訳者の責任です。

『世界映画全史 1―4』ジョルジュ・サドゥール著、村山匡一郎他訳（国書刊行会）
『年表 映画100年史』谷川義雄編（風濤社）
『カラー版 世界写真史』飯沢耕太郎監修（美術出版社）
『映画の考古学』C・W・ツェーラム著、月尾嘉男訳（フィルムアート社）
『MUYBRIDGE'S Animals in Motion』CD-ROM & Book（Dover）
『写真歴史博物館図録 写真の発展―感光材料とカメラの進化―』（富士フイルム株式会社 FUJIFILM SQUARE）

最後に、株式会社KADOKAWAの郡司珠子氏と小川和久氏、ならびに校閲の方々には大変お世話になりました。心より感謝いたします。

二〇二三年四月

駒月雅子

解説

若《わか》林《ばやし》踏《ふみ》（書評家）

英国の作家コナン・ドイルが生んだ、名探偵の代名詞であるシャーロック・ホームズ。その活躍譚《たん》を自分でも書いてみようとパスティーシュに挑む作家は、今でも後を絶たない。

近年、ホームズ・パスティーシュ作品に取り組んだ作家で最も名高いのはアンソニー・ホロヴィッツだろう。『カササギ殺人事件』（山田蘭訳、創元推理文庫）や『メインテーマは殺人』（同）などの作品で、現代英国本格謎解き小説の第一人者として日本でも知名度を獲得したホロヴィッツだが、『カササギ』以前に『シャーロック・ホームズ絹の家』（駒月雅子訳、角川文庫）と『モリアーティ』（同）という二つのホームズ・パスティーシュを発表している。

二〇二三年に話題を呼んだホームズ・パスティーシュと言えば莫理斯《トレヴァー・モリス》『辮髪のシャーロック・ホームズ　神探福邇の事件簿』（舩山むつみ訳、文藝春秋、邦訳は二〇二二年刊）だ。ホームズ物語を清代末期の香港に移して描いた本作は、第九回日本翻訳大賞や第十一回翻訳ミステリー読者賞を受賞するなど、高い評価を得た。このように本国イギリスのみならず、世界中で様々な切り口のホームズ・パスティーシュが今も生まれているのだ。

さて、そんな中で新たなホームズ・パスティーシュの書き手として注目しておきたいのがティム・メジャーである。本書『顔のない男たち』はメジャーによる〈新シャーロック・ホームズの冒険〉シリーズの第二作に当たる作品だ。前作ではアビゲイル・ムーンという人気ミステリ作家が持ち込んだ奇妙な依頼に挑んだホームズとワトスンのコンビだが、本書の依頼人もこれまた風変わりで、しかも実在の人物である。

依頼人の名はエドワード・マイブリッジ。一八三〇年にイギリスのキングストン・アポン・テムズに生まれたこの人物は、移住先のアメリカでカリフォルニア州知事からの頼みで、馬の動く姿を連続で分解して捉《とら》えることに成功した。さらにマイブリッジは馬の動きを、「ズープラクシスコープ」という装置を使って投影する技術を作り、活動写真の誕生に大きな影響を与えた。まさに世界の映像史に名を残す写真家なのだが、同時に彼は妻の愛人を射殺して一時期は刑務所で過ごしたという、スキャンダラスな一面も併せ持つのだ。こうした数奇な運命を辿《たど》った歴史上の人物が一八九六年三月、シャーロック・ホームズとジョン・H・ワトスン博士が同居するベイカー街二二一Bで対面するところから物語は始まる。

実在の著名人とホームズが絡むパスティーシュの例は数多い。例えばクリスマスをテーマにしたアンソロジー『シャーロック・ホームズ　四人目の賢者　クリスマスの依頼人Ⅱ』（ピーター・ラヴゼイ他著、日暮雅通訳、原書房）では、オスカー・ワイルドやオー・ヘンリーといったホームズと同時代を生きた文化人たちが続々と登場する。日本では島田荘司《しまだそうじ》『漱石と倫敦ミイラ殺人事件』（光文社文庫）、柳広司《やなぎこうじ》『吾輩はシャーロック・ホームズである』（角川文庫）と、ロンドン留学経験のある文豪・夏目漱石《なつめそうせき》を絡めたものが書かれている。なかには松岡圭祐《まつおかけいすけ》『シャーロック・ホームズ対伊藤博文』（講談社文庫）のような意外な組み合わせの作品もあり、各国で自由な発想のもと、稀代《きたい》の名探偵と偉人が結びつく物語が刊行されているのだ。

だが、実在の人物との共演で言えば、ヴィクトリア朝時代のロンドンを恐怖に陥れた〝切り裂きジャック〟との対決を抜きには語れないだろう。エラリイ・クイーン『恐怖の研究』（大庭忠男訳、ハヤカワ・ミステリ文庫）、マイケル・ディブディン『シャーロック・ホームズ対切り裂きジャック』（日暮雅通訳、河出文庫）、エドワード・B・ハナ『ホワイトチャペルの恐怖　シャーロック・ホームズ最大の事件〈上・下〉』（日暮雅通訳、扶桑社ミステリー）などなど、古今東西あらゆるミステリ作家が切り裂きジャックとホームズを戦わせている。切り裂きジャック事件はホームズ物語の第一作『緋色の研究』から第二作『四つの署名』が書かれる間に起こったが、ホームズの物語には〝切り裂きジャック〟事件への言及が一切ない。こうした部分が作家の想像を刺激し、ホームズの「語られざる事件」として着想が生まれるのだろう。

話を『顔のない男たち』に戻そう。エドワード・マイブリッジがシャーロック・ホームズの下を訪ねたのは、自身が何者かに脅迫されているので、その脅迫者の正体を突き止めて欲しいという調査依頼を行うためだった。マイブリッジいわく、連続写真の講演中に映写した自身の顔に傷が付けられていたり、街中で馬車に轢《ひ》かれそうになるなど、何度か身に危険を感じた時があるという。講演中に使った映写機を調べたところ、〝RIP〟という文字がひっかき疵《きず》として残されていた。エドワード・マイブリッジなど実在の人物や時代背景に関する考証については著者あとがきが、コナン・ドイルの正典との関連については訳者あとがきに記載があるので、そちらをご参考いただきたい。ここではミステリとしての構造や技巧について言及しておこう。本書ではホームズとワトスンが調査を進める内に、幾つかの不可解な謎を孕《はら》んだエピソードが出てくる。それらが一体どのように繋《つな》がっているのか、判然としない部分もあるまま物語が進行していく。しかし、やがてホームズが謎解きを始めた途端に大きな一つの絵が浮かび上がり、読者を驚嘆させるのだ。小さな謎を一つずつ解明することで、全体像を結んでいく楽しさが本書にはある。

本格謎解き小説としての評価軸で言うと、手掛かりの配置が絶妙である点を称揚しておきたい。謎を解くために、読者は各所に配置された手掛かりが、それぞれ推理のどの部分で使うべきものかを検討しながら読み進めることが求められているのだ。手掛かりの撒《ま》き方について、かなり細やかな神経を作者は使っているように思う。

火星で起きた密室殺人を描いたＳＦミステリ〝Universal Language〟に関するインタ

ビュー（https://www.runalongtheshelves.net/interviews/2021/4/8/interviewing-tim-major）のなかでティム・メジャーは「物語の全体像を綿密に作り上げた後、さらに手掛かりの種を撒く」といった趣旨の発言を行っている。つまりは謎解きにおける手掛かりについて、並々ならぬこだわりを持っている作家であるということだ。何よりも手掛かりの配置に関する技巧を重視する姿勢は、本格謎解き小説のファンは好感を持って受け止めるのではないだろうか。

〈新シャーロック・ホームズの冒険〉シリーズは、現時点では三作まで刊行されている。次作の『Sherlock Holmes & The Twelve Thefts of Christmas』では、ホームズ物語史上、最も忘れられぬキャラクターであるアイリーン・アドラーの名前がついに内容紹介に登場している。キャロル・ネルソン・ダグラスによる『おやすみなさい、ホームズさん　アイリーン・アドラーの冒険〈上・下〉』（日暮雅通訳、創元推理文庫）など、アイリーンを主役に据えたパスティーシュも多いが、それ故にティム・メジャーがどのように物語を仕立て上げているのか、邦訳が待ち遠しい。

本書は、訳し下ろしです。

新《しん》シャーロック・ホームズの冒険《ぼうけん》

顔《かお》のない男《おとこ》たち

ティム・メジャー　駒月雅子《こまつきまさこ》＝訳

令和５年 ６月25日　初版発行

発行者●山下直久

発行●株式会社KADOKAWA
〒102-8177　東京都千代田区富士見2-13-3
電話　0570-002-301（ナビダイヤル）

角川文庫 23700

印刷所●株式会社暁印刷
製本所●本間製本株式会社

表紙画●和田三造

ISBN 978-4-04-113602-7　C0197

◇◇◇

角川文庫発刊に際して

角川源義

第二次世界大戦の敗北は、軍事力の敗北であった以上に、私たちの若い文化力の敗退であった。私たちの文化が戦争に対して如何に無力であり、単なるあだ花に過ぎなかったかを、私たちは身を以て体験し痛感した。西洋近代文化の摂取にとって、明治以後八十年の歳月は決して短かすぎたとは言えない。にもかかわらず、近代文化の伝統を確立し、自由な批判と柔軟な良識に富む文化層として自らを形成することに私たちは失敗して来た。そしてこれは、各層への文化の普及滲透を任務とする出版人の責任でもあった。

一九四五年以来、私たちは再び振出しに戻り、第一歩から踏み出すことを余儀なくされた。これは大きな不幸ではあるが、反面、これまでの混沌・未熟・歪曲の中にあった我が国の文化に秩序と確たる基礎を齎らすためには絶好の機会でもある。角川書店は、このような祖国の文化的危機にあたり、微力をも顧みず再建の礎石たるべき抱負と決意とをもって出発したが、ここに創立以来の念願を果すべく角川文庫を発刊する。これまで刊行されたあらゆる全集叢書文庫類の長所と短所とを検討し、古今東西の不朽の典籍を、良心的編集のもとに、廉価に、そして書架にふさわしい美本として、多くのひとびとに提供しようとする。しかし私たちは徒らに百科全書的な知識のジレッタントを作ることを目的とせず、あくまで祖国の文化に秩序と再建への道を示し、この文庫を角川書店の栄ある事業として、今後永久に継続発展せしめ、学芸と教養との殿堂として大成せんことを期したい。多くの読書子の愛情ある忠言と支持とによって、この希望と抱負とを完遂せしめられんことを願う。

一九四九年五月三日

角川文庫海外作品

新シャーロック・ホームズの冒険

ティム・メジャー
駒月雅子＝訳

初老の男性が服毒死した翌日、人気ミステリ作家がホームズのもとを訪れた。創作ノートの犯行手口を盗まれ、男性はその手法で殺されたという。事件の真相とは？　気鋭の英作家による新パスティーシュ。

ベイカー街の女たち
ミセス・ハドスンとメアリー・ワトスンの事件簿1

ミシェル・バークビイ
駒月雅子＝訳

ロンドンを震撼させる、既婚の女性を狙った恐喝事件。名探偵ホームズに依頼を断られ、意気消沈した女性を救うべく、ハドスン夫人とメアリーは調査に乗り出す！　コナン・ドイル財団公認の本格パスティーシュ作品。

ベイカー街の女たちと幽霊少年団
ミセス・ハドスンとメアリー・ワトスンの事件簿2

ミシェル・バークビイ
駒月雅子＝訳

夜ごと病室で続く患者の不可解な死。ロンドンの街から突如、失踪した子供たちの秘密とは——。コナン・ドイル財団公認の本格パスティーシュ作品、待望の第2弾！

絹の家
シャーロック・ホームズ

アンソニー・ホロヴィッツ
駒月雅子＝訳

ホームズが捜査を手伝わせたベイカー街別働隊の少年が惨殺された。手がかりは、手首に巻き付けられた絹のリボンと「絹の家」という言葉。ワトソンが残した新たなホームズの活躍と、戦慄の事件の真相とは？

モリアーティ

アンソニー・ホロヴィッツ
駒月雅子＝訳

ホームズとモリアーティが滝壺に姿を消した。現場を訪れたアメリカの探偵とスコットランド・ヤードの刑事は、モリアーティに接触しようとしていたアメリカ裏社会の首領を共に追うことに——。衝撃的ミステリ！

角川文庫海外作品

シャーロック・ホームズの冒険

コナン・ドイル
石田文子＝訳

世界中で愛される名探偵ホームズと、相棒ワトスン医師の名コンビの活躍が、最も読みやすい最新訳で蘇る！　女性翻訳家ならではの細やかな感情表現が光る「ボヘミア王のスキャンダル」を含む短編集全12編。

シャーロック・ホームズの回想

コナン・ドイル
駒月雅子＝訳

ホームズとモリアーティ教授との死闘を描いた問題作「最後の事件」を含む第2短編集。ホームズの若き日の冒険など、第1作を超える衝撃作が目白押し。発表当時に削除された「ボール箱」も収録。

緋色の研究

コナン・ドイル
駒月雅子＝訳

ロンドンで起こった殺人事件。それは時と場所を超えた悲劇の幕引きだった。クールでニヒルな若き日のホームズとワトスンの出会い、そしてコンビ誕生の秘話を描く記念碑的作品、決定版新訳！

四つの署名

コナン・ドイル
駒月雅子＝訳

シャーロック・ホームズのもとに現れた、美しい依頼人。彼女の悩みは、数年前から毎年同じ日に大粒の真珠が贈られ始め、なんと今年、その真珠の贈り主に呼び出されたという奇妙なもので……。

バスカヴィル家の犬

コナン・ドイル
駒月雅子＝訳

魔犬伝説により一族は不可解な死を遂げる——恐怖の呪いが伝わるバスカヴィル家。その当主がまたしても不審な最期を迎えた。遺体発見現場には猟犬の足跡が……謎に包まれた一族の呪いにホームズが挑む！

角川文庫海外作品

シャーロック・ホームズの帰還
コナン・ドイル
駒月雅子＝訳

宿敵モリアーティと滝壺に消えたホームズが驚くべき方法でワトスンと再会する「空き家の冒険」、華麗な暗号解読を披露する「踊る人形」、恐喝屋との対決を描いた「恐喝王ミルヴァートン」等、全13編を収録。

シャーロック・ホームズ 最後の挨拶
コナン・ドイル
駒月雅子＝訳

引退したホームズが最後に手がけた、英国のための一仕事とは（表題作）。姿を見せない下宿人を巡る「赤い輪」、ホームズとワトソンの友情の深さが垣間見える「悪魔の足」や「瀕死の探偵」を含む必読の短編集。

恐怖の谷
コナン・ドイル
駒月雅子＝訳

ホームズの元に届いた暗号の手紙。解読するも、記されたサセックス州の小村にある館の主は前夜殺害されていた！　事件の背後にはモリアーティ教授の影。捜査に乗り出したホームズは、過去に事件の鍵を見出す。

シャーロック・ホームズの事件簿
コナン・ドイル
駒月雅子＝訳

橋のたもとで手紙を握ったまま銃殺された、金鉱王の妻。美しい家庭教師が罪に問われる中、ホームズが常識破りの推理を始める「ソア橋の事件」。短編全12編を収録。新訳シリーズ、堂々完結！

殺人ゲーム
レイチェル・アボット
関　麻衣子＝訳

大富豪ルーカスの結婚式に招かれたジェマと夫。式の朝、ルーカスの妹の水死体が見つかる。自殺とされたが、1年後、再び屋敷に集まった招待客は同じ状況で真犯人を推理する〝殺人ゲーム〟に参加することに。

角川文庫海外作品

1984
ジョージ・オーウェル
田内志文＝訳

ビッグ・ブラザーが監視する近未来世界。過去の捏造に従事するウィンストンは若いジュリアとの出会いをきっかけに密かに日記を密かに書き始めるが……人間の自由と尊厳を問うディストピア小説の名作。

若草物語
L・M・オルコット
吉田勝江＝訳

舞台はアメリカ南北戦争の頃のニューイングランド。マーチ家の四人姉妹は、従軍牧師として戦場に出かけた父の留守中、優しい母に見守られ、リトル・ウィメン（小さくも立派な婦人たち）として成長してゆく。

続 若草物語
L・M・オルコット
吉田勝江＝訳

夢を語りあった幼い頃の日々は過ぎ去り、厳しい現実が四人姉妹を待ち受ける。だが、次女ジョーは母に励まされて書いた小説が認められ、エイミーとローリーは婚約。姉妹は再び本来の明るい姿を取り戻し始める。

第三若草物語
L・M・オルコット
吉田勝江＝訳

わんぱく小僧のトミー、乱暴者のダン、心優しいデミとデイジー、おてんばなナン……子どもたちの引き起こす事件でプラムフィールドはいつも賑やか。心温まる名作。

第四若草物語
L・M・オルコット
吉田勝江＝訳

前作から10年。プラムフィールドは大学に、子供たちは個性的な紳士淑女となり、プラムフィールドから巣立っていった――。四姉妹から始まった壮大なマーチ家の物語が、ついに迎える終幕。

角川文庫海外作品

新訳 ハムレット
シェイクスピア
河合祥一郎＝訳
デンマークの王子ハムレットは、突然父王を亡くした上、その悲しみの消えぬ間に、母・ガードルードが、新王となった叔父・クローディアスと再婚し、苦悩するが……画期的新訳。

新訳 ロミオとジュリエット
シェイクスピア
河合祥一郎＝訳
モンタギュー家の一人息子ロミオはある夜仇敵キャピュレット家の仮面舞踏会に忍び込み、一人の娘と劇的な恋に落ちるのだが……世界恋愛悲劇のスタンダードを原文のリズムにこだわり蘇らせた、新訳版。

ジャッカルの日
フレデリック・フォーサイス
篠原　慎＝訳
暗号名ジャッカル――ブロンド、長身、ひきしまった体軀のイギリス人。プロの暗殺屋であること以外、本名も年齢も不明。警戒網を破りパリへ……標的はドゴール。計画実行日〝ジャッカルの日〟は刻々と迫る！

アウトサイダー
陰謀の中の人生
フレデリック・フォーサイス
黒原敏行＝訳
英空軍パイロット、ロイター海外特派員、BBC記者。5カ国語を流暢に操り、MI6の協力者としても活躍――。仏、旧東ドイツ、イスラエル等、国境を越えて描かれる小説のような人生を初めて明かした衝撃作！

ザ・フォックス
フレデリック・フォーサイス
黒原敏行＝訳
イギリスで天才的なハッキング能力をもつ若者〈フォックス〉がみつかった。元秘密情報部員ウェストンは、標的のコンピューターに侵入し、秘密工作を行う〈トロイ作戦〉を考案、実行に移す。